入れかわり失[illegible]始まる、
偽者聖女の愛[illegible]活
※ただし首輪[illegible]

さき　Saki Presents

fairy kiss

この作品はフィクションです。
実際の人物・団体・事件などに一切関係ありません。

入れかわり失敗から始まる、
偽者聖女の愛され生活
※ただし首輪付き

【プロローグ】

絢爛《けんらん》豪華な王宮の通路を、少女は颯爽《さっそう》と歩いていた。

まるでここが己の住まいかのように。周囲を見回すことも行先を確認することもなく、壁に掛けられた絵画や飾られる生花がどれだけ美しくても一瞥《いちべつ》すらしない。

その歩みは堂々としており、誰が見ても少女がこの場に初めて立ち入ったとは思うまい。

道すがら王宮勤めのメイドや使用人達、警備の騎士達と擦れ違うが、彼等《かれら》は少女を「聖女様」「アマネ様」と呼び慕い、少女が軽く応じると頭を下げて去っていく。この姿もやはり堂に入っており、少女をこの場にいて違和感のない存在に見せていた。

（誰も私を疑ってない、首尾良く侵入できた）

そう、少女は心の中で呟《つぶや》いた。

誰もが自分を『聖女』だと思っている。

この王宮に住む規格外な力を持つ聖女。

ある日突如として異世界から転移してきたアマネという少女は、黒髪と黒い瞳というこの世界では有り得ない見目を持ち、この世界にはない知識や技術をもたらした。伝承の通りであり彼女の功績はまさに『聖女』と呼ぶにふさわしい。

一躍聖女の存在は国内はおろか国外にまで広がり、いまや一目お会いしたいと他国の王族が訪ねてくるほどだ。

だが聖女の活躍も今日で終わりだ。

誰もが気付かないうちに聖女は攫《さら》われ、そして聖女の座には瓜《うり》二つの存在が鎮座し、じわりじわりと国を脅かす……。

(……それが、私)

通路の一角に置かれた鏡を見れば、黒髪と黒い瞳を持つ聖女の顔と鏡面越しに目が合った。

ここに来るまでに十数人と擦れ違ったが、誰一人として疑惑の視線一つ寄越《よこ》さなかった。それほどまでに、容姿も、背格好も、歩く様も、仕草も、何もかも完璧に、この身は聖女そのものなのだ。

全ては聖女と入れかわるために。

「……そのために生きてるんだ、だから、そうしないと」

抑揚のない小さな声で囁《ささや》くように呟きながら、少女は目当ての一室に辿《たど》り着くとことさら慎重に周囲を窺《うかが》った。

与えられた情報によると、夜遅いこの時間帯、ここいら周辺は人の行き来が少なくなる。現に人の気配はなく、耳を澄ましても話し声や足音は聞こえてこない。

王宮周辺や内部は当然だが昼夜問わず警備されている。夜間でも警備の騎士は巡回し、屋内にも有事の際に駆け付けられるように常に監視の目が張り巡らされている。ここに来るまでにも何度も擦れ違っている。

だが聖女の私室周辺になると別だ。

王宮奥地にあるこの場所には警備の騎士は常在しておらず、巡回も他の場所に比べて少ない。特に深夜ならば尚更《なおさら》。

重要な存在である聖女の私室と考えれば不用心ではある。だが元々は徹底した警備を敷いていたのだが、他でもない聖女本人がそれに息苦しさを覚えてせめて自室の周辺はと警備を緩めるよう求めたのだという。その希望を呑《の》む代わりに、王宮周辺や王宮内の警備が更に強化されたと聞く。

つまり、王宮奥にまで入り込めば聖女の私室に侵入するのは存外無理な話ではないのだ。

もっとも、その『王宮奥にまで入り込む』というのが普通ならば不可能に近いのだが。

「見た目が聖女そっくりでもない限り、入り込むのは不可能、……か」

小さく呟き、黒いローブのフードを目深に被《かぶ》ってそっと扉に手を掛ける。

部屋の鍵が掛けられていないことは知っている。油断か慢心か、もしくは元いた世界とやらではあまり自室に鍵を掛けない習慣だったのか、聖女はあまり自室に施錠することはないという。

今もまさに、ゆっくりとノブを回して押し開けば扉が静かに開いた。

室内にいるのは一人の女性。背を向けているため顔は分からないが、長く艶のある黒髪を見れば一目で彼女が誰だか分かる。

聖女と呼ばれている彼女はしばらく侵入者に気付かずにいたが、ドレッサーの鏡に人影が映ると息を呑んで勢いよく振り返った。黒い髪が持ち主の動きに合わせて揺れ、整った聖女の顔に驚愕《きょうがく》の色が浮かび黒い瞳が見開かれる。

そんな聖女に対し、少女は叫ばせまいと口を押さえるために手を伸ばし……、
次の瞬間、少女の視界が一瞬にしてぐるりと回った。

「……へ？」

と、少女の口から間の抜けた声が漏れる。黒く長い髪が不自然にふわりと浮くのが見えた。

その声に続いて響いた衝突音は少女の体が床に叩《たた》きつけられた音だ。

数度瞬いたのちに天井が視界に映り込む。反射的に起き上がろうとするも、ずしと体に重みが加わり、今度は床が眼前に迫ってきた。

衝撃で揺らぐ意識の中、倒されたのだと一寸遅れて理解した。

投げ飛ばされ、起き上がろうとしたところを伸《の》し掛かられたのだ。背中に伝わる重みは聖女アマネが座っているのだろうか。

振り返ろうにもフードが邪魔をして背後が見えず、フードを捲《めく》ろうにも背中に乗るアマネの足が腕を踏んで押さえつけている。

「くっ……」

「まさか部屋にまで入られるなんて思わなかったからビックリしちゃった。でもこれも私の美貌が悪いのよね。まさか侵入させるほどに私に魅了される人が出てしまうなんて……。美しさは罪って本当なのね」

「え、いや、違う、美貌なんて関係な……、ぐえ」

美貌だのわけの分からない話をするアマネに、違うと否定するも口から変な声が漏れた。

背中に乗るアマネが微妙にバウンドして重さを掛けてきたのだ。これはもしかして美貌を否定されたからだろうか……。

試しにともがいてアマネの下から逃げようとするも、今度は二度ほどバウンドされた。

「ぐぇ、おもい……。くそ、重くて動けない、さっさとどけ……！」

なんとかアマネの下から這《は》い出ようとするも、床に敷かれたラグを無駄に引っ掻《か》くだけだ。

それでもと必死に床を掻く。だがそんな抵抗をものともせず、アマネは背中に座ったまま「なんて酷《ひど》い」とわざとらしい口調で話し出した。

「羽のように軽い私に『重い』なんて。乙女の部屋に侵入したうえにこの言い草。許されるわけがない。というわけで、そんな不埒《ふらち》な輩《やから》はさくっと捕縛を」

話しながらアマネの手が少女が纏《まと》うローブのフードに触れる。

だがフードを捲る直前、バタバタと騒々しい足音が聞こえてきた。

「おい、今の音は何だ！」

「アマネ、大丈夫かい⁉」

部屋に飛び込んできたのは二人の青年。

彼等は室内の様子を見るやぎょっとした驚きの表情を浮かべており、その表情はどことなく似ているところがある。

そんな彼等の登場に、少女はローブを摑《つか》まれたままそちらへと視線をやった。

「ア、アマネ、そいつは……？」

「私の美しさに誘われて部屋に迷い込んできたみたい。この美貌だから仕方ないとはいえ、さすがに部屋に入ってくるのはいただけないからね。とっ捕まえて処分をしようと思って」

「お前、さらっと凄《すご》いことを」

「ひとまず侵入者のご尊顔の公開！　はい二人共、拍手！」

大袈裟《おおげさ》な言葉と共に――もちろん誰も拍手はしない――、アマネがローブのフードをぐいと引っ張ってきた。

せめてと少女が抗《あらが》うように首を振るもアマネの手は離れず、ローブの隙間から髪がはらりと落ちるだけだ。それでもとぶんぶんと首を振る。

「もう、そんな抵抗しても無駄で……、髪が黒い？」

フードを摑んでいたアマネの手が一瞬止まる。

次いで彼女は強引に、先程までの勿体《もったい》ぶったような動作が嘘《うそ》のように焦りさえ感じさせる動きでローブのフードを捲ってきた。

碌《ろく》に抗うことも出来ず少女の顔が晒《さら》される。

せめてもの抵抗と少女が顔を覗《のぞ》き込んでくるアマネを睨《にら》みつければ、彼女は黒い瞳を丸くさせ、

「そんな……」と掠《かす》れた声で呟いた。

だが自分と瓜二つの顔がフードから現れたのだから言葉を失うのも仕方ない。

間近に見るアマネの顔は、元より瓜二つだと分かっていた少女でさえまるで鏡を見ているかのよ

うな錯覚を覚えるのだ。知らされていない本人には驚愕を通り越して恐怖かもしれない。

現に、二人の青年も目の前の光景に理解が追いついていないのか、驚愕を隠しきれずに言葉を失っている。

そんな張り詰めた沈黙の中、最初に動いたのは少女のフードを摑んでいたアマネだ。パサリとフードを落とすと、今度はその手で少女の頰に触れてきた。

その手が震えている。彼女はまじまじと少女の顔を見てきたかと思えば、ゆっくりと口を開いた。

誰かと問うのか、それとも恐怖の言葉を口にするのか。

そう少女が考えていると、驚愕の色が浮かんでいたアマネの表情がパァと音がしそうな程に明るくなった。

「なんて可愛《かわい》いの……、私の愛《いと》しい妹‼」

歓喜の声に、誰もが一瞬言葉を失い……、

「はぁ？」

と、思わず声をあげた。

【第一章　ステラの温く賑やかな日々】

1

「この子は私の妹。お姉ちゃんに会いに来てくれたの」

というアマネの意見にはもちろんだが反論が上がる。というか反論しか上がらない。当然と言えば当然である。

少女もそれは理解しており、むしろ自分こそが反論したいとうんざりとした気分で椅子に座らされていた。隣にはアマネが座り妙に嬉《うれ》しそうな笑みでこちらを見つめてくるが、笑い返す気になんてなるわけがない。

ズリズリと椅子を寄せてくる彼女にせめてもの抵抗と反対側を向けば「照れちゃって可愛い」という嬉しそうな声が聞こえてきた。頬を突っついてこようとした手は身を引いて躱《かわ》しておく。

場所はアマネの部屋から移動して少し広めの一室。中央に大きめのテーブルとそれを囲う椅子、壁には華やかな絵画が飾られている。情報と照らし合わせると、ここはアマネ達が普段食事をしている部屋で間違いないだろう。

そんな部屋の中、少女は一脚の椅子に座らされていた。

侵入者として両の手首を縛られてはいるものの、縛るのが質の良いスカーフなのでなんとも微妙な気分だ。花柄のスカーフが解《ほど》けないくらいにはきつく、それでいて肌に優しく拘束してくる。

「それで……、アマネ、彼女が妹ってのはどういうことかな」

向かいに座る青年が、若干の動揺を隠しつつも穏便な声色で話を始めた。

サイラス・リシュテニア。今年二十二歳になる、リシュテニア国の第一王子。

柔らかく温和な印象を与える顔付きだが、今は眉尻を僅かに下げて困惑が隠しきれていない。

それでもぎこちないながらに笑みを浮かべるのは場の空気を少しでも和ませようと考えてのことか。

少女が視線をやれば、どう対応して良いのか分からなそうに苦笑を浮かべてきた。金色の髪をさらりと揺らし、濃紺色の瞳を対処に困ると言いたげに細めている。

そんなサイラスの隣に立つのは、彼の二歳年下の弟、第二王子レナード・リシュテニア。

彼の態度は露骨だ。睨みつけるような鋭い眼光を少女に向けてきており、隠しきれないどころか警戒の色を隠そうともしていない。

爽やかな好青年といった外見の兄サイラスと違い、彼はどちらかと言えば威圧感を与える風貌をしている。鍛えられた体軀《たいく》と濃紺色の髪と同色の瞳が彼の纏う空気を重くさせる。サイラスに負けじとレナードも美丈夫なのだが系統が違う。

そんな二人の疑問に答えるように、アマネが「説明するわ」と口を開いた。

次いでこちらをくるりと向いて満面の笑みで頷《うなず》いてくるのは、きっと安心させようとしているのだろう。少女としてはうんざりとした気分に拍車を掛けるだけなのだが。

「妹っていうのはそのままの意味で妹ってこと。こんなに私と瓜二つなんだから私の妹に決まってるでしょ。これは疑う余地のない紛れもない事実。感動的な姉妹の再会よ」

「確かに瓜二つだけど……。そもそも妹がいるなんて一言も言ってなかったじゃないか」

「言ってなかったし今までいなかった。でも今この瞬間、確かにここにいるの！」

力強くアマネが断言し、少女の手を摑んできた。

「今ここにいるのは間違いなく私の妹。この可愛らしさ、愛らしさ、世界一の美少女と言っても過言ではない美貌、まるで春風が連れてきた妖精のような気高さ、どこをどう見たって私の妹でしょ！」

「自分と瓜二つと断言したうえでこの褒めよう……。いや今更かな。むしろこれこそアマネと言えるかも」

根拠がない代わりに自画自賛だけは十分すぎるアマネの断言に、なぜかサイラスがうんうんと頷きだした。

なぜこれで納得するのか理解出来ないが、彼の表情にはどこかアマネの言い分を楽しんでいるような色すらある。このままでは彼女の意見を通しかねない。

対してレナードはこの程度のやりとりで流される気はないようで、アマネの言い分を一刀両断するように「ふざけてる場合か」と厳しい言葉を放った。

ジロリと睨んでくる眼光は随分と鋭い。警戒しているのがひしひしと伝わってくる。

「第一、その『瓜二つ』っていうのが有り得ないだろ。この世界には黒髪黒目は生まれない、そこからしてこの女は怪しいんだ」

「人の妹に怪しいなんて失礼な物言いしないでよ。この愛らしさ、全身から溢《あふ》れる愛おしさ、輝かんばかりの美貌、どこをどう見たら怪しいなんて言えるの。そりゃあ春風の妖精か花の精霊かって疑うなら分かるけど。あ、もしかしてそっち方面で疑ってる？　だとしたら疑われるのもやむなしな愛らしさだわ」

「あー、話が通じない……」

レナードがげんなりとした表情を浮かべて天井を仰いだ。こちらもこちらで、反論はあるが結局はアマネに押し通されかねない。

そんなやりとりの挙げ句、アマネが「そもそも」と話を続けた。

「私が妹と言ったら何があろうと妹なの。異論は一切認めない！」

はっきりとしたアマネの断言に、サイラスはまったくと言いたげに苦笑しながら肩を竦《すく》め、レナードは深い溜息《ためいき》と共に肩を落とした。

（なるほど、話に聞いていた通りの力関係）

そう三人を見回しながら少女は思った。

聖女と入れかわり国家転覆を企《くわだ》てる、そのために必要な情報は全て頭に叩き込んであり、もちろんアマネを取り巻く人間関係も把握している。国を内部から揺さぶるには確執や対立を煽《あお》り争いの火種にするのが有効な手段なのだ。

とりわけ外せないのが、今日の前にいる二人の王子。

聖女を支える第一王子サイラスと、聖女を護《まも》る第二王子レナード。二人は常に聖女アマネと共に行動し、時に突拍子もない発言に反論はするものの、最終的には絶対的な存在である彼女には逆らえずに押し切られてしまう……。

聞いていた通りだと内心でひとりごちていると、その落ち着きが癪《しゃく》に障ったのか、こちらを睨みつけてくるレナードの眼光に鋭さが増した。

だが睨みつけこそすれども何も言ってこないあたり、これ以上反論したところで無駄だと考えているのだろう。こちらを睨んでくる眼光には、結局のところアマネの言い分を呑むしかない己への不満も交ざっているのかもしれない。

（入れかわりは失敗したけど、聖女の近くにいれば攫うチャンスはまだあるはず。いざとなれば一度姿を晦《くら》ませて体勢を立て直すことも出来る。ここは大人しく従っておくのが得策か……）

随分とおかしな展開になっているが、こうなったからには別の作戦を立てるべきだ。幸い、アマネにつられてかサイラスも警戒心を解き始めており、注意すべきはレナードのみ。

ひとまずアマネの妹としてこの場に潜り込み、懐柔されたふりをして彼等の油断を誘おう。

アマネの姉妹ごっこに付き合って、愛想を良くするだけで彼等の油断を誘えるなら安いもの。

そう少女が考えて、ひとまずアマネに愛想笑いでも浮かべるかと彼女の方を向いた瞬間……、
ガチャン、

と自分の首元から金属音がした。

ひんやりと冷たいものが首に触れ、微《かす》かな重みが肩に掛かる。

「は？」

と聞こえてきたのは誰の声か。

自分か、それともサイラスかレナードか。

満面の笑みを浮かべているアマネではないだろう。彼女は輝かんばかりの笑顔を向け、「似合ってる」と褒めてきた。

「似合ってる……？」

「お姉ちゃんから愛しい妹への愛のプレゼント。出会いの記念にと思ってさっき急いで用意したの。世界に一つしかない素敵なネックレス、すごく似合ってる」

満足そうなアマネの言葉に促されるように、少女は震える手で己の首元に触れた。

指先が何かに当たる。硬い鉄の感触……。

「首輪」

「ネックレス」

「いやどう考えてもこれは首輪」

「お姉ちゃんの愛がたっくさん詰まったネックレス！　いつでもお姉ちゃんと一緒にいられるように、お姉ちゃんと離れるとちょっとずつ首が締まってお知らせしてくれる機能付きだからね」

「……呪われた首輪？」

「それと、素直になれない可愛い妹が意地を張らないで済むように、お姉ちゃんに何かしようとした時も締まるからね。このネックレスを言い訳にして、存分にお姉ちゃんに甘えてくれていいよ」

嬉しそうに目を細めて、そのうえぎゅっと手を握ってアマネが話してくる。

その表情には姉妹愛しか感じられない。……感じられないからこそ怖い。本気でこれを愛のネックレスだと考えているのだ。

少女の背中にゾッと冷たいものが走り、己の頬が引きつるのを感じながら上擦った声で「ネックレス……」と呟いた。

「なるほど、あれなら下手な行動にも出られないし逃亡も出来ないね。さすがアマネだ。きちんと考えてくれてる」

「そうかぁ？　引くほど重苦しい姉妹愛の押し付けだけだと思うけどな」

とは、そんな二人のやりとりを眺めていたサイラスとレナードの言葉。

片やアマネのことを褒め、片や呆《あき》れている。正反対な反応ながらにどちらもネックレスもとい首輪については反論する気はないようだ。むしろ監視として好都合と考えているのかもしれない。

うぅ……、と思わず少女が唸《うな》り声をあげるも「世界で一番似合ってる！」というアマネの歓喜の声に掻き消されてしまった。

◆◆◆

ひとまず首輪の件は置いておく――内心では置いておきたくないのだが、異論を唱えたところ「後でレースをつけてあげるから拗《す》ねないで」というわけの分からない宥《なだ》め方をされて置かざるを得なかった――。

次いで何を決めるのか……、となったところで、アマネが「私の可愛い妹ちゃん。名前は？」と尋ねてきた。

「名前？」

「そう。名前。きっと可愛い名前なんだろうなぁ……。シュガーキャンディちゃん？　ハッピーメープルちゃん？　ふわふわリトルスターちゃん？」

うっとりとした声色でアマネが尋ねてくる。それに対して、少女はうんざりとした表情を浮かべて返した。

アマネが挙げてくる名前はどれも人名とは思えないほど珍妙で、馬鹿馬鹿しくて返事をする気にもならない。甘ったるい声で呼ばれると寒気すらしかねないほどだ。

それに名前なんて……。

「名前はない」

「ない？　ないってどういうこと？」

「どういうこともなにも、ないものはない。今まで名前で呼ばれることもなかったし、必要なかったから名前なんてない」

はっきりと少女が断言すれば、アマネが驚いたように目を丸くさせた。

次いで彼女はサイラスとレナードと顔を見合わせる。彼等も意外そうな表情をしており、その空気はなんとも言えず居心地が悪い。

たかが名前でここまで……、と少女が眉根を寄せていると、アマネが改めてこちらを向き、ポンと両肩に手を置いてきた。

次いで彼女は輝かんばかりの満面の笑みを浮かべ、

「私の可愛いシュガーポットちゃん」

と呼んできた。

「却下」

「ええ、なんで⁉　こんなに可愛いのに。これ以上ないほどに似合ってるよシュガーポットちゃん」

「その名前で呼ぶな。ぞわぞわする……。そもそも名前なんて必要ない」

妹どうのと言われ、首輪まで着けられ、そのうえ勝手に名前をつけられるなんて冗談じゃない。

そう少女が拒否の姿勢を示す。

それを聞き、アマネが悲しむように眉尻を下げた。「そうなのね……」と小さく呟かれた声は掠れて弱々しい。

だが悲しみつつも納得はしたようで、これで馬鹿馬鹿しい名前で呼ばれずに済むと少女が安堵《あんど》した。……その瞬間、

「春風に誘われて舞い降りたふわふわシュガーポットちゃん」

と、アマネが呼び直してきた。

「どうして今の流れで長くなる」

「これも気に入らないの？　キラキラ要素が足りないのかしら……。春風に誘われて舞い降りたふわふわリトルスターちゃんが良かった？　それとも春風に誘われて舞い降りたスウィートマフィンちゃん？」

「まさか本気で……!?」

　思わず引きつった声を出してしまう。

　それほどまでに話が通じないし酷い名前だ。むしろ名前と認識したくない。だというのにアマネはどの名前も真剣に考えているようにしか見えないのだ。

　そんなやりとりの中「ちょっといいかな」とサイラスが口を挟んできた。ちょいちょいと軽く手招きをしてアマネを呼ぶ。

　彼女が移動するのに合わせてどういうわけかレナードまでもが席を立ち、入れかわるように隣に座ってきた。おまけにぐいと身を寄せてくる。

「ここで粘っても話を長引かせるだけだし、名前ぐらい適当でいいだろ。減るもんじゃない、アマネに勝手につけさせろ」

「『春風に誘われて舞い降りたふわふわリトルスターちゃん』なんて呼ばれたら精神的な何かが減る」

「それは確かに減りそうだな。でも別にお前の精神的な何かが減ろうと俺達が気にするもんじゃない。話が進まないからアマネの好きなように呼ばせろ」

「分かった。春風に誘われて舞い降りたふわふわレナード」

「……なるほど、思ったより精神的な何かが減るな」

レナードが唸るような声で返す。渋い表情をしているあたり呼ばれた名前に寒気でもしたのか。

次いで彼は仕方ないと言いたげな表情を浮かべ、「いいことを教えてやる」と話し出した。

「いい事？」

「あぁ、ただし極秘情報だ」

顔を寄せ、更に囁くような声でレナードが告げてくる。

低めの声色から真剣な内容なのだと分かり、思わず少女もまた表情を真面目なものにし「極秘情報？」と尋ね返した。

レナードがじっと見つめてくる。濃紺色の瞳。強い意志を感じさせるその瞳は、今は少女に対して聞く覚悟を尋ねているのだろう。纏う圧が、真剣みを帯びた顔付きが、瞳が、他言するなと圧を掛けてくる。

ならばとこちらも見つめ返して一度頷けば、ようやく納得したのか彼がゆっくりと口を開いた。

「これは俺達を始めとする僅かな奴《やつ》しか知らないことなんだが……。アマネはネーミングセンスが壊滅的に悪い」

幾分低めの声で告げてくる『極秘情報』。

だが次の瞬間にレナードは先程までの重苦しい空気を一瞬にして四散させ、耳打ちするように寄せていた顔もパッと離してしまった。「それにしたって春風はないよなぁ」と言う声は打って変わって随分と軽い。

この変わりように、纏う空気の温度差に、そして言われた言葉に、少女は思わずきょとんと目を丸くさせてしまった。

揶揄《からか》われていた、と察したのは数秒置いてからだ。

「こ、こんな状況で馬鹿なことを言うな！」

「馬鹿はないだろ、失礼だな。さすがに春風どうのはないと思って忠告してやったんだ。それに、ほら見てみろ」

「ん」と素っ気ない声と共にレナードが一角を見るように促してきた。

アマネとサイラスが何やら話をしている。どうやら名前候補について話し合っているようだが、会話の合間合間に「春風の妖精コットンキャンディちゃん」だの「春風を引き連れて現れたハニーマフィンちゃん」だのと聞こえてくるのが気になるところだ。

そんな壊滅的なセンスの候補を挙げていくアマネに対して、サイラスは苦笑を浮かべている。

「兄貴の表情からするに、あと五分もしたらアマネの名前候補に同意するぞ」

「……嘘」

「そうしたら俺もさすがに二人を相手にしてまで反論する気はないから、晴れてお前の名前は春風がどうののハニーマフィンだ。呼ばれると寒気がするが、こっちから呼ぶ分には割と悪くない名前だな」

「悪くないわけない！」

慌てて否定すればレナードが肩を竦めて返してきた。他人事のような素振りだが、事実彼からしたら他人事である。

少女の頭の中で「まずい」と警告が鳴り響き、危機感が胸に湧き上がる。

今まで名前なんてなく、必要もないと思っていた。呼びたければ好きに呼べばいい、その程度にしか考えていなかった。

……だからといってハニーマフィンだのコットンキャンディだのを受け入れられるわけがない。

春風どうのに関してはもはや名前なのかすら怪しい。そんな名称で呼ばれる己を想像すれば嫌悪感と危機感がより嵩《かさ》を増す。

「あんな変な名前で呼ばれるなんてごめんだ！」

「ごめんだって言われてもなぁ。あぁ、ほら、ハニーマフィンかリトルスターかシュガーコットンの三択まで絞ってきたぞ。俺の勘だとあと三分ってところだな。個人的にはハニーマフィンが有力だと思う」

「そ、そんな……！」

「勝手に決められるのが嫌なら自分で先に決めることだな。必要ないって考えてるなら適当につけりゃいいだろ」

「適当に……」

名前を、と少女が考え込む。といっても長考する時間はなさそうで、アマネとサイラスが『ハニーマフィン』か『シュガーコットン』かで悩み始めている。

既に二択にまで絞られたことにより少女の中で焦燥感が増した。ちなみに『春風に誘われて舞い降りた』は既に決定しているようだ。

何か良い名前を。

いや、この際なので良い名前でなくても構わない。

少なくとも、アマネが考えているハニーマフィンだのシュガーコットンだのといった名前じゃない、極一般的なものを……。

「レ、レナード」

「それは俺の名前だ」

「名前、何か名前……、ルース、ロゼリア、アンジェリカ……」

「どれもうちで働いてるメイドの名前だな。わざわざ被る名前にしたら面倒だろ。他に何かないのか？　たとえば友人とか知り合いとか」

「そんなこと言っても、友人も知り合いも私にはいないし……、そ、それならブライアン、ゴーディー、アレックス……」

「うちの庭師、料理長、御者だな。そもそも男の名前だろ。ほら、さっさとしないと、俺の読み通り『ハニーマフィン』が最有力候補になったぞ。あと一押しだ」

「だって、そんな、他の名前なんて……、お前達のことしか記憶にないし……」

聖女アマネと入れかわるため、必要なことは全て頭に叩き込んだ。

アマネのことはもちろん、王宮に勤める者達の顔と名前、この国の重要人物、国内に限らず近隣諸国の交流のある人間に関してもだ。

アマネと入れかわっても気付かれないよう、彼女が把握していることは全て覚えさせられた。

……だがその反面『アマネの知識』の範囲外になると何一つ思い浮かばない。名前一つさえも。

それを訴えればレナードが眉根を寄せた。怪訝《けげん》な表情でどういう意味かと尋ねてくる。

だが彼の問いを掻き消すように「決まった！」と威勢の良いアマネの声が被さった。思わず少女の喉から「ひっ」と高い悲鳴じみた声が漏れる。時間切れだ。

「可愛い妹ちゃんの名前は、春風に誘われて舞い降りたハニーマ」

「ステラ」

晴れ晴れとしたアマネの言葉に、今度はレナードの声が被さった。

この絶妙なタイミングに誰もが一度言葉を発するのをやめ、シンと室内が静まり返る。

なんとも言えない沈黙の中、少女はきょとんと目を丸くさせてレナードを見つめた。彼は自分で言い出しておきながらさして興味もなさそうにお茶を飲んでおり、少女どころかアマネやサイラスの視線を一身に受けながらも動じず溜息交じりに肩を竦めてきた。

「……ステラ?」

「妥当な名前だろ。珍しいわけでもないし呼びやすい。春風どうのハニーマフィンよりマシだ」

自分の提案を誇るでもなく押し付けるでもなく話すレナードに、少女はしばし考えたのちコクリと頷いた。

『ステラ』

確かに悪くない名前だ。それにレナードが話す通り、春風どうのハニーマフィンより比べるまでもなくマシである。現に、この名前で呼ばれる自分を想像しても嫌悪感や危機感は湧いてこない。もちろんぞわぞわとした寒気もしない。

だがハニーマフィンにしたかったアマネは不服なようで「勝手に決めないでよ！」とレナードに突っかかっていった。

「私の可愛い妹には愛が溢れた世界一で唯一の名前じゃないと駄目なの」

「外部の奴等に姉妹で押し通すなら名前を寄せないと怪しまれるだろ。姉の名前が『アマネ』で妹の名前が『春風に誘われて舞い降りたハニーマフィン』なんて、姉妹関係を疑われるか親が妹を生む前に錯乱したのを疑われるかだ」

「だけど、ステラなんて在り来たりな名前……。ねぇ可愛い妹ちゃん、妹ちゃんはどっちの名前がいい？　『ステラ』か『春風に誘われて舞い降りた」

「ステラ」

思わずアマネが言い終わらぬうちに即答してしまう。むしろ胸中は言わせてなるかという反発心である。

それほどまでに『春風に誘われて舞い降りたハニーマフィン』は有り得ないのだ。

そんな気持ちが伝わったのか、さすがにこれほどの即答をされれば折れるしかないのか、アマネは若干残念そうな色を残しつつも「分かった……」と応じてきた。肩を落とす姿に落胆ぶりが窺える。

「本人が気に入った名前が一番よね……。私の愛しい春風に誘われて舞い降りたステラちゃん」

「若干自我を残すな」

「うぅ……、そこまで言うなら分かった。ステラちゃん」

了承はしているものの、アマネは見て分かるほどに落胆している。彼女は常に自信に溢れて潑剌《はつらつ》とした女性だと聞いていたが、今は意気消沈しているのを隠そうともしていない。

それを見ていると自然と少女の気持ちも晴れていった。さすがに爽快感とまでは言わないながらも気持ちがスゥと音を立てるように軽くなり、初めて知る感覚に無意識に胸元を摑んだ。

「胸の内が軽くなっていく、こんな感覚初めて……。この感覚は……」

「それは一般的に『ざまぁみろ』ってやつだな。あんまり感動するものじゃないぞ」

初めての清々《すがすが》しさに感動していると、レナードが呆れた様子で口を挟んできた。

次いで彼はじっとこちらを見つめると改めるように「ステラ」と名前を呼んできた。濃紺色の瞳には警戒の色がまだ宿ってはいるものの、それでも今は幾分かは和らいでいるように見える。

「悪くない名前だろ」

「……ステラ、ステラ。……うん、悪くない」

何度か自分の中に落とし込むようにその名前を口にしてみれば、響きが良いのかすんなり馴染《なじ》んだ。口にしても違和感はなく、レナードに呼ばれても自分の名前だと受け止められる。

確かに悪くない、そう考えた矢先「ステラちゃん‼」と名前を呼ばれた。

アマネだ。先程まで肩を落としていた彼女はいつの間にか復活しており、ぐいとステラに身を寄せてきた。瞳がキラキラと輝いている。

「なんて可愛い名前。私もステラちゃんって名前が一番似合うと思ってたの。むしろ私もその名前を考えてた。私が提案するのも時間の問題だったから、つまりこれは私が提案した名前ってことよね？」

「まったくもって違う」

「お姉ちゃんが考えた名前を気に入ってくれるなんて嬉しい。これぞ姉妹愛ね」

強引に話を進めるアマネは随分と浮かれきっており、これにはステラも呆れるしかない。うんざりだという気持ちをこれでもかと込めて盛大な溜息を吐《つ》き、いつの間にか握られていた手を振り解く。

馬鹿馬鹿しい、付き合っていられない。勝手にして。胸中はこんなところだ。

それでも一応釘《くぎ》は刺しておこうと、改めてアマネに向き直った。

「ステラという名前は受け入れるけど、それはただお姉ちゃん《お前》達が名前をつけろと言ってきたのと、利便性から個人名が必要と判断したからだ。別に慣れ親しむつもりはない。当然、お姉ちゃん《お前》のことを姉なんて呼ぶ気はないからな」

はっきりと拒絶の意思を込めて告げてやる。

……のだが、数秒後に違和感に気付いて「ん？」と首を傾《かし》げてしまった。

今、何かおかしな単語を口にしなかっただろうか。

自分の口からは決して出るはずのない単語が、それでも自然と、まるで言い慣れているかのようにするりと出て行ったような……。

「……なんだか、変な感じが」

「おい、どうした」

レナードも異変を感じ取ったのか、怪訝な表情でステラに声を掛けてきた。だが問われたところで答えようがない。

自分自身、何がおかしかったのか分からないのだ。それでも確かに違和感があった。レナードが怪訝そうに窺ってくるあたり、気のせいではないだろう。

つまり、自分は、何かを、考えたくないような言葉を、今しがた口にした……。

そう自覚すればするほど嫌な予感が増していく。血の気がゆっくりと引いていくような感覚。

「お姉ちゃん《あぃっ》のことを呼ぼうとしたら、本来の意図に反して変な言葉が……」

「今も呼んでるな」

「な、なんで、お姉ちゃん《あぃっ》のことなんて姉として呼ぶ気なんてないのに！　勝手に言葉が、声が変換される！」

どうして！　とステラが混乱のあまり声を荒らげれば、何かを察したのかレナードが盛大に溜息を吐いた。

次いで彼の手がステラの首元に伸ばされる。つんと突っついてきたのは首に着けられた首輪だ。彼の指を受けて首輪の金具がカチャリと軽い音を立てた。

「これのせいだろ」

「これって……、この首輪が？」

「どういう理屈かは分からないが、大方、お前がアマネを呼ぶ時に無理やりに言葉を変えさせる機能でもつけたんだろ。そういうことが出来るんだよ、あいつは」

レナードの説明はまったく厄介だとでも言いたげなもので、同時に、聖女アマネの規格外な能力を『理解しきれないもの』と受け入れている節がある。自棄《やけ》か、開き直りか、あるいは今までにも何度もこの手の不可思議な技術を目の当たりにして辿り着いた境地というものか。

確かに聖女アマネはこの世界にはない知識や技術を持っており、特定の言葉を変換することぐらい造作ないのかもしれない。それほどの能力を持っているからこそ聖女であり、ゆえにステラに狙われたのだ。

それは分かる。

……分かるが、こんなことに力を使っていいものなのか。

絶望とさえ言える心境でステラはゆっくりとアマネの方へと向いた。自分の動きがギチギチと音がしそうなほどぎこちないのが分かる。

そんなステラの言わんとしていることを察したのか、アマネはステラの視線に気付くとゆっくりと一度頷き……、
そして親指をグッと立て、ウィンクをし、更にペロッと舌を出して笑った。

眩《まばゆ》いばかりの表情、これ以上ないほどの浮かれ具合である。

「おっ、お姉《き》ちゃ《っ》ん！　ふざけたことにお姉《せい》ちゃ《じょ》んの力を使って、お姉《せい》ちゃ《じょ》んとしての自覚は……、

あぁもう、会話がままならない！」

「ステラちゃん、そんなにお姉ちゃんのことを呼んで……、愛が溢れてるのね。嬉しい。そうだ、首わ……、ネックレスにお名前を彫ってあげる。きっとそっちの方が似合うわ」

「今首輪って言った！」

「首輪？　何のことかお姉ちゃんにはさっぱりだわ。さぁ可愛い妹ステラちゃん、ネックレスをお洒落《しゃれ》にしに行きましょうねぇ」

　ご機嫌なアマネがステラの腕を掴んで歩き出す。

もちろんステラは拒否をしようとするのだが、想定外にアマネの力が強くズルズルと引きずられていってしまう。

　細身の体とは思えない力だ。これも聖女ゆえなのか、それとも拗《こじ》らせた姉妹愛の為《な》せるわざなのか……。どちらにせよステラにとっては不本意でしかなく——どちらかと言えば後者の方が嫌だが——、更にはこのまま連れて行かれれば首輪に名前が彫り込まれてしまうのだから、もはや絶望でしかない。

　思わず「離せ！」と吠《ほ》えるもまったくもってアマネには届かず、それどころか鼻歌まで歌い始めるではないか。

「お洒落な文字で『春風に誘われて舞い降りたステラ』って刻もうね。きっと素敵なくび……ネックレスになるわ」

「まだ春風が残ってる！　そんな名前入りの首輪なんて着けられるか！　いや違う、そもそもこの首輪自体が嫌なんだ！」

引きずられながらステラが喚《わめ》くも、今更それでアマネが止まるわけがなく、片や怒声をあげて片や鼻歌を歌いながら部屋を出て行った。

◆◆◆

そんな二人が去っていき、妙な静けさが室内に漂う。

それを破ったのはレナードだ。雑に頭を搔き、それだけでは足りないと盛大な溜息を吐いた。

「まったく、何が妹だ……。問題が起こったらどうするつもりなんだよ」

不満を露《あら》わに愚痴を漏らし、ステラとアマネが去っていった扉を睨みつける。正体不明のステラに対しての警戒と、そんな彼女を簡単に受け入れてしまったアマネへの不満が綯《な》い交ぜになった表情だ。結果的に受け入れざるを得なかった自分を不甲斐《ふがい》なく思う気持ちも交じっているのかもしれない。

眼光は鋭く、そこいらの女性や子供が睨まれたら臆しかねない威圧感さえ纏っている。

もっともこの部屋に残されているのは彼と、そして兄であるサイラスだけだ。サイラスからしたらどれだけ眼光が鋭くとも弟の不機嫌でしかなく「まぁまぁ」と宥める声は随分と軽い。

挙げ句に軽く肩を叩きまでするのだから、レナードの鋭い眼光が今度はサイラスに向けられた。

「アマネも嬉しそうだし、一応対策は取ってくれてるし、しばらくは様子を見てもいいんじゃないかな」

「なに温《ぬる》いこと言ってるんだ。父上と母上がいないんだぞ、全権を任されてる身としてもっと真剣に考えろよ」

現在リシュテニア国の両陛下、サイラスとレナードの両親は外交のため長期不在にしている。

その間の国内の決め事は全て第一王子であり王位継承権を持つサイラスが任されており、これは彼が国を治められるかの試験なのではと考える者も少なくない。ゆえに、仮にここで問題が起これば「王子は留守も預かれないのか」とサイラスを非難し国を統べることに異論を持つ者も出かねないのだ。

そんな状況で面倒事を受け入れるなんて……。そう咎《とが》めてくるレナードに対して、サイラスは反省するどころか相変わらず「まぁまぁ」と彼を宥めるだけだ。

「そもそもだな、兄貴はアマネに対して甘すぎるんだ。何かというとすぐ折れてあいつの意見を通す。だから余計にあいつが無茶を言い出すんだろ」

「そうは言っても、アマネは聖女なんだから僕達が反論したところで押し通されて終わりだよ。それはお前だって分かってるだろ?」

サイラスに問われ、レナードが一瞬言葉を詰まらせ……、不服そうに「確かにそうだが」と肯定した。若干吐き捨てるような声色なのは、認めるのは癪だが認めざるを得ないという心境からだろう。

アマネは聖女だ。その存在は国内はおろか近隣諸国でも重要視されており、彼女を蔑《ないがし》ろにするのは一国の王子として許されない。それにアマネの並外れた強さや才能から彼女を押さえつけ従わせるのは不可能だ。

「もしも僕達がステラをどうこうしようとしたら『私の可愛いステラちゃんに危害を加えようとすると徐々に首が締まるネックレス』を着けられるかもしれないよ？」

「恐ろしいことをさらっと言うなよ。……あいつなら本気でやりかねん」

冗談交じりに告げるサイラスに、レナードが不服そうな表情のまま答えて挙げ句に舌打ちをした。

舌打ちだけに止《とど》めるという彼なりの了承だ。

一国の王子らしからぬ態度ではあるものの、兄であるサイラスからしたら分かりやすいものだ。まるで小さい子供を愛《め》でるような笑みを浮かべてレナードを宥める。

「女の子一人ぐらいなら問題ないって。それに、何かあればレナードがいるからさ」

だから大丈夫だと言い切るサイラスの態度はあっけらかんとしており、その楽観的な思考に更にレナードの溜息が漏れる。

だが次の瞬間に出かけた文句の言葉を詰まらせたのは、サイラスの笑みが次第に変わっていったからだ。先程までは朗らかな笑みだったというのに、今はどことなく悪戯っぽい笑みに変わっている。

にやりと弧を描く口元は随分と楽しそうだ。兄のこの表情には嫌な記憶しかなく、思わずレナードが身構える。

「なんだよ……」

「確かにお前が警戒するのも分かる。でも、警戒してる割には良い名前をつけてあげたなと思って」

「それは……、別にいいだろ。ただ思い浮かんだだけだ」

深い意味はない。と言い切り、レナードが「俺達も行くぞ」とステラ達の後を追って部屋を出て行く。

その背中をサイラスがニヤと笑みを浮かべて見つめ、楽し気に追いかけた。

◆◆◆

『ステラ』と名前が決まり、次は……、となったところでレナードが「見た目が問題だ」と話し出した。

場所は先程の一室。あわや首輪をお洒落に飾られかけたものの、なんとかそれは阻止して再びこの部屋に戻ってきたのだ。

そんな中でのレナードのこの発言に、ステラはもちろんアマネやサイラスも説明を求めて彼に視線をやる。

「そいつはアマネに瓜二つだ。いくら姉妹で通すっていっても、ここまで似てたら周囲も混乱するだろ。一卵性双生児だって多少は違いが出るものだし、逆に怪しまれかねない。それにいざという時に見分けがつかないのは困る」

レナードの言う通り、ステラの見た目はアマネと瓜二つだ。黒髪黒目の他にも背格好や顔の作り、体型、髪型、声までも。唯一違うところといえば、ステラの首元にあるネックレスもとい首輪ぐらいである。

その姿は間違い探しどころではない、傍目《はため》には鏡映しにしか見えないだろう。首輪を衣類で隠してしまえば見分けられる者はいまい。

もちろんそれはステラがアマネと入れかわろうとしていたのだから当然なのだが、『妹』として生活するにあたっては不便でしかない。周囲が混乱するという話も頷ける。

むしろレナードは不便どころか面倒事を起こしかねないと危惧しているのか、見た目で判断出来るようにすべきだと念を押してきた。

「見た目といっても服装は毎日変わるから意味ないし、どうすればいい？」

ステラが自身を見下ろしながら問えば、レナードが考えを巡らせるようにじっと見つめてきた。

「そうだな……。たとえば髪を切るとか。そうすれば見分けもつくし、入れかわれないだろ」

レナードの話に、なるほどとステラが頷いて己の髪に触れた。

アマネは髪が長く、それに合わせてステラも髪を伸ばしている。腰元まで伸びる艶のある黒髪。

それを片方が短く切るのなら確かに見分けがつく。

とりわけ黒髪は聖女の象徴の一つでもあるのだから、そこで違いをつければ目印になる。

もっとも、髪はいずれ伸びる。そうなれば再び見分けがつかなくなるだろう。

だがそんなことはレナードとて考えているはずだ。現にステラが自分の髪を眺めて画策していると、まるで先手を打つかのように「伸びたらすぐに切るからな」と釘を刺してきた。見れば警戒を隠しもしない鋭い視線を向けてくる。

「分かってると思うが、お前に拒否権はない。顔に目印代わりのデカい傷をつけられないだけマシと思え」

「分かった。好きにしろ」

あっさりと答え、髪に触れていた手を離す。艶のある黒髪がパサと落ちた。

「なんだ、随分と素直に応じたな」

「首輪を着けられてあやうく『春風に誘われて舞い降りたハニーマフィン』と呼ばれかけて、挙げ句にお姉ちゃん呼びまでさせられてるんだ。髪を切られるぐらいどうということはない」

「なんだ、諦めて降伏するのか？」

「降伏なんてするか。ただちょっと『どうにでもなれ』という気分なだけだ」

「……それもどうかと思うけどな。まぁいい、とにかく見分けがつくように短く切らせてもらう」

レナードに告げられてステラが頷いて返す。

そうしてさっそく……、となったのだが、ここで待ったが掛かった。「髪を切るなんて！」と悲鳴じみた声をあげるアマネだ。

「髪は女の命！　それを切るなんて酷い！」

「酷いって、それなら他に何か案はあるのか？」

「それは……、思い浮かばないけど。でもそれなら私が切る！　可愛い妹に大事な髪を切らせるなんて出来ない！」

「馬鹿言うな、お前が髪切ってそいつが長いままなら余計に混乱を招くだろ。切るのはそっちの女《ステラ》だ」

　アマネの必死な訴えをレナードが一刀両断する。だがそれでもアマネは応じず、果てにはステラを庇《かば》うために抱き着こうとしてきた。

　もちろんステラも大人しく抱き着かれなどするわけがなく、するりと彼女の腕から抜けてみせた。アマネの腕が虚《むな》しく宙を掻き「ステラちゃん！」という情けない声があがる。

「私は別に髪を切ることは構わない。というか、お姉ちゃん《こいつ》が煩《うるさ》いから切るならさっさと切ってほしい」

「そんな……！　せっかく姉妹で同じ髪型なのに切っちゃうなんて……。お姉ちゃんとお揃《そろ》いの髪飾りを着けたくないの？　たまにあえてアシンメトリーにすることによって仲の良さをよりアピールしたりしたくないの!?　お姉ちゃんが大好きすぎて同じ髪型にしてくれたんでしょう!?　艶のある黒髪は姉妹愛の象徴じゃないの!?」

「前言撤回、『構わない』じゃなくて髪を切ることにおおいに賛同する。ざっくりと切ってほしい」

「あぁぁぁ、ステラちゃんの綺麗《きれい》な黒髪が……、私と同じ艶のある漆黒の黒髪が……。お互いの髪を仲良く結び合ったりしたかったのに……」

　ステラが決意すればするほどアマネが嘆く。がくりと肩を落として、椅子に座っていなければその場に頽《くずお》れてもおかしくない嘆きようだ。

　そんなアマネを見ているとステラの胸の内が再び軽くなった。サァと軽やかな風が吹き抜けていくような、そんな爽快感が胸に満ちる。

「嘆くお姉《アマネ》ちゃんを見ていると不思議な感覚になる。胸が軽い……、この感覚は……？」

「それもいわゆる『ざまぁみろ』ってやつだ。感銘を受けるようなものじゃないからな。それよりさっさと切るぞ」

言うや否やレナードが立ち上がり、一度部屋を出ると数人のメイドを連れて戻ってきた。

メイドが手にしているのは櫛《くし》と鋏《はさみ》。切った髪が散らばるのを防ぐために布も用意され、メイド達がそれを手早く床に敷いていく。

彼女達は部屋に入ってきた時こそステラを見て唖然《あぜん》としていたが、事前に説明をされていたのだろう、好奇の視線を向けこそするものの訝《いぶか》しがる様子はなく、手早く準備を終えると一礼して去っていった。

一脚の椅子を中心に広げられた布。テーブルに置かれた櫛と鋏。あっという間に準備が終わり「座れ」とレナードがステラに着座を促してくる。

「切るのは兄貴がやってくれ」

「僕？」

「兄貴が一番器用だろ」

「それはそうだけど……。さすがに人の髪なんて切ったことないよ」

自分には出来ないとサイラスが辞退する。

「言い出したんだから、レナードがやってあげなよ」

サイラスが促せば、レナードがならばと鋏に手を伸ばし……、だがその手を「待った！」とアマネが摑んだ。

「可愛い妹を怪しんでる男に刃物なんて向けさせられない！　ここはお姉ちゃんが可愛い妹の髪を切ってあげる！」

「この中で一番の不器用女が何を言ってるんだ。俺じゃ駄目だっていうならやっぱり兄貴だろ」

「えぇ、やっぱり僕？　まぁでも確かにアマネはやめた方がいいかな……。それならいっそ明日にしよう。明日にすれば理容師を呼べるし」

サイラスは他人の髪を切ることに怖気《おじけ》づき、レナードが鋏を取ろうとするとアマネが止める。そのアマネは不器用なためサイラスとレナード両方から辞退を促される。そしてまた一番器用だからとサイラスに話が回り……。

これはいわゆる『堂々巡り』というものだ。埒が明かない。

促されるまま椅子に座ったものの話が一向に進まず背後で三人に騒がれ、ステラはうんざりだと溜息を吐いた。

ちらと己の黒髪に視線をやる。

艶のある黒く長い髪。事情を知らぬ者が見れば手入れをしていると感じるだろう。事実、手入れはきちんとしていた。だがそれはあくまで聖女アマネと入れかわるためにだ。

入れかわりが失敗した今、髪への拘《こだわ》りはない。切るというのなら好きにしてくれて構わないし、誰が切ろうとどんな髪型にされようとどうでも良い。

（そうだ、別に誰が切ったっていいんだ。それなら私が切ったって……）

ふと思いつき、ステラはテーブルの上に置かれたままの鋏に視線をやった。

急ぎ用意されたものなのか髪を切るための鋏ではない。だが切れるのならばなんだって良い。

そう考えて鋏を手に取った。

次の瞬間、ジャキンッと威勢の良い音が室内に響いた。

何の音か？　言わずもがな、髪を切った音だ。

ステラが自らの髪を。それも鏡を見ることもなく、片手で己の髪を掴んで束にして、それを豪快に切り落としたのだ。

髪を掴んでいた手を離せば切り落とされた束がパサパサと音を立てて床に落ちていく。首回りが外気に触れ、心なしか頭が軽くなった気さえする。

もっともきちんと切ったわけではないので、切断を逃れた束がいまだ首元や肩回りに残っているのだが。

「お、お前！　何やってるんだ！」

「ステラちゃん!?」

「うわぁ、これは随分と豪快にやったね……」

一寸の間を置いて、背後にいた三人が三者三様に声をあげだした。

「要は髪が短くなればいいんだし、それなら誰がやったって同じ、私がやってもいいだろ」

あっさりと言い捨てながら残った髪の束も掴んで切っていく。……のだが、さすがに見兼ねたのか途中でレナードに手を摑んで止められた。

見れば彼はなんとも言えない表情をしている。眉根を寄せて、どことなく苦しそうにさえ見える表情だ。

「……それだけ切れば十分だ。明日、理容師を呼んで整えさせる」

妙に落ち着いた、否、落ち着きすぎた低い声。

彼の視線はステラを見つめ、かと思えばふいに逸《そ》れて切り落とされた髪へと向けられた。

僅かに目を細める。だがそれ以上髪について言及することはなく「片付けさせる」とだけ告げると、再びメイド達を呼ぶために部屋を出て行ってしまった。

◆◆◆

翌朝、呼び寄せられた理容師は見事な腕前でステラの髪を綺麗に整えてくれた。

ちなみに初見時に理容師が「これは髪への冒瀆《ぼうとく》……」と慄《おのの》いていたが、それほどまでに切断面は豪快だったらしい。

施術の最中にも「せっかくの神聖な黒髪を」だの「こんなに雑に切って髪が泣いている」だのと呟いており、ステラも自分でやっておきながらもう少し丁寧に切れば良かったと思えてしまう。

長い髪に未練はない。切ることに躊躇《ためら》いはなかった。……が、背後で理容師に嘆かれると申し訳なさが募ってくるのだ。それも鋏を動かす合間合間に嘆いてくるのだから居心地の悪さといったらない。ひしひしと漂ってくる嘆きオーラに気圧《けお》されそうになる。

それでもさすが王宮お抱えの理容師だけあり、出来栄えは乱雑に切ったのが嘘のように綺麗なものだった。

短く切り揃えると印象がガラリと変わる。顔はアマネと瓜二つなのだが、これほど髪型が変われば並んで立っていても見間違える者はいないだろう。

ちなみに神聖な黒髪を切ることに終始嘆いていた理容師も、施術が終わると己の出来栄えに満足そうにしている。そして「次に切る時は必ずお呼びください。必ずですよ。他の理容師でも構いませんので」と再三にわたって念を押して帰っていった。

「髪が短くなっても可愛さの変わらないステラちゃん。髪飾りはどんなのがいい？　お姉ちゃんとお揃い？　色違い？　髪型が違うから、同じデザインを元にしつつもあえて少しだけ変えた髪飾りでもいいわね」

嬉しそうに抱き着きながら話してくるアマネを無視しながら、ステラは鏡に映る新しい姿の自分を不思議な気持ちで見つめていた。


理容師に髪を切り揃えてもらった後、ステラはレナードについてくるよう命じられて一室に通された。

こぢんまりとした部屋だ。中央には椅子が一つ置かれており、他には簡素な机のみ。卓上には資料が置かれている。

改装途中の部屋とも違う。保管室とも違う。

たった一人を座らせるためだけの部屋。

殺風景を通り越したその部屋の造りは、用途を考えるとそれだけで威圧感を与える。

「……尋問か」

「分かるなら話は早い、さっさと座れ」

レナードの口調は淡々としており、ステラは促されるままに椅子に腰を下ろした。

恐怖はない。捕まれば尋問されることは想定内だ。むしろ今に至るまでの流れの方がおかしかった。

だがさすがにこの部屋の雰囲気と彼が纏う空気に多少は気圧されてしまう。何を問われるのか、答えなければ何をされるのか、最悪なパターンを想像すれば覚悟をしていたとしても肌がひりつく。

椅子に縄で縛りつけられれば尚更だ。

それを察したのか、レナードが鋭い眼光ながらに「安心しろ」と告げてきた。淡々とした、冷たさすら感じさせる声色だが。

「質問にきちんと答えれば乱暴な事はしない。仮にもお前は『聖女アマネの妹』だからな」

「……それで、聞きたいことは？」

「まずは素性だな。名前がないって言っていたが、あれは本当か？」

「事実だ。……少なくとも、覚えているうちでは、名前を呼ばれた記憶はない」

「覚えているうちでは？」

ステラの言葉に疑問を抱いたのか、レナードがオウム返しで尋ねてくる。

理由を話せという彼の視線に、ステラは隠す必要もないと話を始めた。……といっても、話すことはただ一つ。

「私には三年前より昔の記憶がない」

これだけだ。

「三年前？」

「あぁ、そうだ。それより前はどこで何をしていたのか、どんな人生を送っていたのか、何一つ覚えていない」

三年前、目を覚ますと既に黒髪黒目の少女だった。もちろんこの顔だ。

それ以前のことは何一つ覚えておらず、過去を思い出す余地すら与えられなかった。空になった頭の中を埋め尽くすように『いずれ聖女アマネと入れかわれ』と命令され続け、そのために必要な情報を叩き込まれていったのだ。

おかげで自分のことは何一つ分かっていない。

名前も年齢も、三年前より以前はどこで何をしていたのかも。

あまりに記憶がなさすぎて『記憶がない』という実感も湧かず、「お前は三年前に突然生まれたんだ」と馬鹿げた話をされても信じてしまいそうだ。

それを話せば、さすがにここまでの話は予想していなかったのか、レナードが僅かに言葉を詰まらせた。

信じられないと言いたげな表情。驚きと疑惑が交ざり合った視線を向けてくる。

「さすがに年齢ぐらいは分かるだろ」

「三年前より昔の事は何も覚えてないんだから分かるわけないだろ。そもそもお姉ちゃん《アマネ》と入れかわったら私の年齢なんて関係ない」

アマネは現在十八歳、ステラにとって重要なのはそれだけだ。自分の年齢などどうでもいい。

そう断言すれば、レナードが僅かに言い淀んだ後に「それなら」と話を続けた。

「以前からその見た目だったのか？」

ステラはアマネと瓜二つだ。

この世界には存在しないはずの黒髪黒目。その色合いもだが、顔付きも、背丈も体格も、全てアマネと鏡映しのように同じだ。

これは三年前から変わらない。だけど三年前より以前は……。

「だから覚えてない。元々お姉ちゃん《アマネ》とそっくりだったのか、それとも別だったのか、何も覚えていないし教えてもらえなかった。知る必要もないと思ってたし」

「知る必要って、気にならなかったのか？」

「私はお姉ちゃん《アマネ》と入れかわる、それだけだから」

はっきりとステラが告げる。

ついでに「まぁ失敗してこの様《ざま》だけど」と付け足すのは自棄の領域だ。おまけに軽く頭を振って首輪を揺らしてカチャと鳴らして見せた。

「……記憶を消されて、洗脳されたってことか？」

「どうだかね。あ、前もって言っておくけど、どこから来たのか誰の指示かを聞き出そうとしても無駄だからな。お前達にとって有益な情報は何一つ教えられていない。どこか分からない施設で、誰か分からない人物に生かされてたんだ。その記憶だって今はもう朧気《おぼろげ》だし」

そもそも、尋問といえども問われたところで何も答えようがないのだ。

ステラには己に関する記憶が殆《ほとん》どなく、頭の中にあるのは『聖女アマネと入れかわり国家転覆を遂行する』という目的と、そのための手段と必要な情報だけ。

そしてその情報源も記憶していない。誰に命じられたのか、どこから来たのか、自分の行動が誰のためになるのかも分からない。

頭の中には、誰かが『残しておくべき』と判断した情報しか残っていないのだ。そしてその判断をした『誰か』が誰だったのかという情報はない。

「アマネと入れかわった後、あいつをどうするつもりだった？　どこかに連れて行くつもりだったんじゃないのか？」

「入れかわりが成功したら誰かが回収しに来る手筈《てはず》だった。それが誰かも、どこに回収するかも、私は知らない」

「それなら、失敗したらお前はどうするつもりだったんだ？　何も分からないなら元いた場所に戻れないだろ」

「そうだよ。だから『こう』なってる」

戻る場所が分からない、つまり、戻るという行動は許されていない。

そもそもここまで王宮内に入り込んだ末の犯行なのだから、失敗した場合、逃げおおせる可能性はないに等しい。入れかわり成功か、失敗して捕縛か、あるいは殺されるか、その三択だ。

そうステラが話せば、レナードが怪訝な表情を浮かべた。

「その話、本当なんだろうな」

「疑うなら気が済むまで尋問すればいいし、なんだったら拷問したっていい」

知らないことは話せない。どれだけ話せと問い詰められ痛めつけられようとも、記憶にないことは口を割れない。

だがさすがにこの話を正直に受け取る気にはならないのだろう、レナードがゆっくりと歩み寄るとぐいとステラの顎を摑んで上を向かせてきた。

間近に彼の顔が迫る。嘘を許すまいという鋭い眼光。濃紺色の瞳が真意を探るようにじっと見つめてくる。

「本当に何も知らないんだろうな」

脅すような低い声。

「何も知らない。何も覚えてない。だから何も話せない」

ステラもまた彼の目を見据えてはっきりと返す。

嘘偽りのない事実だ。そもそも、偽ろうにも元の知識がない。

そうしてしばらく睨むように見つめ合い……、ぱっとレナードの手が離れていった。

「分かった、信じてやる」

「意外とあっさりだな。二、三発は殴られると思ってた。こんな簡単にやめていいのか？　死ぬほど痛めつけたら生存本能で思い出すかもしれないけど？」

「物騒なことを言うなよ。女を痛めつける趣味はないし、嘘を吐いてるかどうかは目を見れば分かる。そもそもアマネの奴が信じたってことは、少なくともお前本人は悪い奴じゃないだろうしな」

尋問とは言いつつもそこまで厳しく問いただす気はなかったのか、レナードはあっさりと引くや拘束を解いてきた。「縛って悪かったな」という謝罪までしてくる。

「別に。首輪着けられてるんだから、今更縄で縛られたぐらいどうってことない」

自由になった手を軽く振りながら話せばレナードが肩を竦めた。彼もまた首輪に関しては思うところがあるのだろう。

「それで、この後は身体検査でもするのか？　必要なら服を脱ぐけど」

「馬鹿言え、尋問だけで十分だ」

これで終わりだとレナードが告げ、そのうえ「出て行っていいぞ」とまで言って寄越すではないか。

縄での拘束から一転してこの解放ぶり、きっと拘束は単なるパフォーマンスだったのだろう。

ならばとステラも部屋を出ようとし、扉を開けかけた瞬間……、

「私のステラちゃんはどこ⁉　ネックレスにつけるチャームを二人で選ぼうと思ってたのに！」

というアマネの声を聞いて、開けかけた扉を閉めた。音を立てないよう、カチャン……と静かに鍵を掛ける。

どうやら彼女は王宮内を探し回っているらしく、声が遠くなったかと思えば再び大きくなってきた。「ここらへんからステラちゃんの気配がするのに‼」という声にはさすがのステラもぞっとしてしまう。

これは……、と考え、ステラは後ろ手に扉を押さえながらレナードへと視線をやった。彼もアマネの声が聞こえたのだろう、なんとも言えない顔をしている。

「……もう少し尋問されてあげてもいいけど」

「分かった、匿《かくま》ってやるから椅子にでも座ってろ」

溜息交じりのレナードの返事を聞き、ステラはどうにも様にならないと思いながらも椅子に座り直した。

もちろん今回は縄で縛られることはない。

◆◆◆

その後「この部屋からステラちゃんの気配がする……」と突き止めたアマネの執念と聖女の力により扉を突破され、ステラが引きずられるように連れて行かれてしばらく。――「こんなことにお姉ちゃん《聖女》の力を使うな」というステラの恨み言が徐々に小さくなっていくのはなかなか感慨深いものがあった——。

レナードが部屋に一人でいると扉がノックされた。入ってきたのは兄であるサイラスだ。

「お疲れ。悪いね、嫌な役を押し付けた」

「これは俺の仕事だろ。それに別に何もしてないからな、探りを入れた程度だ」

それだってあっさりと終えてしまった。そう話せばサイラスが頷いて返してきた。

ステラの尋問はサイラスから任された仕事だ。といっても、レナードも一度きちんと話を聞くべきだと考えており、たまたま言い出したのがサイラスが先だったというだけの話。彼が言い出さなくても、遅かれ早かれ、それどころかほぼ同じタイミングで、きっと尋問は行われていただろう。

そして尋問という仕事を託す際、サイラスは「手荒なことはしないようにね」と告げてきたのだ。

「それで、ステラは？」

「アマネが引きずって連れて行った。首輪につけるチャームを選ぶんだとよ」

「それは……、まぁ、アマネが楽しいならいいんじゃないかな」

「相変わらずのアマネ贔屓《びいき》だな」

やれやれと言いたげに溜息を吐きつつ、ステラから聞き出した情報を資料に書き込んでいく。

といっても碌な情報はない。彼女自身何も知らされておらず、それどころか三年前より昔の記憶がないという。

サイラスが横から資料を覗き込み「これは」と小さく呟いた。

「記憶がないって……」

「余計な記憶を消された、って考えた方が良さそうだな。ここに来る前の居場所も何もかも覚えてないあたり、大方、失敗したらそれまでの使い捨て要員として記憶を消したんだろう」

何も情報を残さないということは、ステラに万が一のことがあっても関与しないということだ。

彼女が失敗して捕まろうとも、そこでどんな目に遭おうとも、尋問どころか拷問を受けようとも、ステラをここに送り込んだ者達は一切関与しない。もちろん助けにも来ない。

ゆえに元より吐ける情報を与えなかったのだ。失敗したら切り捨てるどころではない、切り捨てる前提でステラを仕込んでいる。

「ステラがいたのは碌なところじゃなさそうだね」

「そうだな。アマネを攫って何をしようとしてたんだか」

「他にも何か仕掛けてくるかもしれないし、早いうちに尻尾を掴んでおいた方が良いかもしれないね」

サイラスの話に、レナードが頷いて返す。

それを最後に会話が終わると、室内がシンと静まり返った。

冷ややかな空気が部屋に満ちる。

その直後、扉をノックする音が響き、一人の使いが部屋に入り……、そして冷え切った空気にふるりと体を震わせた。

実際の寒さではない。これは室内に満ちる怒りの空気だ。冷たく張り詰める空気、発しているのは室内にいる二人の王子。

「あ、あの……、ご予定のお客様がいらっしゃいました」

室内の冷ややかな空気に気圧され、恐る恐る使いの者が告げる。

それを聞き、まず張り詰めた空気を解いたのはサイラスだ。普段通りの穏やかな表情に戻し、そのうえ呼びに来てくれたことに感謝を告げる。その声色は彼らしく優しく温かい。

「今すぐに用意するよ。客室に案内しておいてくれ」

「か、かしこまりました……」

「今日の来客は確かアマネとの話も望んでいたはずだ。悪いけど、客室に通したらアマネを探しておいてくれないかな」

サイラスが指示を出せば、使いの者が恭しく頭を下げて部屋から去っていった。

心なしかその足取りが速いのは部屋の圧に恐れをなしてだろう。察したサイラスが「悪いことをしちゃったな……」と頭を掻いた。

「後で謝っておこうかな。それじゃあ僕は先に行くからね。……その顔、戻してから来なよ」

ポンとレナードの肩を叩いてサイラスが部屋から出て行く。

再び静かになった部屋の中、一人残されたレナードは手元の資料に視線を落としていた。

記載されている情報は少ない。読み込むほどの量もなく、分かるのはステラの扱いの酷さだけだ。

彼女がどんな目に遭ったのか、どんな扱いを受けていたのか。容易に想像がつく。……だがそれすらもステラの記憶には残されていないのだ。

資料を睨みつけるようにレナードが眉根を寄せた。

2

『聖女アマネの妹』として正式にステラの存在を公表することになった。

国内どころか近隣諸国が騒然としたのは言うまでもない。元より聖女の存在自体が伝承の中だけと考えられていた中、その聖女が現れ、更に彼女を追うように妹まで現れたのだ。

異例続きのこの話に聖女の妹を一目見ようと国内外問わずから人が殺到してもおかしくないのだが、そこはサイラスが対応することになった。

『聖女アマネの妹であるステラはこちらの世界にまだ慣れていない、繊細な彼女がこちらの世界に慣れるまで待ってあげてほしい』

と、公表と共に穏やかな微笑《ほほえ》みで皆に告げたのだ。

その姿は聖女の妹を気遣う慈愛に満ちた王子そのもので、彼の麗しい見目の相乗効果で説得力は一入《ひとしお》。誰もがこの話を信じ、彼の意思を尊重し、聖女の妹が落ち着くまで待とうと考えてくれた。

サイラスが国民に告げた際、彼の隣に聖女アマネがいたのも効果があっただろう。

個々でも麗しい二人だが、寄り添う姿もまた絵になっている。とりわけ彼等が立つ場所が絢爛豪華な王宮のバルコニーなのだから、国民に宣言し時に穏やかに手を振る彼等の姿に次期王と王妃の未来を思い描いた者も少なくないだろう。

それが更に二人の言葉を国民の胸に浸透させ、誰もが彼等の話を真摯に聞いて受け入れていた。

そんなバルコニーと繋《つな》がる一室の中で、ステラはレナードと待機していた。

二人の後ろ姿が見える。だがバルコニー下の広場に集まった国民達からはステラ達の姿は見えない。

本来ならば顔見せぐらいはした方が良いのだろうが、下手に顔を晒してステラが元いた組織に気付かれても問題が起こりかねない。ゆえに『まだ人前に出るのを恐れている』というそれらしい理由をつけて裏に隠れているのだ。

当人が国民の前に出ずに受け入れてもらおうとは虫の良い話だと思われそうだが、これもまたサイラスの穏やかでいて付け入る隙のない話術で国民は疑問さえ抱いていない。

(人心掌握はサイラスの得意とするところ……、と聞いてるけど、まさかここまでとは)

ステラが思わず感心してしまうほどである。

陰ながら拍手でもしようかとそっと手を胸元まで掲げたところ、隣から「動くな」と厳しい制止の言葉が掛けられた。

「勝手な行動を取るな。……ったく、こいつのどこが繊細なんだか」

とは、ステラの護衛という役目で同じく表には出ず、裏手からサイラス達の姿を見守っているレナード。

だが表舞台に出ないとはいえきちんと正装しており、王族らしい華やかな服装でありながらも騎士の勲章を胸に、剣も腰に下げている。剣の柄《つか》に手を添えているのは有事の際にすぐに抜けるようにだろう。

　全身に張り詰めた空気を纏っている。周囲はこれを『聖女の妹の護衛を任されているから』と考えているだろうが、ステラ本人はそんな楽観視はしない。

「せっかくそんな『繊細な聖女の妹』の護衛に抜擢《ばってき》されたのに、随分と不満そうだな。さっきからしかめっ面で、繊細な聖女の妹を怖がらせるつもりか？」

　彼にだけ聞こえる声でコソリと伝えれば「馬鹿を言え」と吐き捨てるような言葉が返ってきた。

　横目で視線を送ってくるが相変わらず鋭い眼光である。彼の纏っていた空気がより冷ややかに厳しく張り詰めた気がするのは気のせいではないだろう。

　警戒の色と威圧感を隠すことなくステラにぶつけようとしているのだ。敵意とさえ言える圧に、ステラの肌がぴりとひりつくような錯覚さえ覚えた。

　レナードは表向きは『聖女の妹』を護っているが、少なくとも当人にその気はない。むしろ彼の胸中は『聖女の妹』から周囲を護っているのだ。ステラが何か不穏な行動を取ればすぐに取り押さえにくるだろう。剣の柄に乗せられた手は片時も離れることなく、無言の圧を与えてくる。

「そんなに警戒しなくても、これがあるんだから変な行動なんて取れるわけないのに」

　話しながら、わざとらしく首輪をカチャと揺らして見せる。

　今日も今日とてしっかりとステラの首に嵌《は》められている首輪。

　アマネに対しての加害行為や逃亡はもちろんだが、それと同等の不穏な行動でも首が締め付けられると先日話をされた。

……それはそれは満面の笑みのアマネに。

弾んだ声で「妹のやんちゃを咎めるのもお姉ちゃんの役目でしょ」という説明付きで。

その話を聞いたレナードの視線がステラの首元へと向かい、警戒と敵意を前面に押し出していた彼の表情に若干の憐《あわ》れみが交ざり始めた。

剣の柄に掛けていた手をそっと離すのは、きっと常時首輪を着けられたうえに警戒されているのはさすがに憐れが過ぎると感じたのだろう。彼の視線に耐え切れず、ステラは顔を背けて「そんな目で見るな」と上擦った声で呟いた。

「ところで、その首輪は周囲にどう説明したんだ？　神聖なる聖女の妹が首輪を着けられてたら誰だって混乱するだろ」

「そんなの私が聞きたい。……と言いたいところだけど、お姉ちゃん《アマネ》とサイラスが『ネックレスはステラなりのお洒落』って押し切ったらしい。おかげで周りから首輪が似合ってると褒められるようになった」

「……大変だな」

「……同情なんていらない」

首輪を褒められた時のことを思い出してステラが遠い目をしながら話せば、レナードもなんとも言えない表情で露骨に顔を背けた。

彼も彼なりに思うところがあるのだろう。そう考えると、首輪を着けてきた張本人のアマネや、いつの間にか肯定し、それどころかすっかり迎合し「似合ってるよ、さすがアマネが作った首……ネックレスだね」と言ってのけたサイラスよりもマシかもしれない。

「首輪ごときでぐだぐだ言ってる場合じゃないと考えるべきか、せめて首輪ぐらいはぐだぐだ言わせてほしいと考えるべきか……」

思わずステラが盛大な溜息を吐けば、それとほぼ同時にわっと歓声が上がった。

驚いて顔を上げて歓声の元を追うように視線をやれば、バルコニーに立ち眼下に集まる国民達に手を振るサイラスとアマネの姿が見えた。

どうやら話が一区切りついたらしく、彼等を称《たた》える歓声と共に拍手まで聞こえてきた。拍手だと分かっていても突風のように迫ってくる音量だ。

「サイラス・リシュテニアは人心掌握に長《た》けて人望に厚い、って聞いてたけどさすがだな」

「兄貴は一見すると気弱そうに見えるが、ああ見えて誰より意志が強くてやる時はやるタイプだ。何を望まれてるか、自分をどう見せるべきか、そういったことも把握しきってる。他の国にも同年代の王族はいるが、実力も支持率も兄貴が群を抜いてるからな」

「確かに、近隣諸国の状況も聞かされてはいるけど、サイラスが一番支持率も実力も安定してるらしいな」

「それに兄貴の隣にはアマネがいる。元より支持率の高い王子に聖女がつくんだ。二人の仲が正式に公表されれば、この国の地盤はより確実なものになる」

レナードからサイラスへの評価は褒め一辺倒だ。だがそこに兄弟ゆえの贔屓は感じられない。

話す展望も夢物語というわけではなく、現状から導き出せる未来の話である。レナードだけではなく一介の国民だって、それどころか情報としてしか知らなかったステラでさえ予想出来る話だ。

それを語るレナードの口調はなぜか自分のことのように誇らしげで、彼もまたその未来を望んでいるのだと分かる。バルコニーに立つ兄を見て、いずれ玉座に座る彼の姿を想像しているのだろう。

（……だけど、でも）

ふと、ステラは以前に聞かされた話を思い出した。

誰が教えたのかは分からないが、頭の中にある情報の一つだ。

その情報では……、とバルコニーに視線をやるレナードを見ていると、視線に気付いたのか彼がひょいとこちらを向いた。自分を見つめているとは思っていなかったのか濃紺色の瞳が丸くなる。

「なんだ、どうした？」

「いや、別に……。サイラスは確かに人望はあるけど、優しく温和なだけじゃやってけないんじゃないかと思って」

「そりゃあな。だから俺がいるんだ」

あっさりと言い切り、レナードが腰に下げた剣の柄に触れた。

軽く剣を揺らすのはステラの視線を誘導するためだ。それでは足りないとカチャと小気味よい音でアピールしてくる。

内政と人望を担うサイラスと、彼を支え、時に武力をも行使するレナード。

二人の王子は見事なまでに得意とするものが違っており、ゆえに国を治めるための役割を分担している。

ステラの尋問をレナードが行っていたのがまさにだ。

結果的には少し話して終わった尋問のじの字もないものだったし、彼自身が暴力は趣味じゃないと話していたが、常にそうとは限らない。時と場合、そして相手によっては暴力を振るってでも聞き出す必要はあるだろう。もしもステラが組織のことを覚えていて全て開示していたら、きっとレナードは剣を取って制圧に向かったはずだ。

戦力面を担う、と言えば聞こえは良いが、つまりは荒事を託されている。言ってしまえば汚れ役。日の当たるバルコニーで聖女と並んで国民の拍手を受ける表舞台と、素性の分からない女を警戒しながら表舞台を眺めるしかない裏手。この位置もまさにである。

(そう考えると、私もこっち側なのか……。いや、この場所さえも私には勿体ない)

舞台の裏とはいえ国民の拍手も喝采も聞こえるし、バルコニーからは心地よい風が入り込む。裏といってもこの場所もまた明るい。

ここさえもステラにとっては表だ。ならば自分がいるべきは裏より暗く、光も歓声も届かない場所……。

だけどその場所すら分からない。思い出すことも出来ない。

眉根を寄せて記憶をひっくり返すステラに、「おい」と声が掛かった。はっと息を呑んで見上げればレナードがこちらを見ている。

「さっきから考え込んで、何かあったのか?」

「何も……」

「そういえば、お前は兄貴に対して人望だの支持率だのと言ってるが、兄貴は実際にはかなりのやり手だし、そもそも優しく温和っていっても誰より怖いのは兄貴だからな」

「サイラスが怖い？」

思いがけない話にステラはオウム返しで尋ね、更にはレナードとバルコニーに立つサイラスを交互に見た。

『サイラスが怖い』とはどういうことか。

彼は性格もだが見た目からして温厚さがあり、いわゆる好青年という印象だ。『怖い』という言葉とは無縁。

なにより、その話をしたのがレナードなのだ。弟でありながらもレナードの方が僅かだが背が高く、体軀では彼の方が勝っている。温和な性格が顔に出ているサイラスと違い、レナードは凜《りん》とした逞《たくま》しさがある。

どちらも甲乙つけ難い見目の良さだが、威圧感で言うならばレナードが勝る。

「どちらかと言えば、というより明らかに怖いのはレナードの方だろ。子供百人を相手に同時に凄んでどちらが怖いか聞いたら、二十人はレナードを見て泣き出すし、三十人は逃げ出すし、残りの五十人も声を揃えてレナードの名前を挙げるだろ」

「ちょっとした大惨事だな。言っておくけど、俺だって傷付くんだからな。……いや、今はそんなことを話してる場合じゃなくて、とにかく、断言するが兄貴の方が怖い」

断言し、レナードがバルコニーへと視線をやる。

だが当人も説得力がない話なのは分かっているのか「信じられないのも仕方ないけどな」とフォローを入れてきた。

「兄貴の怖さっていうのは平時じゃ分からないからな。……分かった時が怖いんだ」

「分かった時？」

ステラが首を傾げ、改めてバルコニーに立つサイラスに視線をやった。

そこに立つサイラスとアマネはもう国民に対して話している様子はなく、止《や》みそうにない歓声と拍手に手を振り返しているだけだ。二人が手を振ることにより更に国民は湧き上がり……、と終わりが見えない。

だが延々と手を振り続けるわけにもいかず、頃合いを見て切り上げこちらに向かってくるだろう。

そう考えてしばらく眺めていると、予想通り手頃なタイミングで切り上げ、サイラスとアマネが屋内へと戻ってきた。

それでも拍手と喝采は止まぬのだからやはり人望はかなりのものだ。これは静まらせて帰らせるまでに時間が掛かるだろう。

「お待たせ、二人とも。なんだかこうやって後ろから見守られての演説っていうのは緊張するね」

「相変わらず見事だったな」

バルコニーには既に誰もいないというのに、拍手も歓声もいまだ止む気配はない。

これこそサイラスの演説がうまくいった証《あかし》である。

「この盛り上がりようを見るに、もう少し待ってから解散させた方が良さそうだ。熱が冷め始めた頃合いを見て撤収を促すように指示を出しておく」

素早く判断し、レナードが手配に向かう。

その際にステラに対して「大人しくしてろよ」と念を押してくるのは、あれこれと話していたがまだ警戒を解いていないという意思表示だろう。もしくは、警戒していたはずがなんだかんだと話し込んでしまったことを彼なりに気にして取り繕っているのか。

この後、ステラはアマネと共に彼女の自室で過ごす手筈になっている。

こういった集まりは「終わった、はいお疲れ様」とはいかず、報告会やら何やらと残っている。集まった国民を帰すのにも人員を割かねばならない。

そんな場に聖女がいてもさほど役には立たず、逆に聖女をもてなそうとしたり、気がそぞろになる者が出るのだという。

つまり『邪魔だし、周囲にも悪影響なので部屋に籠っていろ』というわけだ。ステラも同様の扱いである。

「ごめんねステラ。お茶を用意させるから二人で部屋で休んでいて。終わったら呼びに行かせるよ」

「お姉ちゃん《アマネ》と二人きりなのは嫌だけど、別に部屋にいること自体は問題ない。一人の方が良かったけど」

「そう厳しいことを言わないで。アマネも人前に出て疲れてるんだ」

サイラスが苦笑しながらフォローを入れ、隣に立つアマネの背をそっと押した。

その途端にアマネが抱き着いてくるのだ。更には「お姉ちゃんと一緒にお部屋でお茶会ね」と嬉しそうに話してくるのだから、ステラとしては「これのどこが疲れてる?」と訴えたいぐらいだ。

そうして片や二人きりのお茶会だとご機嫌に、片やうんざりだと引きずられながら、アマネの部屋へと向かう。

その途中で「おい」と声を掛けられた。

レナードだ。部下に指示を出していた彼が小走りにこちらに近付いてくる。

「さっき、話の途中だったろ」

どうやら話の続きをするために追いかけてきたらしい。

だが彼は本題に入る前に周囲を見回しだした。

「……兄貴はいないよな」

と言う声には若干だが警戒の色がある。

「いない。報告会の資料を確認するって呼ばれて行った」

「そうか、よし。兄貴がいないなら言うが、兄貴の怖さは……、なんとも言えないものだが、多分お前も怖いと思う」

説明しようという意思はあるのだろうが、レナードの話はらしくなくはっきりとしない。言いにくいことなので濁しているのだろうが、それにしたって濁しすぎだ。的を射ていないどころの話ではない。

それがまたステラの疑問を募らせていく。隣に立つアマネに視線を向けてみれば、彼女もまたなんとも言えない表情でそっぽを向いているではないか。先程までは散々ステラを呼んで見つめてきたというのに。

二人のこの反応こそサイラスの怖さの表れなのか。だがやはり今一つピンとこないと首を傾げていると、レナードが話を続けた。

「今はまだ想像も出来ないだろうが、いずれお前も目の当たりにするはずだ。その時にはきっと俺の言葉を思い出すだろう」

レナードの話し方はもはや予言めいたものになっており、それでもステラはどうにも理解出来ずにいた。

脳裏にサイラスの顔を思い浮かべるも『怖い』という単語とは全く繋がらない。試しにと怒ったところを想像してみるも、やはりそこに恐ろしさは見出《みいだ》せない。

そうステラが告げるも、それでもレナードは真剣みを帯びた表情のまま「いずれ分かる」と断言してきた。アマネも同様、顔を背けたまま「あれは見ないと分からないの」と細い声で告げてくる。

「よく分からないけど、分かったと言っておく。サイラスは怖いって覚えておけばいいんだろう」

「甘く考えてるな。だがそうなるのも仕方ないか……。とにかく、いつか兄貴の恐ろしさを目の当たりにするだろうし、その時はさすがに慰めてやるから俺のところに来い」

「レナードのところに？」

なんでまた、とステラは疑問を抱いて彼を見た。

レナードがなんとも言い難い表情を浮かべている。もどかしそうな、むず痒《がゆ》いのを我慢しているような、そんな表情だ。

ジロリとステラのことを睨んでくるものの、その瞳には敵意や警戒の色は薄い。あえて言うならば、ステラからの視線が気まずいと訴えているような瞳だ。

「兄貴絡みのことだからな。それに、兄貴が恐ろしいのは事実だが、それを下手に吹聴《ふいちょう》されても困る。だから俺が慰めてやるんだ。ただしこの件のみだからな」

用件はそれだけだったのか、言い終えるや別れの挨拶もなしにレナードは部下達の元へと戻っていった。

心なしか足取りは荒い。

「何あれ」

突然呼び止めたかと思えば話をして、慰めると言い出し、かと思えば『この件のみ』と条件をつけ、返事も聞かずに去っていく。

レナードの言動は理解が出来ず、ステラは己の頭上に疑問符が大量に浮かび上がるのを感じた。

そんなステラの腕を、黙って話を聞いていたアマネがそっと引いてきた。それどころか腕に絡みついて身を寄せてくる。

「まさかあの男、ツンデレなの……?」

とは、妙にくっついてくるアマネの呟き。信じられないものを見たとでも言いたげな声色だ。

これにもステラは更に疑問が募り、思わず首を傾げてしまった。

サイラスが怖いという話も分からなければ、レナードがわざわざこの件のみと条件をつけて慰めると言い出した理由も分からない。そしてアマネが言う『ツンデレ』という単語も聞いたことがない。

疑問だらけだ、と首を傾げたまま、アマネに引きずられるように部屋へと向かった。

それから数日後、ステラの疑問の一つは解消されることとなった。

サイラスがどう恐ろしいのかという疑問を、「それほどまでだった」と半ば思い知るようにして理解する羽目になったのだ。

3

バルコニーでの謁見から数日後、ステラはサイラスに頼まれて書庫から本を運んでいた。

普段はこういったことは彼の部下や従者がするのだが、どうやら急ぎで必要らしく、たまたま通りがかったステラは「時間があれば」と頼まれたのだ。

断る理由もないと応じ、彼と共に書庫に向かい図録やら何やらを運び出す。

「ごめんねステラ、助かったよ。急ぎで必要だったんだけど、今日は午後から来賓が多くてみんな忙しそうだったから頼みにくかったんだ」

「来賓？　あぁ、だから朝から騒がしかったのか。レナードも警備体制を見直すとかで騎士隊の方に行ってたし」

「父上と母上が不在だから尚更、出迎えに不備があるといけないからね。両陛下が不在の中でもお越しくださった皆様方には過剰なぐらいのおもてなしをしないと」

「聞いてるだけで面倒臭くなる」

「でもその分、三時のお茶に出るお茶請けは豪華になるよ」

「それは……、いいかもしれない」

もてなしの準備をするのは王宮勤めのメイドや使用人であり、聖女の妹であるステラには仕事はない。そして聖女アマネと違って来賓対応もしない。

それでも三時のお茶請けが豪華になるのだから、ステラからしたら美味しい話ではないか。

悪くない、と呟けば、その答えが面白かったのかサイラスが楽しそうに笑った。

そんなやりとりの中、「サイラス様」と声を掛けられた。

見れば通路の先から一人の男性がこちらに向かって歩いてくる。壮年の恰幅《かっぷく》の良い男性で、纏っている衣類からかなりの地位の者だと一目で分かる。

あれは……、とステラは記憶から該当の男の情報を引き出した。王宮関係者なら覚えている。

……空にされた頭に詰め込まされた、とも言うが。

「バント・ルザー」

ステラが男の名前を小さく呟けば、隣に立つサイラスが小声で「正解」と囁いてきた。

「彼のことは知ってるかな」

「一応は」

「そっか。それなら、申し訳ないんだけど少しだけ静かにしててくれるかな」

困ったような表情でサイラスが告げてくる。

それに対してステラは頷いて返した。バントが迫ってくる。

「サイラス様、こんなところにいらっしゃいましたか」

「用事があって書庫に行っていたんだ。何かあったかい？」

「この後の来賓についてお話が……。これは、ステラ様もご一緒でしたか」

バントに名を呼ばれ、ステラは軽く頭を下げておいた。

これといって彼と話す気はないし、かといってあえて無視をする気もない。なので挨拶はするが話すほどではないという意思表示だ。

バントも特にステラには用はなかったのか、恭しく頭を下げこそするもののすぐさまサイラスに向き直ってしまった。

「本日の来賓の中には聖女様に対して不信感を抱いている者もおります。同席するのは如何なものかと」

「むしろアマネについて理解を深めてもらう良い機会だと思うけど」

「しかし、席次を見ると聖女様のお席はサイラス様のお隣。いくらお二人の仲が宜《よろ》しくても、正式な公表を前にしてこの席次は……。来賓の中には年頃の娘を持つ方もいらっしゃいますし、誤解を招くことはお控えになった方が良いかと思います」

いくら王子と聖女とはいえ、未婚の男女が重要な場に隣り合って座るのは問題があると言いたいのだろう。

席次から二人の仲を勘繰る者は少なからず出てくるはずだし、たとえいずれはそういう仲になるとしても噂《うわさ》や勘繰りが先行するのは好ましくない。更に『年頃の娘を持つ者が……』と付け足すあたり、来賓の中には己の娘とサイラスとの婚姻を狙っている者もいるのかもしれない。

確かにバントの話は理解出来る。

だけど、とステラはつらつらと話をするバントを見つめた。

（バント・ルザー。ルザー家の当主であり、忠誠心以上の野心を抱いている男）

ルザー家は代々王家を支えている一族だ。親族回りも重役を多く輩出しており、バントはその筆頭であり家名に恥じぬ優れた手腕を持った男である。とりわけ外交に強く各国に繋がりがあり、顔の広さは王族に次ぐとも言われている。

優れた男だ。だが同時に野心家でもある。

バント・ルザーは強い野心を、それこそ重鎮という今の座では物足りないと考えるほどの強い野心を胸に秘めている。

（バントは娘をサイラスに嫁がせて王妃にしたがっていた。だけどそこにアマネが現れて、計画は丸潰れ）

聖女アマネはサイラスと親しくなり、公表こそしてはいないが二人の仲は誰もが知るところとなっている。

正式に婚約を結ぶのも時間の問題。両陛下が帰国したらすぐに、それどころか、彼等の帰国を待たずに明日にでも公表してもおかしくないと噂されている。そして殆どの者がこれを良縁と考え公表の日を心待ちにしているのが現状だ。

それがバントには面白くないのだろう。

そうして計画を潰された苛立《いらだ》ちとやり場のなくなった野心が不満に変わり、サイラスへと向けられている。

……と、思っていたのだが、バントの視線が自分に向かい、そのうえ「聖女様の妹と仰《おっしゃ》られても」と怪訝な声色で告げられ、ステラは思わずパチと目を瞬かせた。

どうやら矛先は自分にも向けられているらしい。野心が強すぎるあまり、不満の行先が一つでは足りないのか。

「ステラ様についての質問も多数あがると思いますが、それはどうなさるおつもりですか？」

聖女アマネを邪魔だと思っているバントは、その妹であるステラのこともよく思っていないのだろう。当然と言えば当然。現にステラに向けられる彼の視線から好意は感じ取れない。

たとえるならば値踏みするような視線といったところか。それも、値踏みの結果あまり高値はついていないようだ。

「ステラは今回は同席させないよ。まだ他国の諸侯らに会わせるには早いし、顔を出すならまずは国民が先だからね。それでもアマネの妹なんだから紹介だけはしておかないと」

「それは確かに仰る通りですが、聖女様の妹、というのは……。大陸内の力関係が変わることを危惧する者も出る恐れもありますし、中にはステラ様の素性を怪しむ者も出るかもしれません」

相変わらずバントの話は一理ある。

だが一理あるもののどことなくねちっこさもある。話し方もどうにもきっぱりせず、口調や言葉遣いこそ身分に合ったものだが聞いていて気分の良いものではない。

とりわけそれが己の素性を疑うというものならば尚更。もっとも、ステラとしては『勘の良い奴』という気持ちなのだが。

むしろ普通はこれぐらい疑ってかかるものではなかろうか。もちろん今そんなことを言う気はないが。

「ステラに関して公表すると決めたのは僕だ。念のため父上の許可も頂いている。問題なく話をするつもりだよ」

「そうですが……」

「ところで、今、僕は『念のため父上の許可も頂いた』と言った。この意味が分かるかな」

バントの話を遮って尋ねるサイラスに、隣で静かに話を聞いていたステラはおやと彼を見た。

サイラスは微笑んでおり、温和な雰囲気が漂っている。好青年という言葉が彼ほど似合う男はいないだろう。……だけど心なしか温和な雰囲気の中に鋭さが見え隠れしている気がする。

麗しい微笑みだがまるで絵に描いた笑みを顔に貼りつけたかのようで、その横顔を見ているとステラの肌がぴりと痺《しび》れに似た感覚を覚えた。

冷ややかな空気が場に満ち始める。

誰から漂っているのか……。考えるまでもない、サイラスだ。微笑んでいるというのに、一見すると穏やかな好青年だというのに、彼の纏う空気だけが重苦しく冷えて張り詰めている。

「い、意味とは……」

「外野にあれこれ言われないためだよ。父上から全権を任せられてはいるけど、どうにも僕だけの決定には異論を唱える人が多くてね。『父上の許可を頂いている』と言えば殆どの人は黙ってくれるんだ」

口調も声も変わらず穏やかだがサイラスの言葉には棘《とげ》があり、その棘は酷く鋭利で露骨だ。あえて露骨にすることで自身の怒りを訴えているのだろう。自ら刺しはしない、だがこれ以上踏み込むならば迷いなく貫くと、そう無言で訴える棘。

細められた目はじっとバントを見つめている。睨んでいるわけではないのに妙に視線が厳しく感じられるのは気のせいではないだろう。

バントの次の発言を見定めんと待ち構えているのだ。だがこの棘を受け圧を掛けられ、更に言葉を待たれ、ならばと容易に口を開く者はそうそういないだろう。現にバントは口籠り露骨に視線を泳がせ始めた。

「それは……、確かにそうですが」

「勘違いしてほしくないのは、父上に許可を貰《もら》ったのは『念のため』だ。ステラをここに住まわせると決めたのも、ステラのことを公表すると決めたのも僕。文句や不満があるのなら僕が聞こう」

「そんな、不満などと」

「ただ、聞くには聞くけどきちんとした意見として聞かせてほしい。私情しかない不満は時間の無駄だ」

バントに話しかけつつも、サイラスは彼の返事は聞こうとしない。

穏やかでいて一方的。けして捲《まく》し立てるような早口というわけでもなく、他者を威圧する声量でもない。だというのに口を挟むことを許さぬ圧があるのだ。

むしろここまで怒りを抱いてもなお崩さぬ穏やかな態度こそが対峙《たいじ》する者に恐怖を与える。隣に立つステラでさえこれほど圧と薄ら寒さを感じているのだから、正面から受けているバントは堪《たま》ったものではないだろう。胸中は計り知れない。

その圧に耐えかねたのか、ついにバントは「意見というほどでは」と自分の発言を撤回してしまった。そのうえ用事があるからとそそくさと去っていってしまう。

明らかな逃げだ。

仮にここでバントが己の訴えを意見として申告すれば、きっとサイラスも威圧的な態度を改めて彼の話を聞いただろうに。

だがバントは逃げの一手に出た。これこそ彼の訴えが真っ当な意見ではなく私情絡みでしかない証拠である。

「……バントとはどうにもうまくいかないね」

溜息交じりにサイラスが肩を竦めた。参ったと言いたげな表情には、先程までの張り詰めた空気はない。

一瞬にして元の好青年に戻ってしまったのだ。否、終始彼は好青年として振る舞っていたのだが。

その変化は見事としか言いようがなく、あまりの変わりようにステラはコクコクと頷くしかない。

「ごめんねステラ、変なところを見せてしまって。嫌な気分にさせちゃったね」

「……そんなことはございません」

「どうしたの？」

「なんでもございませんのでお部屋に向かいましょう……」

先程の余韻がどうしても心に残り、無意識に敬語を使いながら彼の執務室へと向かって歩き出した。


「怖かった」

ステラが本音をぽろりと漏らしたのは、サイラスの部屋に本を運び終えた後。

雑用の手伝いを感謝してくる彼にぎこちない敬語で返し、その足でレナードの執務室を訪ねたのだ。

開口一番のステラのこの言葉にレナードは一瞬不思議そうにしていたものの、事態を察したのか目を細めて「あぁ……」と呟いた。怪訝と警戒を交えていた顔に薄《うっす》らと同情の色が交ざり始める。

「見たのか……」

「怖かった」

「そうか。まぁでも、あれ含めての兄貴の人望と支持率でもあるからな」

「知らなかったし怖かった」

まだ少し寒い……、とステラが腕を擦《さす》る。冷ややかに棘のある言葉を放つサイラスを思い出すと寒気が戻ってくるのだ。ふるりと体を震わせてしまう。

事前に与えられていた情報にはサイラスのあんな一面は記されていなかった。『真摯』『温和』『人当たりが良い』そんないかにも好青年といった単語ばかりだった。

きっとステラに入れかわりを命じた者達も把握していなかったのだろう。もしくは、情報としては知っていても「そんなまさか」と真に受けなかったか。それこそレナードから話を聞いた時のステラのように。

あれは目の当たりにしないと分からない。そして一度目の当たりにすれば忘れようにも心に刻み込まれるのだ。

「とても怖かった」

項垂《うなだ》れながら告げれば、レナードが気持ちは分かると頷いた。

「何か温かいものでも用意させるから飲んでいけ」

メイドを呼ぶためにレナードが部屋を出ようとする。

そんな彼に、ステラは一瞬「どうしてお前の部屋でお茶なんて」と言いかけ……、

「寒いから飲む」

と、素直に従って部屋の中央に置かれたソファに腰掛けた。

薄ら寒さが付き纏っていたので温かい飲み物は有難い。――もちろんこの薄ら寒さが体温的なものではないのは分かっているが、今は物理的な温かみさえも恋しい――。

それに一人になったら先程のサイラスを思い出してしまいそうなのだ。しばらく滞在しよう、と心に決め、手元のクッションを手繰り寄せて座り心地を整える。温かみもだが、今は柔らかなものもほしい。

「あと出来れば甘いものも食べたい」

しれっとリクエストをすれば、メイドと話していたレナードが一度こちらを向き、

「あの兄貴を見て食欲があるのはたいしたもんだ」

と答えて、メイドにお茶に加えて温かいデザートも追加で持ってくるように命じた。

4

『聖女アマネの妹』としてステラの生活が始まり、一ヵ月が経過した。

突然現れた妹など普通ならば怪しんで当然なのだが、誰もが「アマネ様の妹なら」とステラのことを受け入れている。

聖女の地位の高さと、それほどまでにアマネがこの国に貢献しているということだ。

ステラにとっては人に首輪を着けて姉妹愛を押し付ける厄介でしかない女だが、これがなかなかどうして人望は厚い。外交の手腕も長けているし、なにより異世界の知識というのが類を見ないもので、彼女の発想、そして実現させる才能と技術は名実共に世界唯一なのだ。

そんなアマネの人望と貢献、そしてサイラスとレナードが同意しているというのも周囲が納得する要因であった。

とりわけレナードに対しては警備面での信頼もあり「何かあってもレナード様がいらっしゃるから」と話す者は多い。

（人望ねぇ……。どうして己に関する決定を他人への不確かな感情にゆだねられるのか）

よく分からない、と考えながらステラは王宮の一角を歩いていた。

屋内はおろか敷地内も含めて自由な行動が許されており、その範囲内であれば首輪も締まらないという。だからといって出歩く気にはならず、もっぱら与えられた自室とアマネ達のいるところの往復である。

本音を言えば部屋に引き籠って今後の打倒アマネ計画を立てたいところなのだが、それをしたところ「ステラちゃんと会えなくてお姉ちゃん寂しい」とアマネが部屋に入ってくるわ、それと一緒にサイラスとレナードまで来るわで騒々しくなったのだ。

これなら自ら部屋を出た方がマシだ……、と、有耶無耶《うやむや》のうちにベッドでアマネに寝かしつけられながら思ったのは記憶に新しい。

そうして王宮内を歩き、一室の前で足を止めた。

扉にはレナードの名前が記されている。彼の執務室だ。一応の礼儀として扉をノックすれば、「入れ」と簡素な返事があった。

低い声。幾分警戒の色が感じられるのは警備を担う役割からか。ゆっくりと扉を押し開いて中に入れば、机に向かい仕事をしていた彼が顔を上げてこちらを見た。

「なんだ、ステラか。どうした」

相変わらず声は低く、警戒を隠そうともしていない。むしろ警戒の色を強めて鋭い眼光で探るように睨みつけてきた。

言葉で訪問理由を尋ね、そして視線では嘘偽りを見逃すまいとしているのだ。

真正面からぶつけられる警戒心をステラはさして気にも留めず「仕事中に失礼」とだけ返しておいた。

「お姉《アマネ》ちゃんを見てないか？　お姉《あいつ》ちゃんの部屋に行ったんだが姿がなくて……、うぅうう」

「強制で姉呼びさせられて不服なのは分かるが、いい加減慣れろ。唸るな」

「慣れなくてはと思う反面、慣れたら終わりだという気持ちもする……、うぅうう」

「まぁ、分からなくもないな。それで、アマネを探してるんだったか。あいつなら兄貴と遠乗りに行ったぞ」

レナードの話を聞き、そういえば、とステラはアマネが乗馬好きだということを思い出した。

愛馬を可愛がっており、時に自ら手綱を握って草原を駆ける。女性にしては珍しい趣味だが、その一面もまた聖女としての特別視の一因になっているという。

馬を走らせ黒髪を風に揺らす姿は凜々《りり》しく高貴さを感じさせる……、そんな賛辞が国民からあがるらしい。

それを踏まえ、入れかわった際には怪しまれぬよう定期的に遠乗りに出るようにも言い渡されていた。

その際には護衛のためサイラスかレナードが同行するのが決まりとなっているが、アマネが選ぶのはいつも……。

「置いていかれたのか、残念だったな」

ニヤと笑みを浮かべてステラが告げれば、レナードの眉間に皺《しわ》が寄った。

警戒というより不服と言いたげな表情。「煽るな」と言い捨てる声にもどことなく不機嫌そうな色が交ざっている。睨みつけてくる眼光はより鋭い。

だが彼は一度深く溜息を吐くと気持ちを切り替えたのか、「それで」と話を改めてしまった。

「どうしてアマネを探してるんだ?」

問われ、ステラは特に隠すこともないと「これだ」と己の首元に手を添えた。

姉妹愛のネックレスこと首輪。今のところ名前の刻印やお洒落なチャームは回避出来ており、シンプルな鉄の塊である。

そんな首輪を軽く揺らせばカチャと金具が音を立てた。聖女の特殊技術なのか見た目に反して重さは感じず、苦しさもない。平時は着けていることを忘れてしまうぐらいだ。

……だけど、

「なんだかさっきからこれが締まってる気がするんだ」

「締まってる？　お前、まさか何か企んでるんじゃないだろうな」

「いや、誘拐を企てたり脱走しようとするともっと分かりやすく締まってくる。さすがに呼吸は出来るけど、不快に思うぐらいにはきつい。あぁ、でも、寝込みを襲おうとした時は息が詰まるぐらいには締まった」

「誘拐だの脱走だの、挙げ句に寝込みを襲うだの、物騒なことをさらっと言うな」

「突然部屋に押しかけてきたかと思えば勝手にベッドに入り込んだ末に『お姉ちゃんが子守歌を謡ってあげる』なんて言い出して一分で鼾《いびき》をかいて寝られたら誰だって襲いたくなる。他はともかく、あの時の私は悪くない！」

「……気持ちは分かるが、そういう時は俺か兄貴を呼べ、部屋から引きずり出すぐらいはしてやる。それで、普段とは首輪の締め付けが違うのか？」

レナードの視線がステラの首元に向けられる。

平時は着けているのを忘れてしまいそうなほど軽く、それでいてアマネに危害を加えようとすると締まる、ステラにとっては忌々しいことこのうえない首輪。悔しいが防犯としての効果は抜群だ。

そんな首輪が一時間ほど前から徐々にきつくなってきていた。

最初は肌に触れているのを意識させる程度に、次第にその感覚が煩わしくなり、今はたとえるならば首元の詰まったきつい服を着ているような感覚にまでなっていた。

息苦しいとまでは言わないが不快だ。そう説明している間にもまた僅かに首輪が締まった。喋《しゃべ》ることは出来るが、喋っている最中に締められると言葉が詰まってしまう。それほどまできつくなっているということだ。

「なるほど、それであいつを探してたのか。だが一時間前に遠乗りに出たばっかりですぐには戻ってこないぞ。……ん？」

「まだ戻ってこないのか……。まったく、人の気も知らないで勝手なお姉ち《女》ゃんだ。……そんな、女って単語も駄目なのか。うぇ、またちょっと締まった」

首輪の性能と締め付けにステラが愚痴るが、対してレナードは何やら考えるように黙り込んでしまった。

彼の視線はいまだステラの首元に注がれている。警戒の色を宿して睨みつけていた表情が次第に引きつったものへと変わり、僅かに上擦った声で「おい」と話しかけてきた。

「アマネの奴、遠乗りに出かけたが、その前に首輪の設定は変えて行ったんだろうな？」

「設定？」

「逃亡防止にアマネから離れたら締め付けるって言ってただろ。それは、アマネが自ら遠ざかった場合は無効なんだよな？　少なくとも今だけは無効になってるんだよな？」

嫌な予感がしているのか引きつった表情で尋ねてくるレナードに、ステラは首輪に触れたまましばらく考え……、

「さぁ？」

と答えた。

もっとも、声を出そうとしたタイミングでまた首輪が締まったので「うぇ」という間の抜けた声になってしまったのだが。

その瞬間、レナードが勢いよく立ち上がり、そのままの勢いでステラを担ぐと部屋を飛び出していった。


「あ、の、馬鹿女ぁ‼」

背後から聞こえてくるレナードの怒声に、ステラは馬に揺られながら頷いて賛同した。

彼に担がれて部屋どころか建物を飛び出し、そのまま彼の愛馬に一緒に乗せられ、走り出して今に至る。

手綱はレナードが握っており、ステラは背後から彼に抱えられながら馬に揺られていた。

「おい、大丈夫か⁉　苦しくないか！」

「……少し楽になった」

「楽に……。そうか、近付いてるんだな。あいつら、やっぱりあの場所にいるのか……！」

レナードの言葉にステラは疑問を抱き、道の先を見通すように視線をやった。

次第に街並みは自然が増え、今は家屋が点々としている。もうしばらく進めば広大な草原が広がっているだろう。

国内の地図はあらかた覚えている。もっとも、これはステラとしての記憶ではなく、アマネと入れかわってもバレないよう『アマネが覚えているであろう地図』としての記憶なのだが。

そんな脳内の地図と道を照らし合わせ……、

「あぁ、お姉《アマネ》ちゃんとお前達が出会った場所……っ!!」

と、話の最中に言葉を詰まらせた。咄嗟《とっさ》に口元を押さえる。

それに気付いたレナードが馬を走らせたまま「おい！」と声を掛けてきた。手綱を片手で持ち、空いた腕でステラの体を抱きかかえる。

彼の手が首に触れた。首を絞める……のではない。大きな手は締め付けから少しでも解放させるように首輪を押さえている。

「また締まったのか？　もうすぐ着くからあと少し我慢を」

「舌を噛《か》んだ」

「……は？」

「舌を、噛んだ」

揺れている中で話をしたから思いっきり舌を噛んでしまった。

そう説明してべェと舌を出して見せれば、レナードが一瞬目を丸くさせた。だが次第に話を理解していったのか彼の表情がなんとも言えないものに変わっていく。

その果てに発せられた「もう何も喋るな」という声はいまだかつて聞いたことのないほどに低い。唸り声とさえ言えるほどだ。

「くそ、心配して損した……。そもそもなんで俺が心配しなきゃならないんだよ……」

「難儀な性格だな」

「お前が言うな。もう何も喋るな。少しぐらい首輪で苦しんで舌を噛め」

自棄になっているのか、もしくは己の現状への八つ当たりか、命じてくるレナードの声は今日一番低い。

これに対してステラは今は大人しく従っておこうとし、ふと道の先に見覚えのある姿を見つけた。開けた草原。そこに二頭の馬が止められており、少し離れた場所にアマネとサイラスが並んで座っている。

二人はこちらに背を向けており、遠目でも距離が近いと分かる。触れそうなほどに近付き、それどころかサイラスの手がアマネの肩に触れている。割って入るのを躊躇わせる空気だ。

だが今のレナードにはそんな空気など関係ないのだろう。むしろ彼からしたら二人の間に漂う空気が良ければ良いほど腹立たしいのかもしれない。手綱を握る手がわなわなと震えている。

その気配を感じ取ったのか、単に足音を聞いたか、アマネとレナードがほぼ同じタイミングで振り返った。

「よぉ、お二人さん。楽しそうなところ邪魔して悪いな」

「レナード、どうしたんだ？　ステラまで連れて」

突然の乱入にサイラスが不思議そうに視線を向けてくる。

彼の隣に座るアマネは自分達の距離が近いことに今更気付いたのか慌てて立ち上がり、白々しくステラを呼んで近付いてきた。

「可愛いステラちゃん、お姉ちゃんがいなくて不安になって探しに来たの？　ごめんね、いつも一緒にいようって約束したのに」

「約束してない」

「そんなに拗ねないで。でも、どうしてわざわざ探しに来たの？」

サイラスとアマネがそれぞれ理由を尋ねてくる。

それに対して、ステラはレナードと顔を見合わせ……、

「お姉《お》ちゃ《ま》んが遠くに行くから私の首輪が締まったんだ」

「アマネが遠くに行くからこいつの首輪が締まったんだ」

と、声を揃えて言ってやった。

次の瞬間、長閑《のどか》な草原にアマネの甲高い悲鳴が響き渡った。


「ごめんねぇ、お姉ちゃんってば可愛い妹に酷い仕打ちを……。こんなのお姉ちゃん失格だわ……、やめないけど、お姉ちゃんであることはやめないけど失格だわ。失格だろうとやめないけど」

「嘆いてても残る自我の強さ」

「本当に悪かったよ。最近仕事が立て込んでて出かける機会が少なくてさ。久しぶりだから少し浮かれちゃって」

「はいはい、分かったよ。何事もなかったしもういいだろ」

嘆きながら謝ってくるアマネにステラが呆れながら返し、苦笑しつつ謝罪をするサイラスの話にレナードが肩を竦める。

賑《にぎ》やかとさえ言える状況に擦れ違った者達は不思議そうにこちらを見るが、二人の王子と聖女がいると分かるや誰もが恭しく頭を下げた。中には、それに加わるステラを見て「あれが噂の……」「本当にそっくり」と小声で話し合う者もいる。

その声には警戒の色は全くなく、あるのは好奇心と敬意だけだ。

(警戒や侮蔑の視線は覚悟してたけど、真逆の要素で見られるのはなんだか落ち着かない……)

妙な居心地の悪さを覚えつつ、行きと同じようにレナードが手綱を握る馬に揺られる。

本当は一人で馬に乗りたかったのだが、それを話したところ「逃げるつもりか？ 駄目に決まってるだろ」「僕はいいと思うよ。そうしたらアマネは僕の馬に乗ればいい」「お姉ちゃんと一緒に乗りたいのね。さぁおいで」という三者三様の返答をされてしまったのだ。

それが順にレナード、サイラス、アマネなのは言うまでもない。これに対してステラはレナードとサイラスには返答し、アマネのみ無視をし、仕方なくレナードの馬に乗って今に至る。

「まったく……、なんで俺がこんな面倒なことを」

背後から聞こえてくるのはレナードの愚痴。

既に怒りは引いているようだが、どうやら怒りが引く代わりに疲労感が募ってきたらしい。声には覇気がなく、うんざりだという気持ちがこれでもかと込められている。

そんな愚痴を聞きながら、ステラはふと考えを巡らせた。自分の体を支えるレナードの腕に視線を向ける。

日々鍛えているだけあり逞しい腕。彼は王族として騎士隊を率いており、有事の際には自らも剣を持って戦うと聞いた。もっとも、この国が他国と争っていたのは随分と昔、歴史と言える時代のことなので彼が戦場に出たことはない。

それでも国内の争い事を収めるために騎士は日々鍛えており、彼の腕の逞しさや背に触れる体躯の良さからそれを感じられる。

思い返せば、自分を担ぎ上げる時も軽々としていた。

彼はそのまま人を担いでいるとは思えない勢いで王宮を飛び出して馬に飛び乗ったのだ。

(レナードは私を助けてくれたんだよな……。それに、この名前も考えてくれた)

もしもレナードが『ステラ』という名前を提案してくれなければ、あやうく『春風に誘われて舞い降りたハニーマフィン』として今日一日首輪の締め付けに苦しむところだった。

そんな最悪を超えた地獄とさえ言える状況を想像すれば、今は比べるまでもなくマシだ。『ステラ』という名前も既に馴染んでいるし、首輪も元に戻った。ちゃんとアマネから遠ざかった時には締め付けないように設定を変える約束も取り付けてある。

それらは全てレナードのおかげだ。

となれば礼の一つでも言っておくべきなのかもしれない。

そう考え、さっそく……、と礼を告げようとするも、言い出すより先に王宮に到着してしまった。

「ごめんねステラちゃん、お詫《わ》びにお姉ちゃんのデザート食べていいからね。なんだったらお姉ちゃんが食べさせてあげる。だから不甲斐ないお姉ちゃんを許して……」

「アマネ、ほら落ち着いて。とりあえず中に入ろう」

いまだ落ち込んでいるアマネを宥めて、サイラスが彼女を連れて王宮の中へと入っていく。「先に行くよ」と苦笑交じりに告げてくる声と軽く手を上げる仕草は相変わらず爽やかだ。

そんな二人の背が小さくなるのを見届け、ステラは今ならと考えて馬上でくるりと振り返った。背後から抱えられるように密着しているため振り返れば間近にレナードの顔がある。

突然振り返ったステラに驚いたのか、彼の濃紺色の瞳が丸くなった。

「な、なんだよ。また舌でも噛んだのか？」

「いや、礼を言っておこうと思って。……ありがとう」

レナードの目をじっと見つめて感謝の言葉を口にする。

彼はいまだ目を丸くさせたままで、呆然《ぼうぜん》としたように「……は？」という声を漏らすだけだ。

突然感謝されてわけが分からないのだろう。確かに突然すぎた。

「首輪のことに気付いて、すぐに馬を出してくれただろう？　それに名前も考えてくれた。その礼は伝えておかないとと思って」

「そ、そう、か……。いや、気にするな」

「分かった。それなら気にしない」

本人が気にするなと言っているのなら気にしなくて良いのだろう。そう判断し、ならばと馬からひらりと降りた。

先程のサイラス同様に「先に行ってる」と声を掛けてレナードを置いて王宮へと向かう。特に彼を待つ理由も、ましてや振り返って様子を窺う理由もない。むしろこの騒動でお腹《なか》が空《す》いているため、心なしか歩みはいつもより速い。

ゆえに、レナードが馬上からなかなか降りなかったことも、ましてや彼がじっとステラを見つめていたことも、

「……なんだよ、あいつ、結構可愛いところあるじゃねぇか」

そう小さく呟いたことも、生憎《あいにく》とステラは気付かなかった。

【第二章　偽者聖女と第二王子】

1

「おはようございます、ステラ様。本日もアマネ様より髪飾りが届いております」

穏やかな微笑みと共にメイドがアクセサリートレイに乗せた髪飾りを見せてくる。

赤いリボン。中央には綺麗な石が嵌《は》め込まれており、黒髪にさぞや映えることだろう。

そんなリボンを見つめ……、ステラははっきりと「返却で」と返した。メイドが穏やかな微笑みのまま「かしこまりました」と一礼して部屋を出て行く。だがそれと入れかわりでまた一人メイドが入ってきた。今度は一着のワンピースを持っている。

「おはようございます、ステラ様。本日もアマネ様よりお洋服が届いております」

「返却で」

「かしこまりました」

理由を問うこともましてや持ってきた洋服の全貌を見せることもせず、メイドが一礼して去っていく。その足取りは慣れすぎて踵《きびす》を返す様が華麗なワンターンにさえ見える。

そうしてまたメイドが一人部屋を訪れ、アマネから靴が届いていることを伝えてきた。これにもステラが「返却で」と返せば、やはり一礼して去っていく。踵を返す際にメイド服の裾がふわりと揺れる様はなかなかに優雅だ。

もはや朝の日課とさえ言えるやりとりなため、メイド達の対応も撤収も早い。それどころか日に日に踵を返す際の動きに磨きが掛かっている。

そんなメイド達が去っていき、ステラは溜息を吐くと部屋の一角に置いてあるドレッサーの椅子に腰掛けた。

「毎日毎日、よくまぁ諦めないもんだ」

溜息交じりに鏡を見れば、そこには呆れた様子の聖女アマネそっくりの顔が映っている。

だがその髪は短い。艶のある黒髪は肩口で切り揃えられ、主人の動きに合わせてふわふわと毛先を揺らしている。これではたとえ顔が瓜二つでもアマネと見間違えられることはないだろう。

最初こそ違和感を覚えていたこの髪型だが、さすがに二ヵ月もすれば見慣れてきた。

だが生憎と髪飾りを着ける気にはならない。それがアマネとお揃いだの色違いだのであれば尚更だ。だというのにステラがどれだけ断ろうともアマネはしぶとくあれこれと提案してくる。

(そろそろ諦めてくれるといいんだけど)

期待値の薄い望みを抱きながら寝癖を適当に直して身支度を整え……、コンコンと聞こえてきたノックの音に手を止めた。

入室の許可を出せばメイドが一礼して部屋に入ってくる。手にはアクセサリートレイを持っており……。

「おはようございます、ステラ様。レナード様より髪飾りが届いております」

と、先程と同じようで微妙に違う言葉を告げてきた。

扉の向こうには順番待ちをしている他のメイドの姿が見える。その手に衣服やアクセサリートレイがあるのは言うまでもない。

もう一巡……、とステラが呆れを込めて「返却で」と告げれば、メイドが一礼と共に華麗に踵を返して部屋を去っていった。

アマネの姉妹愛は相変わらずだ。ステラのことを妹と決めつけ「可愛いステラちゃん」だの「春風に誘われて舞い降りた私の妹」だのと呼んで抱きしめたりしてくる。――いまだしぶとく残る春風にはもはや何を言う気にもならない――。

だが最近はそれだけではなく、なぜかレナードまでアマネに競うようにちょっかいを掛けてくるようになっていた。

頻繁に声を掛けてくるし、何をしているのかと部屋を訪ねてくることも多い。髪飾りやら服やらをメイドに持たせてくるのは最近では毎朝のことになっていた。

「警戒しているのは分かるけど、それなら見張りをつけるなり行動制限を掛けるなりすればいいのに」

よく分からない、とステラが愚痴れば、執務机で仕事をしていたサイラスが苦笑を浮かべた。

場所は彼の執務室。仕事の手伝いをしてほしいと頼まれてそれに応じている。といっても国の根幹に関わる仕事をステラが担えるわけがなく、任されているのは誰でも出来るような雑務だ。

この仕事だってよく身元の分からない女に任せられるなと思ってしまう。言わずもがな、身元の分からない女とは自分のことなのだが。

それを話せばサイラスが苦笑を浮かべた。

「ステラの身元に関しては一応調べさせてもらってるよ。といっても、特に何も分かってないんだけどね」

「そうだろうね」

「でも少なくともステラ自身は危ない子じゃないと僕は判断してるよ」

「身元も何も分からないのに?」

ステラの記憶は相変わらず三年前より以前のものは存在しておらず、自分が誰だったのか、どこでどう生きてきたのか、全く覚えていない。それ以降の記憶だって朧気で、いまだ自分が所属していたであろう組織のことも思い出せずにいる。

頭の中にある情報は『聖女アマネと入れかわるために必要な情報』これだけだ。

こんな存在のいったいどこに信じる要素があるというのか。ステラ自身、己が信用出来ない存在だと理解している。少なくとも、自分がサイラスの立場であれば『危ない子じゃない』等と温い判断は下すまい。

自分の信用性のなさをあけすけに話せば、サイラスの苦笑が強まった。

「お姉《ア》ち《マ》ゃん《ネ》が私を信頼してるからって理由にしても、聖女に右に倣えで同調するのはどうかと思うけど」

「いや、アマネの判断に倣ったわけじゃないよ。この二ヵ月ステラと一緒に生活して信じられると思ったんだ。もちろん、僕だけじゃなくてレナードもステラのことを信頼してる」

「……よく分からない」

はっきりと疑問を口にすればサイラスがより笑みを深めた。まるで子供を愛でるような表情だ。思い返せば、彼の態度もこの二ヵ月でだいぶ柔らかくなった。当初は多少なりステラに警戒をしていたというのに、いまや二人きりになることに躊躇いもない。

「王子という立場でその警戒心のなさは問題じゃない？　少なくとも、お姉《ア》ち《マ》ゃん《ネ》には負けた私でもサイラスぐらいなら倒せるけど」

まさか弱いと舐《な》められているのではないか。

そう考えてステラがジロリとサイラスを睨みつければ、彼の笑みがまた違ったものに変わった。笑ってはいるが若干頬が引きつっている。作業中の手を止めて軽く上げるのは戦いたくないという意思表示か。

「ステラ、物騒な考えはやめよう。それに、僕も一応鍛えてはいるから多少なり応戦出来るよ。多分。……レナードが助けに来るまでの時間ぐらいは稼げるはず」

「それは誇って言うことじゃないと思うけど」

「僕の勝利条件は『レナードが助けに来るまで生き延びる』だからね」

「堂々と情けないことを……。まぁいいや、それより書類チェック終わった」

纏め終えた資料を整えてサイラスに手渡せば、彼は気の抜けたような笑顔で受け取ると感謝を告げてきた。その表情にも仕草にも警戒の色はない。

今この瞬間、資料を受け取る手を掴まれてもおかしくないのに……。

「この首輪、お姉《アマネ》ちゃんに危害を加えようとすると首が締まるようになってるけど、サイラス達に対しても効果があるとは限らないんだよね」

「ステラ？」

「たとえば今ここでサイラスの腕を掴んで、それどころか首を絞め上げても、この首輪は締まらないかもしれない。試してみてもいいんだけど」

脅すように話せば、サイラスが一瞬目を丸くさせた。まさかと言いたげな表情だ。

さすがにこれで警戒ぐらいはするだろう。

そうステラが考えるも、彼は何やら机を漁《あさ》り……、

「はい」

と、目の前に箱に入ったクッキーを差し出してきた。

ナッツが入った美味しそうなクッキーである。

思いもよらない美味しそうな焼き菓子の登場にステラは思わず目を瞬かせてしまった。

目の前のクッキーと、それを差し出すサイラスを交互に見る。彼はステラの反応が面白かったのかふっと軽く笑みを浮かべ、「あげるよ」と告げて軽く箱を揺らした。

「手伝いのお礼。それと、これ以上悪いことを企まないように」

サイラスの言葉も差し出してくる物も、これはもはや信じるどうの以前に子供扱いではないか。

警戒どころか驚いている様子もなく、ならばとステラは彼の腕を掴もうとし……、手の進路を変えてクッキーを受け取った。

どうにもサイラスの穏やかな言動は毒気を抜かれてしまう。

アマネの姉妹愛は厄介で、レナードが妙に接してくるようになったのも分からない。それと同様にサイラスも掴みどころがなくて対応に困る。

だが彼が一番まともだ。少なくとも、毎朝髪飾りだの洋服だのを押し付けたりはしてこない。

そうステラが考えた瞬間、扉がノックされた。ステラとサイラスが同時に扉へと視線をやり、サイラスが入室の許可を出せば勢いよく扉が開き……、

「私の可愛いステラちゃん、ここにいた！」

「なんだよ、兄貴のところか」

騒々しい声と共に一組の男女が部屋に入ってきた。言わずもがな、アマネとレナードである。

「見つかった」と忌々し気な言葉がステラの口から漏れた。露骨な嫌悪の声が出てしまうが、舌打ちしなかっただけマシである。

「ステラちゃん、どうしてお姉ちゃんとお揃いの髪飾りを着けてくれないの……？　色が嫌だった？　デザイン？」

「お姉ちゃん《お前》とお揃いというのが嫌」

はっきりとステラが拒絶の言葉を返せば、アマネがわざとらしく嘆く。

次いでステラを呼んだのはレナードだ。彼も彼で、朝方ステラに髪飾り一式を贈って返却されている。

「せっかく似合うと思って選んでやったのに、どうして着けないんだ」

「選んでくれなんて言ってない。そもそも、髪飾りを着けるとも言ってないのに勝手に選んで運ばせるな」

アマネとレナードの訴えをステラが尽《ことごと》く拒否してやれば、二人が一瞬話をやめ……、

「明日はピンクのリボンにするね。私は水色のリボンにするから、一緒に着けようね」

「明日は花のデザインにするから絶対に着けろよ」

まったく懲りる様子もなく、明日もまた髪飾りを贈ってくることを宣言してきた。

どちらの希望にも今日まで一度として応えたことはないのに、それどころか今この場ではっきりと拒否を口にしているのに、どうして自信たっぷりに宣言出来るのだろうか。

堂々とした二人の態度にステラは小さく唸りつつ「明日以降も絶対に拒否してやる」と心に誓った。反骨精神がふつふつと湧き上がってしまう。こうなれば根競《くら》べだ。

そんなやりとりの中、サイラスが「それで」と割って入って場を改めてきた。

「二人はステラを探してたみたいだけど、用事でもあったの？」

「あぁ、こいつがアマネに果たし状を出したらしくて、どういうことかと話を聞こうと思ったんだ」

「果たし状？　ステラ、果たし状って、そんなの出してたの？」

サイラスに問われ、ステラは頷いて返した。

次いでアマネに視線をやるのは、彼女に『果たし状を出して見せろ』という意味だ。察したアマネがポケットから一通の封筒を取り出す。

そこに書かれているのは『果たし状』の文字。

それと……、

『お姉ちゃんへ♡』

という文字。

「いったいどういう情緒でこの果たし状を書いたのか、確認しておこうと思って探してたんだ」

「情緒も何も、文字でさえ『お姉ちゃん』に変えられただけだ。しかも抗って書き直し続けてたらハートマークまで強制で書かされるようになって……、うぅぅ」

「事情は分かったから唸るな。それで、そもそもなんで果たし状なんて書いたんだ？」

「このまま負けっぱなしではいられない……。それに、逃がせとは言わないけどせめてこの首輪を外させたいから。どうしてもっていうなら首輪はそのままでも、この忌々しい『お姉ちゃん』呼びだけはどうにかさせたい」

ステラが忌々し気に首輪をカチャカチャと揺らしながら訴えれば、気持ちは分かると言いたいのかレナードが肩を竦めた。

ちなみにアマネはといえば「可愛い妹からのお手紙」と嬉しそうにし、サイラスはそんなアマネと果たし状を交互に見て……、「手紙、良かったね」とアマネの言葉を肯定しだした。どうにもサイラスはアマネに甘く、それがまた彼女の暴走に拍車を掛けている。

「可愛いステラちゃん、もちろんお姉ちゃんは応じるわ。妹からの遊びのお誘いを断るわけがないもの」

「遊びじゃない、果たし状だ。果たし状！　私が勝ったらこの首輪を外してもらうからな！」

「えぇ、いいわよ。もしお姉ちゃんが勝ったら、一緒におやつを食べようね。お姉ちゃんがあーんしてあげるから、ステラちゃんもお姉ちゃんに食べさせてね」

「よし分かっ……、えっ、それは……、いや、よし、分かった。私が勝てばいいんだ！」

アマネの出す条件に一瞬躊躇ったものの、ステラは気合いを新たに「行くぞ」とアマネを誘い出した。

食べさせ合うなど想像するだけで寒気がするが、要は勝てば良いのだ。勝てば首輪を外させられるし、もちろんおやつを一緒に食べる理由も、ましてや食べさせ合う理由もない。

そう自分に言い聞かせ、指定した中庭へと向かっていった。


二人が去っていった部屋。残されたのはサイラスとレナード。

執務室の窓からは中庭が見下ろせ、しばらくサイラスが覗いているとステラとアマネが現れた。

闘志を燃やしているのか意気揚々と歩くステラと、そんな彼女に付き纏いながら嬉しそうに話しかけるアマネ。背格好が同じで長さこそ違うが共に黒髪の二人は、遠目に見ると姉妹どころか双子のようではないか。

　年若い二人の少女が美しく整えられた中庭の開けた場所に出る。……と、そこまでならば絵になる光景である。シートでも敷いて楽しくお茶会でも開きそうな長閑さだ。誰も一騎打ちとは思うまい。

　そんな二人は数歩の距離を取ると、どちらとも動かなくなった。相手の出方を窺っているのだろう。

「レナード、見なくていいの？」

「見なくても結果は分かる」

　レナードが言い切るのとほぼ同時に、ビターン！　と大きな音が響き、ステラの悔しそうな唸り声が二階の執務室まで聞こえてきた。

2

　屈辱が増すだけで終わった一騎打ちの後も、ステラはアマネに再戦を挑んでいた。

　一日一戦。負けるたびにおやつを食べさせ合ったり髪を結び合ったりさせられるのは屈辱だが、それでも諦めることなく今日もまた一戦挑み……、

「あー、……いい天気」

と、中庭の開けた場所で大の字になって寝転がっていた。

アマネに見事なまでに放り投げられたばかりである。彼女に掴みかかろうとした瞬間ぐいと胸元を引っ張られ、世界がぐるりと回り、そして体に衝撃が伝うのと同時に視界に晴天が映り込んだ。

澄み渡る空、そこをゆったりと流れる白い雲。悔しいほどに晴天である。

爽やかに吹く風が、草木の揺れる音と「おやつの用意してくるね」と去っていくアマネの足音を耳に届けてくる。もはや唸る気にもならない。

(聖女アマネの破格の強さは知っていたけど、まさかここまでなんて……)

アマネの強さは元々知らされていたし、入れかわりがバレないように鍛えていた。

だが彼女の強さは聞かされていた以上。むしろ想定していた強さなど鼻で笑い飛ばせそうなほどだ。今日に至るまで、彼女の本気を引き出すことすら出来ずにこの様である。

思い返せば、彼女の絶望的なネーミングセンスや、この首輪を始めとする技術の無駄遣い、思い込みが激しく無駄に行動力に溢れた厄介な性格……と、聞いていないことばかりではないか。

果たして自分を送り込んだ者達はアマネのことをちゃんと調べていたのだろうか?

それにしてはあまりにも情報が浅すぎて、調査が杜撰《ずさん》だったのではと疑いたくなる。

これではまるで……。

(捨て駒だったんだろうなぁ……)

なんとなく、薄々と、否、最近では色濃くなり始めていた考えを心の中で呟く。

晴れ渡った空を眺めながらステラがそんなことを考えていると、次の瞬間、視界いっぱいの青空に見知った顔が割り込んできた。

　青い空を背負うと濃紺色の髪はより濃く見える。同色の瞳は以前あれほど警戒心を込めて睨みつけてきたというのに、今はすっかりその面影もなく、楽しそうにステラを見つめてくる。弧を描く唇が「お疲れさん」とお座なりに労《ねぎら》ってきた。

「今日も今日とて見事な負けっぷりだったな」

「ちょっと不覚を取っただけだ。あと少しだった。……と、思う。多分。昨日よりちょっと時間も掛かったし、お姉《アマネ》ちゃんも今日は苦戦してたはず」

「アマネの奴、嬉しそうに『お姉ちゃんの特製パフェを食べさせてあげる』って食堂に走っていったぞ」

「……うぅ」

　手応えのなさを感じて思わずステラが情けない声を漏らせば、立ち上がる気力もないのを察したのか、レナードが寝転がるステラの横に腰を下ろした。

　さすがに地面に王族を座らせるわけにはいかないと数人のメイドが慌てて駆け寄ってくるが、彼はそれを片手で制して下がらせてしまう。

「ステラも強いが、やっぱりアマネはその上をいくな。俺でさえ引き分けにしか持ち込めなかったからな」

「うぅー」

「俺が見た限りだとお前は足元が疎《おろそ》かになりやすい。だから足払いで浮かされて投げ飛ばされるんだ。昨日も一昨日もアマネに放り投げられてただろ」

「うー……」

「その前は摸造刀で戦ってたが、結果的に投げ飛ばされてた。あの時は摸造刀に意識を向けすぎてて余計に足元が疎かだったな」

「分かった、もういい！　もう十分だ‼」

改めて敗北を思い知らされる苦痛に、ステラは思わず悲鳴じみた声をあげた。

ガバと起き上がり恨みがまし気にレナードを睨みつける。「ご丁寧な分析どうもありがとう」と告げれば、悪びれる様子なく「どういたしまして」と返してきた。

その態度のなんと腹立たしいことか。だが悔しいかなレナードの分析は正しく、彼が挙げたステラの欠点は的確でどれも自覚しているものだ。だからこそ悔しいというのもある。

レナードは自ら剣を取り騎士隊の訓練にも出ており、その強さは国内一を誇るという。もちろん剣術だけではなく体術も心得ている。更には観察眼や戦術にも長けており、仮に王族でなくともきっと騎士として名を馳《は》せただろうと言われている。

なるほど確かに鋭い観察眼ではないか。もっとも、今はそんな褒め言葉を送ってやる気にはならず、ステラは「これは私とお姉《アマ》ちゃん《ネ》の戦いだから」と吐き捨てるとふんとそっぽを向いた。余計な口出し不要という意味だ。

この態度にレナードがクックッと笑う。

「そう拗ねるなよ。ところで、俺がサポートしてやろうか？」

「お前が？　……何を企んでる」

「人聞きの悪い。ただ何度投げ飛ばされても諦めないその根性を気に入っただけだ。あと個人的にアマネが負ける姿も見てみたいからな」

レナードが口角を上げて笑った。意地の悪い企み顔だ。

曰《いわ》く、彼もアマネと出会った当初に一戦交え、その際に引き分けになっているという。その後はアマネが聖女としての地位を築いてしまい、更には彼女を警護する身となって再戦は叶《かな》わず……。

そんな中で何度も挑むステラを見て、自分も加担しようと考えたらしい。

自分の代わりに戦え、ということなのだろう。「引き分けのままってのは趣味じゃない」という言葉はなんとも彼らしい。

「俺なら的確にアドバイスしてやれる。それに、俺とお前が組んだと知ったらアマネは悔しがるだろうな」

「それは……、確かにそうだな」

姉妹愛を拗らせているアマネは何かと纏わりついてくる。その際にレナードが割って入ってくると、アマネは彼の登場に悪態を吐いたり、時には競うようにステラを独占しようとする。「姉妹の交流を邪魔しないで！」だの「邪魔者！」だのと喚くアマネの声が脳裏に蘇《よみがえ》る。

だというのに、当のステラがレナードと組んでしまう。それも自分を倒すために……。なるほど確かに、アマネにとってはこれ以上ないほど面白くない展開ではないか。さぞや悔しがるだろう。

だけど、とステラは応じようとした自分に待ったをかけた。

いくらアマネを倒すためとはいえ、レナードと組むのは如何なものか。アマネを負かしたいという共通の目的があったとしても、元を正せば彼はアマネの味方。つまり自分の敵。

頭の中で天秤《てんびん》がぐらぐらと揺れる……。

「組んでもいい……、気がするけど、組んじゃいけない気もする。でもこのままだと勝てそうにないし……。だけど当初の目的を思い出せばレナードだって敵なわけだし……」

「なんだ、まだ敵だの味方だの言ってるのか？」

「本来の目的……、でもお姉ちゃん《アマネ》の悔しがる姿は見たいし、一矢報いてやりたい……。んぅー」

「分かりやすく悩んでるな。アマネが悔しがる姿を見たくないのか？　もしかしたら子供みたいに地団太踏んで悔しがるかもな」

「見たい！　分かった、組む‼」

頭の中でぐらついていた天秤が皿を弾《はじ》き飛ばしかねない勢いでガタンと一気に偏り、その勢いのままにステラはレナードの手をぎゅっと摑んだ。

自分より大きな手だ。片手だけでは摑みきれないと両手で覆う。

それを受けて一瞬レナードが言葉を詰まらせたが、今のステラにはそれを気に掛ける余裕はなく、更にぐいと身を寄せてレナードの瞳をじっと見つめた。

「私、どうしてもお姉ちゃんに勝《あぃっ》ちたい！」

「そ、そうか……。よし、それなら打倒アマネを目指して頑張るか」

鼓舞するように話し、レナードが立ち上がると摑んだ手を軽く引っ張ってくる。

ステラもそれに促されるまま立ち上がり「うん！」と意気込みのまま返した。

満面の笑みで。

だがステラ当人は自分が笑っていることなんて気付きもせず、パッと手を離すとひとまず王宮に戻ろうと歩き出した。おやつの準備が出来たとアマネが窓から顔を出して呼んでいるのだ。アマネに呼ばれて行くのは不服だが、お腹が空いたのでおやつが食べたいのは事実。

「ステラちゃん、どうしていつまでも外に……、分かった、お姉ちゃんと一緒に外でおやつを食べたいのね！　今シートを持っていくから待ってて‼」

「何も言ってなっ……、あ、早い！」

勝手な解釈をするや否や止める間もなく引っ込んでしまったアマネにステラが唸り声をあげ……、だが次の瞬間にはふふんと得意げな笑みを浮かべた。

ステラがレナードと組んだことを知ればアマネはさぞや悔しがるだろう。それも組んだ理由が自分を負かすためとなれば悔しさは倍増するはず。

余裕を見せていられるのも今のうち。そうステラが悪どい笑みを浮かべ、だがふと、背後に立つレナードが黙り込んだままなことに気付いて振り返った。

「レナード？」

彼の名を呼び歩み寄り、その顔を見上げる。

首を傾げて瞳を見つめれば彼もまたじっと見つめ返してきた。

「お前……、笑うと可愛いな」

冗談でもなく、何かを企む様子もなく、真顔で告げてくる。

彼の言葉にステラは「はぁ？」と間の抜けた声を返してしまった。

「可愛いって……、私が？」

「あぁ、気に入った」

「またわけの分からないことを……。私の顔なんてアマネの顔で見慣れてるだろ」

「いいや違う。アマネじゃなくてお前が可愛いんだ」

レナードが断言し、更には手を伸ばすやステラの手を掴んできた。

そのまま引き寄せ、更には片手を腰に添えて抱き寄せてくる。油断していたステラは簡単に引き寄せられ、トンと彼の体にぶつかってしまった。腰に添えられたレナードの手に僅かに力が入ったのが分かる。

突然のことにいったいなんだと文句を言おうと彼を見上げるも、濃紺色の瞳にじっと見つめられて出かけた言葉を飲み込んでしまった。

「アマネの妹なんてやめて俺の嫁になるのはどうだ？　俺の嫁になれば首輪じゃなくて指輪をやるよ」

不敵な笑みと、それでいて真っすぐに見つめてくる瞳。

告げられる言葉にステラはパチと目を瞬かせ……、

「嫁？　なに馬鹿馬鹿しいことを言ってるんだ。そもそもお姉ちゃん《アマネ》の妹じゃないし！」

と文句と共に、彼の体をぐいと押しのけた。

無理やりに彼の腕の中から逃げ、もう一度文句を言おうと睨みつける。だが言おうとした言葉は「ぐぇっ」というなんとも言えない声に変わってしまった。

背後から何かが抱き着いてきたのだ。

「可愛い私のステラちゃん、今この男に何かされてなかった⁉　私のステラちゃんを抱きしめていいのは私だけなのに！」

「お姉ちゃん《お前》だって抱きしめていいわけじゃ……、あ、苦しい。今回は苦しい！」

嫉妬と独占欲からか、アマネの抱擁は普段以上に強い。

思わずステラが「助けて！」と悲鳴をあげればレナードが慌てて間に入ってくれた。もっとも、彼が間に入るとそれはそれでアマネが嫉妬と独占欲を拗らせて……、と悪循環ではあるのだが。

それでもなんとかアマネの抱擁から逃れてステラが一息吐けば、アマネが嬉しそうに寄り添ってきた。その際の「お姉ちゃん、ステラちゃんが好きすぎるあまりに力加減を忘れちゃった」という悪びれることのない言葉とペロッと舌を出す顔は腹立たしく、思わずステラが盛大な舌打ちをするほどである。

「可愛い私のステラちゃん。お姉ちゃんがパフェを作ってあげたからね。こんなに晴れてるんだもの、外で食べないとだよね。ステラちゃんがお姉ちゃんとのおやつの時間を大事に考えててくれて嬉しい」

「また勝手な解釈を……。だがその態度もこれで終わりだ。私はお姉ちゃん《お前》を倒すためにレナードと」

「俺と組むことにしたんだ。そういうわけだから、今日からステラはアマネの妹じゃなくて俺の嫁だからな」

「そう、レナードと……。いや待て、いつ私が嫁になるなんて」

「はぁ⁉　私の可愛いステラちゃんを嫁に⁉」

アマネが姉妹愛を拗らせたかと思えば、なぜかレナードまで嫁がどうのと言い出す。更にはそれにアマネが触発されて声を荒らげる。再び抱き着こうと腕を伸ばしてくるも、さすがにそれはさっと後退して避けた。

晴天のもととは思えないほどに騒々しいやりとりに、ステラはどちらをどう止めるべきか分からず各々に言われた言葉を逐一否定するしかない。「妹じゃない」と「嫁じゃない」の繰り返しだ。

そんな騒々しい場所から僅かばかり離れた場所では……、

「今日は晴れてて風も気持ち良いし、外で食べるにはうってつけだね」

サイラスがいつの間にかテーブルセットを用意させ、一人でさっさとパフェを食べ始めていた。

「妹じゃないし嫁にもならない！　パフェも……、パフェは食べる」

勢いのまま「パフェも食べない！」と言いかけ、だが食欲には負けていそいそとサイラスが着くテーブルセットの一脚に腰掛けた。

さっそくとパフェを食べ、思わず「美味しい」と呟いてしまう。さすが王宮の、それも聖女や王子達に用意されたパフェだ。――アマネ特製らしいが、話を聞くに彼女が関わったのは盛り付けだけらしいので、実質これは王宮お抱えシェフの作品である――。

「ステラちゃん、お姉ちゃんに食べさせてくれるんじゃなかったの⁉」

「おい兄貴、なにしれっとステラと食ってるんだ」

話し合っていたアマネとレナードが気付き、騒ぎながらこちらに近付いてくる。

また煩くなった……、とステラはうんざりしながら溜息を吐き、最後の一口を食べ終えると「お先に」とだけ告げて席を立った。

背後からはアマネの悲痛な声やら自分を呼ぶレナードの声が聞こえてくるが全て無視しておいた。

3

果たし状を書き——手を無理やり止めようとも『お姉ちゃんへ♡』と書いてしまう点については早々に諦めた——、アマネに渡し、そのまま中庭で一戦交える。

それがステラの日課になっており、そして王宮内では三時の休憩に入る合図と化していた。

ステラとアマネが中庭に向かうのを見た者達は「もうこんな時間」と話し、ステラが豪快に投げ飛ばされるのを目撃した者達は「さぁ休憩するか」と仕事の手を止める。厨房《ちゅうぼう》では二人の一騎打ちが始まると三時のお茶の準備を始めるようになっていた。

そんな日々の中、今日もステラは晴天のもと勢いよく吹っ飛び……、そして「お姉ちゃんの勝ちね」という嬉しそうなアマネの声に唸り声をあげていた。

「可愛いステラちゃん、惜しかったね」

「余裕綽々《しゃくしゃく》で投げ飛ばしたくせに……」

「空を飛ぶステラちゃんはまるで春風に誘われて舞い上がる妖精のよう……。お姉ちゃん、大事な妹が春風に攫われてしまわないか心配！」

「自分で吹っ飛ばしておいてよく言う……。それで、今日は何だっけ」

相変わらずなアマネの言葉に反論する気ももはや起きず、もそもそと起き上がりながら今日の条件を尋ねる。

ステラが勝てば首輪からの解放。これは最初に果たし状を書いた日から一貫して変わっていない。対してアマネは自分が勝った場合の条件をあれこれと変えてくる。

だいたいはこの後のお茶の席でのことだ。食べさせ合おうだの、一緒に作ろうだの。昨日は一緒にクッキーを作らされたし、その前は揃いのエプロンを着てジャム作りを手伝わされた。

今日は何だったか……、と記憶を引っ繰り返していると、嬉しそうに顔を綻ばせたアマネがツンと頬を突っついてきた。――とても腹立たしい――。

「お姉ちゃんが勝ったから、約束通り『監禁』させてね」

「あぁ、そうだった。監禁……、監禁⁉」

どういうこと⁉　とステラは驚愕の声をあげ……、そのまま半ば引きずられるようにアマネに連れて行かれた。

王宮内にある一室。

広い部屋の中央にはローテーブルとソファが置かれ、隅には大人二人が優に寝転がれるサイズのベッド。その横にはドレッサーも用意されている。クローゼットは小さめで、壁の一角にある棚もあまり物は入りそうにない。

部屋の設備を見るに居住用というよりは短期の宿泊を目的とした部屋だろう。

そんな部屋のベッドの縁に座らされ、ステラはうんざりとした気分でいた。

なぜこの部屋に通されたのか分からないし、いったい『監禁』とは何をする気なのか見当もつかない。

だがしょうもないことだというのは分かる。

第六感がひしひしと『面倒臭いことが起きるぞ』と警報を鳴らしているのだ。

「それで、私をこの部屋に閉じ込めるつもり?」

「そう。ここはお姉ちゃんとステラちゃんだけの部屋。ここにステラちゃんがいてくれればいつだって一緒に過ごせるでしょう?」

細長い鍵を後生大事そうに持ちながらアマネが近付いてくる。

あの鍵はこの部屋のものだろう。監禁と言っているのだから内鍵ではない、外から施錠するための鍵だ。

「この部屋でお姉ちゃんとずっと一緒に生きていくの……。どこにも行かせない。ずっとお姉ちゃんのそばにいてね」

「また馬鹿なことを……」

呆れた、と溜息を吐きつつ、ステラはちらと窓へと視線を向けた。

この部屋は三階の一番奥に位置しており、窓の外は建物の裏手のはずだ。もっとも三階といっても一般家屋ではなく王宮の三階なので高さは相当なはず。

脳内にある地図と記憶から窓の外の景色や高さを思い浮かべていると、それを察したのかアマネが「ステラちゃん」と呼んできた。

美しいがどこか寒気を覚える微笑み。黒い瞳には普段のような明るさはなく、狂気じみている。

……もっとも、全体的に演技臭さが隠しきれていないのだが。

「もしかして逃げようとしてる？　駄目よ、お姉ちゃんからは逃げられないの……。諦めてここでお姉ちゃんと一緒に永遠の時間を……。ステラちゃん⁉　だからここ三階でっ！」

あぁー！　とアマネが情けない声をあげた。

言わずもがな、ステラが窓から飛び降りたからだ。

それも躊躇《ちゅうちょ》せず。まるで一階の窓から外へと出るかのように。否、普通の人ならば一階の窓から外に出るのももう少し躊躇うだろう。

アマネの甲高い悲鳴が背後から聞こえ、強い風と気持ちの悪い浮遊感がステラの体を襲う。

落ちている。窓から飛び降りたのだから当然だ。だがもちろん無策で飛び降りたわけではない。

直前までカーテンを掴むことで落下速度を出来るだけ落としていたし、下には背は低いが草が生い茂っているのも分かっている。現に、窓から飛び降りてすぐにステラの体は生い茂る草場に突っ込んでいった。

「……っ！」

枝や葉が体を叩いて痛い。着地の衝撃で足が痺れる。

だが幸いにも落下の衝撃はその程度だ。酷く痛めた箇所はなく、ステラは己の体に大事がないことを確認するとすぐさま立ち上がろうとし……、次の瞬間、ぐいと体を引き寄せられた。

「ステラ、大丈夫か！」

「……レナード」

自分の体を抱き寄せたのはレナードだ。

彼の顔が間近に迫る。焦りを抱いた表情。逞しい腕はステラの体を放すまいとしっかりと抱きしめている。

突然の彼の登場とその勢いにステラは数度ぱちくりと目を瞬かせ、間近に迫る彼の顔をじっと見つめた。ようやく返した「大丈夫……」という自分の声はどことなく間が抜けている。

「怪我《けが》はないか？」

「別に……、どこも」

「そうか。怪我はないんだな。それで何があった？」

緊急事態を危惧しているのだろう、尋ねてくるレナードの声は深刻で鬼気迫るものがある。事態を把握したらすぐに騎士を手配し、自ら剣を手に三階まで駆け上がりそうなほどだ。

そんな彼に僅かに気圧されつつ、ステラは「何も起こってない」と一声掛けると事件性はないことを説明した。

「ただ、お姉《アマネ》ちゃんに監禁と称して三階の客室に閉じ込められて、窓から逃げ出しただけだから」

自分で言っておいてなんだがあんまりな話である。

その説明を聞いたレナードが、数秒間、無言で固まったのは言うまでもない。

先程の鬼気迫る圧が静かに崩れていく。落胆やら疲労感を通り越して虚無の境地に達したか。濃紺色の瞳が次第に濁り、虚脱感がこれでもかと滲《にじ》み始めていく。

気持ちは分からなくもない、とステラは心の中で呟きつつ、彼の腕の中からするりと抜け出した。

「……怪我がないなら良かった」

とは、数秒間の沈黙の果てに発せられたレナードの言葉。声が掠れているあたり無理やりに絞り出した言葉だというのが分かる。

次いで彼は盛大に溜息を吐いた。かなり深く、心労がこれでもかと伝わってくる溜息だ。

「あんまり無茶するなよ……。心臓が止まるかと思った」

「私だって無茶をしなくて済むならしたくない」

洋服についた土や葉をパタパタと落としながら不満を訴えれば、レナードがなんとも言えない表情で肩を竦めた。

次いでどこかに向けて軽く手を上げる。その視線の先を追えば二人の騎士がこちらを見ており、ステラの視線に気付くと恭しく頭を下げてきた。

敷地内を警備している騎士隊だろう。見れば、レナードも彼等と似た騎士隊の制服を着ている。階級の差から多少の違いはあるもののそれでも統一感のある制服だ。

「レナードはこんなところで何してたんだ？」

「三階から落ちてきたお前に言われたくないんだが……。まぁいい、文句を言うのも無駄だな。俺は敷地内警備だ」

王宮敷地内の警備は騎士隊の務めであり、今日はその担当者に欠員が出たのだという。

偶然話を聞いたレナードは散歩がてら欠員の穴埋めで部下達と敷地内を見て回り……、そして窓から落ちるステラを見つけて慌てて駆け寄ったのだという。

「それはご苦労様」

「驚くほど他人事みたいに言ってくれるなよ」

呆れを込めた声色でレナードが不満を口にし、そのうえコツンとステラの額を拳で叩いてきた。

といっても殴るような強さではない。突っつくという表現の方が合っているだろう。痛みがないが反射的にステラが額を押さえれば「赤くなってる」と指摘された。落下した際に枝か葉で擦ったのか。

「手当てしてやる。来い」

「来いって、警備の続きは？」

「殆ど終わりかけだし、そもそも二人いれば十分な仕事だ」

あっさりと話を決め、レナードが部下達を呼び寄せる。「後は頼む」という簡素な言葉だけでも彼等は理解し、頭を下げると去っていった。

ちなみに去り際に今回のことは他言無要だとレナードが告げれば、部下達は苦笑と共に了承していた。妙に理解が早い。それどころかレナードに対して若干の労いと憐れみの視線すら向け出すではないか。

「お疲れ様です」という彼等の心の声を聞いた気がする。慣れを感じさせるその理解の早さと対応は、それほどアマネが奔放な行動をし、レナードが振り回されているということか。

この国において聖女アマネが現れたことは幸運だったが、アマネに振り回される者達からしたら、果たして幸運と言い切れるのか……。そんなことをステラが考えてしまうほどである。

そんなことを考えたせいか、もしくは偶然か、ステラがアマネのことを考えるのとほぼ同時に「ステラちゃん！」と覚えのある声が聞こえてきた。

言わずもがなアマネであり、走り寄ってきたかと思えばその勢いのままステラに抱き着いてきた。

「可愛いステラちゃん、無事で良かった！　ごめんね、お姉ちゃんがあんなことをしたから……！」

「まったくもってその通りなので反省して近付かないでほしい」

「全ては愛ゆえなの……。愛が、可愛い妹への抑えきれない愛が、独占欲が、私をあんな狂気に走らせてしまったの……！　愛が、深すぎる愛が全てを狂わせる……！」

「また変な演技に入った」

付き合ってられないとステラが呆れの表情でアマネを引き剝がす。

これ見よがしにアマネの目の前で軽く手を叩いてせいせいしたことを伝えてやれば、次いで肩を摑まれて引き寄せられた。

今度はレナードである。それも、なぜか不敵な笑みを浮かべている。

「後のことは俺に任せろ。俺がステラの手当てをする」

「なに勝手なこと言ってるの、可愛いステラちゃんの手当ては姉である私がするわ」

「怪我の原因を作った奴には任せられないな」

「ぐっ……、レナードめ……!」

正論を前にアマネの表情は忌々し気だ。それを真正面から見るレナードは不適でいて好戦的な笑みを浮かべており、彼のこの態度がアマネを更に焚《た》きつける。

二人の間に流れる空気は険悪としか言いようがなく、バチバチと音を立てながら火花が散っていそうなほど。『犬猿の仲』とはまさにこのことである。

……だけど、とステラは二人のやりとりを聞きながらレナードに視線をやった。

アマネからの文句を時に聞き流し、時に負けじと反論し、それどころか終始ステラの肩に手を置いたままで更には引き寄せたりと、彼は火に油を注ぐような言動をしている。

どことなく、楽しそうに。

アマネに対して煽るような言動をしつつも、彼の瞳は楽しそうで、友好的な色を持ってアマネを見つめている。

出会った当初、彼から警戒の視線を向けられたステラだからこそ分かる。今アマネを見るレナードの瞳には敵意や悪意はない。

（そういえばレナードは……）

ふと、ステラの脳裏に男の声が蘇った。

『良いか、いざとなったら……、そうすれば……。第二王子レナードは実は……』

朧気に何かを伝えてくる声。

話の内容は覚えているのに誰に聞いたのかは思い出せない。頭の中にある、身元の分からない情報。

聖女アマネと入れかわった後、行動を起こすための情報だ。

その情報では、レナードは……。

「そうか、だから私がいいんだ」

小さく呟き、無意識に胸元を摑む。

レナードはいまだ肩に手を置いて触れるほど近くにいるというのになぜか遠く感じ、目の前にいるアマネが不満を訴える声もどこか別の場所から響いているように聞こえる。

これだけ近くにいるのに、なぜか薄い壁で遮られているような錯覚さえしてしまう。

だがそんな錯覚を覚えているのはステラだけで、ひとしきり言い争いをしていたレナードがまるで勝利宣言のように「じゃあな」とアマネに別れを告げた。

そうして歩き出そうとする。もちろんステラの肩に手を置いたまま、それどころかステラに歩くように促してくる。つられてステラが歩き出せば、背後から悔し気なアマネの唸り声が聞こえてきた。

「どうだ、アマネの唸り声を聞いて少しはスカッと……。おい、どうした？」

「……え？」

「アマネの奴があんなに悔しそうにしてるのに嬉しくないのか？　いつも胸がスカッとするとか色々言ってるだろ」

「あ、あぁ……、うん、スカッとしたよ。姉妹愛だなんだとふざけたこと言って人を監禁しようとしたんだから、少しぐらい痛い目を見てもらわないと」

「……その通りなんだが、何かあったのか？」

異変を感じ取ったのかレナードが様子を窺ってくる。

それに対してステラは「何って……」と僅かに躊躇ったのち、

「別に、何も」

とだけ告げて、肩に置かれた彼の手から逃げるように足早に歩き出した。


「手当てをする前に運び出したいものがある」

そうレナードが言い出すので、ステラは彼に連れられて王宮の地下へと向かった。

王宮の地下は広いワインセラーと用途別に区切られた保管室で構成されている。真っ暗というわけではないが明かりは最小限しかなく、絢爛豪華な屋内との差が激しい。

元々この地下は人の出入りが殆どない場所だ。とりわけ保管室に至っては、扉が開かれるのは年に片手の回数という部屋もある。

「地下に来るのは初めてかも」

「俺もそんなに頻繁には来ないな。悪い、こっちに来て手伝ってくれ」

一室を前にレナードが手招きをしてくる。

どうやらそこに運び出したいものがあるらしい。ならばとステラは言われるままその一室へと入っていった。

中は保管室にしては物が少なく、あるのは棚と机と木箱が幾つか。部屋の天井付近には王宮裏手に面した小さな窓が設けられており、外から回ると大人の膝の高さにも届かない位置にある。換気のための小窓だ。

部屋の隅には大きめの額縁が並べられて保管されている。

王宮内に飾られている絵画だろうか。思い返せば王宮内はあちこちに絵画が飾られており、それも時期に合わせて飾るものを変えているという。

なるほど、飾らない絵画はここに保管しておくのか。

そう考えつつステラは何気なく部屋の奥へと進み、ガチャン、と聞こえてきた音に足を止めた。

振り返れば、扉に背を預けるようにレナードが立っている。

彼の手にあるのは……、銀色の細長い鍵だ。カチャリと音を立てて揺らすのはステラに見せつけるためだろうか。

先程まで平然としていたというのに、いつの間にか彼は目を細めて薄らと笑みを浮かべている。

どことなく蠱惑《こわく》的な色香を感じさせる笑み、それでいて瞳の奥にはぎらついた熱を漂わせている。

もっとも、レナードがどれだけ蠱惑的な笑みを浮かべようとも、ステラの気持ちは冷え切っていくだけなのだが。

「もはや何も言う気にならない」

「そう呆れた顔するなよ。ここに閉じ込めればお前を独り占め出来る。俺のものになって永遠にこで……、待て冗談だ！　話の途中で窓に飛びつこうとするな！」

即座に壁際に置かれた棚を伝って窓枠にしがみつけば、慌てたレナードが足を掴んできた。

降りるように促され、仕方なく下に戻る。服についたホコリをパタパタと払えばレナードが盛大に溜息を吐いてきたが、今回に限っては溜息を吐きたいのはステラの方である。

「あの窓、小さすぎて出られない。……でも片方の肩の関節を外せばなんとか」

「さらっと恐ろしいことを言うな。閉じ込めるわけないだろ、冗談だ、冗談」

「生憎とつまらない冗談は冗談と受け取らない主義だから」

きっぱりと一刀両断するように言い切れば、レナードが「つれないな」と残念がる。

次いで彼はステラの手をそっと取った。ゆっくりと自分の方へと引き寄せてくる。

「確かに今のは冗談だが、ステラを独占したいのは本音だ。もっといい部屋を用意してやるから、そこで俺に閉じ込められてみないか？」

再び蠱惑的な笑みを浮かべ、レナードが誘うように尋ねてくる。

濃紺色の瞳がじっとステラを見つめる。問いながらも乞うような熱い視線。

それに対してステラもまたじっと見つめて返し、「だから冗談はやめて」と彼の手から己の手を引き抜いた。

「なんだよ、今のは本気だぞ」

「はいはい。それで、そもそも運び出したいものって何？」

「あー……、それはだなぁ……」

途端に歯切れの悪くなるレナードに、ステラはまさかと彼をじっとりと睨みつけた。

まさかこのタチの悪い冗談のためだけに地下に連れてきたのではなかろうか……。

そんな疑惑を元に睨み続ければ、察したのかレナードが気まずそうに乾いた笑いを浮かべた。挙げ句に「俺も監禁してみたくなって」だのと軽々しく物騒なことを言ってくるではないか。

これにはステラも呆れを通り越して怒りを抱き……、

次の瞬間、彼の手から銀色の鍵を奪うと部屋の扉へと駆け出した。

もちろん閉じ込めてやるためだ。残念ながら察したレナードがギリギリのところで追いかけてきて、扉に半身を捩《ね》じ込むようにして制止してきたので叶わなかったのだが。

それでもと無理やりに扉を閉めようとすれば、本気と感じ取ったレナードが慌てて制止と謝罪の声をあげだした。だが謝罪程度で許せるわけがない、二度も監禁されかけた恨みは深い。

「私がお前達を閉じ込めてやる……！　まずはレナード、お前からだ！」

「悪かった、悪かったから許してくれって！　ほら、何か美味しいもの食わせてやるから！」

「なんでもかんでも食べ物で誤魔化せると思うな！」

部屋の内外にわかれ、騒々しく喚き合う。

聞こえてくる声に、地下へと続く階段の近くを通りがかった者達は揃えて首を傾げていた。


「なるほど、それでその声を聞いてアマネまで駆け付けたってわけか」

「二人揃うと余計に煩いし、果てにはどっちが長く監禁出来たかで競い合って、冗談じゃない！」

怒りを露わに訴え、傍らに置かれていたクッションをボスンと殴りつけた。さすがサイラスの執務室に置かれているクッションだけあり、ほどよい弾力でステラの拳を受け止めてくれる。

これは完全な八つ当たりだ。だがクッションへの八つ当たりで済ませているのだから、この寛大さを褒めてほしいぐらいである。

それも含めて訴えれば、話を聞いていたサイラスが苦笑と共に宥めてきた。執務机の引き出しから取り出すのは箱に入ったクッキーである。これでどうにか……、ということだろうか。

「アマネもレナードも本気でステラを閉じ込めたいわけじゃないし、ただステラのことを構いたかっただけなんだよ」

「私は閉じ込められたくないし構われたくもない。いっそあの二人を閉じ込めてやれば良かった。三日間くらい地下に閉じ込めれば大人しくなるかもしれないし」

「それは僕も困るかなぁ」

ステラの物騒な発言にサイラスが困ったように笑う。次いで更にクッキーを一枚差し出してくるあたり、このままでは実行しかねないとでも思っているのだろうか。

宥める策が焼き菓子のみというのも一言いってやりたいが、その前にまずはアマネとレナードをどうにかすべきだ。

だが二人同時に相手をすると面倒だし、かといって片方を相手にすれば片方が騒いで、下手すると独占欲を拗らせてまた監禁どうの……。

「考えると頭が痛くなりそう……。とりあえず、書類整理終わったから私は部屋に戻る」

纏めていた書類を軽く整え、サイラスの執務机の上に放り投げる。

手渡ししないのは怒りのアピールである。察したのかもしくはお礼か、クッキーが一枚追加された。

それを受け取りさっさと部屋を出ようとし、だがドアノブを回しても扉が開かないことに気付いた。鍵は開いているはずなのに扉がびくともしない。

何かが扉の向こうで押さえているのか。

これでは出られない……。

疑問を抱いてすぐ、ステラは息を呑むと同時に振り返った。

執務机に着いていたサイラスがゆっくりと立ち上がる。

その手にあるのは銀色の鍵……、ではないが、銀色の懐中時計。

「ま、まさか……」

「ざっと三十分ってところかな。この勝負、僕の勝ちだね」

サイラスが爽やかに微笑みながら勝利宣言をしてくる。

おまけに「楽しそうだから参加してみたくて」だの「優勝者には何かあるのかな」だのとまで言ってくるではないか。

これにはステラも怒りを通り越して呆れすらも超え、己の瞳から光が失われていくのを感じた。


そんなやりとりの翌日、ステラは自室のドアノブに、

『自主監禁中』

と書いた札を下げ、一日中部屋に籠っていた。

4

今日もまた晴天のもと、ビターン！　と豪快な音を響かせてしばらくのち、ステラはレナードの執務室にいた。

ソファに座り彼の雑用を手伝いつつ、先程の一戦を振り返る。

「今日は足元を気にしすぎたな。アマネの視線が下に向かうたびに距離を取ろうとしてただろ。それを見抜かれて放り投げられたんだ」

「んぅ……、まぁ確かにそれはある」

「一昨日も足元見すぎて上半身が隙だらけだったし、その前は視線誘導に引っかかってた。フェイントに面白いくらいに引っかかってた時もあったな。あれは笑った」

「笑うな！」

思い出し笑いをしかねないレナードに、ステラが吠えるように彼の態度を咎めた。

その叱咤《しった》を受けてレナードが「笑って失礼」と返してくるものの、その表情も、手で隠した口元も、随分と楽しそうではないか。これでは笑っているのと同じである。

なんて腹立たしい……、とステラはしばらく彼を睨みつけ、次いでふんとそっぽを向いた。これは己の怒りがどれほどかを訴えているのと、同時に『これ以上笑うなら部屋を出て行く』という意思表示である。

察したレナードが再度謝罪の言葉を口にするが、それもまた楽しそうなのは言うまでもない。

だがさすがにこの話題を続ける気はないようで、表情を真剣なものに変えると手元の書類に視線を落とした。

濃紺色の鋭い瞳が書類に記されている文字を追い、男らしい手が細いペンを操り器用にさらさらと文字を書き留めていく。普段は男らしさや勇ましさを感じさせる風貌だが、こうやって静かに書類仕事をしていると知的な印象を見る者に与える。

（知的……）

そういえば、と、ふと考えてステラは机の上に置かれた本に視線をやった。その本は体術に関して書かれており、他にも戦術や武器についての本が詰まれている。

それだけではない。レナードの執務室は壁の一辺に背の高い本棚が設《しつら》えられており、難しそうな本がきっちりと並べられている。戦いに関してはもちろん、政治、歴史、門外漢であろう専門的な学術書もあり幅広い。

レナードはこれらを全て読み切り、そのうえ殆どを頭に入れているという。

今日も今日とて負けたステラを執務室に呼び、探すこともなく本を数冊抜き取り「ここと ここを読め」と的確に指示してきたあたり、覚えているというのも嘘ではないのだろう。

「意外と頭が切れるんだな」

「突然どうした?」

資料を読み込んでいたレナードが顔を上げてステラの方を見る。

ペンを片手に首を傾げる姿は様になっており、騎士ではなく知的な宰相と言われてもしっくりきそうな風貌だ。

「事前に聞かされてた情報から、もっと腕力自慢の剣技頼みな脳筋馬鹿だと思ってた」

「お前……、もうちょっと言い方ってもんがあるだろ。それとも俺の意外な一面を見て惚《ほ》れ直したってことか?」

呆れていたレナードの表情が不敵なものに変わった。

口角を僅かに上げたその表情は蠱惑的な色気もあり、切れ長の瞳でじっとステラを見つめてくる。

そしてゆっくりとした口調で「ステラ」と呼んできた。

誘うような態度を取るレナードに、ステラはといえば……、

「馬鹿らしい」

と、あっさりと吐き捨ててやった。

もっともこの反応もまたレナードにとっては想定内なのか、怒ることも嘆くこともせず、それどころか「つれないな」と軽い口調で告げてきた。先程まで蠱惑的な笑みを浮かべていたというのに今は楽しそうに笑っており、その態度を見ているとステラの胸に不満が募る。

惚れ直すだのなんだのと馬鹿らしい。

あの余裕の態度をどうにかしてやりたい……。

そんな悪巧みを頭の中で考え、ふとレナードの執務机の上に視線をやった。

書類が詰まれている。あれを彼は今日一日で処理するのだ。

不在の両陛下に代わり国内の統治を任されているのはサイラスだが、弟であるレナードにも仕事はあり、騎士隊を始めとする国内の治安維持や戦力面に関しては彼の分野とされている。第二王子という立場でありながら実質サイラスの片腕を担っており、サイラスがいずれ王になってもその関係は変わらないのだろう。

つまり、どれだけレナードが優れていようが王になるのはサイラスということだ。

彼はずっと片腕でしかない。

「世が世なら、レナードが王になれてたかもしれないのにな」

「ん？　今度は何だ？」

「これだけ知識があって、仕事も出来て、それでも王になるのはサイラスなんだから、出生の順番で決まるなんてあんまりな話だと思って。残念だったな、第二王子様」

ステラがわざとらしい口調で話せば、レナードが溜息交じりに「煽るな」と咎めてきた。

まったく気にもしていない様子。それどころかステラの言葉に対して馬鹿なことをとでも言いたげである。

次いで彼は一度執務机の引き出しを漁ると徐に立ち上がり、ソファに座るステラの向かいに腰を下ろし真剣な表情で握った手を突き出してきた。

「……っ！」

殴られるのかと咄嗟にステラが身構える。

だがレナードの拳はステラに触れることはなく、目の前で止まったままだ。それどころか何かを急《せ》かすように軽く揺らしてきた。

いったい何をしたいのか。もしかしたら何か渡したいのかと気付き、ステラが恐る恐る彼の拳の下に己の手を添えるように持っていくと……、
コロン、と転がり落ちてきた小さな包みを落としかけ、慌てて両手で掴み取った。

「……チョコレート？」

手の中に転がり落ちてきたのは包装されたチョコレートだ。

それは分かったがこの流れでどうして……、と疑問を抱き、次の瞬間はっと息を呑んだ。

今と同じように会話の最中にお菓子を渡されたことが今までにもあったではないか。あの時はクッキーだったが、その違いは些細《ささい》なもの。

「まさか……」

「兄貴から『ステラはお腹が空くと悪巧みをする』って聞いてる」

「やっぱり！　サイラスめ、人のことを子供扱いして……、いや、子供扱いか？　これは何扱いだ……？」

「兄貴からの扱いは置いておいて。それで、さっきの発言は俺と兄貴の仲違《たが》いでも起こそうっていう作戦か？」

不敵な笑みでレナードが尋ねてくる。

だがそこに尋問めいた色はなく、出会った当初、ステラの素性や目的を聞き出そうとした時の威圧感もない。まるで他愛《たわい》もない雑談の最中の質問のようだ。むしろ面白い話題を見つけたとでも言いたげである。

そんなレナードからの質問にステラは僅かに考えを巡らせ……、コクリと頷いて首肯した。

隠したところでどうせ勘付かれているのだろう。彼の態度を見れば確信を得たうえで尋ねているのが分かる。

「お姉《アマネ》ちゃんと入れかわった後の作戦の一つだ。二人の王子を仲違いさせて、国内での内部分裂を引き起こす」

「なるほど、国を潰すのに有効的な手段ではある。だけど残念だったな、俺はどう煽られようと兄貴を失脚させようなんて思わないからな」

「なんで？　この国は嫡男の継承が決まってるわけでもないし、二人とも歳は近い。別に褒めてるわけじゃなくて客観的に判断した結果だけど、レナードにだって王になる才能は十分にあると思う」

褒めるのは癪なので「褒め言葉じゃないけど」と念を押しながら話すステラに、レナードが「素直じゃないな」と苦笑交じりに肩を竦めて返してきた。どことなく表情が嬉しそうなのは褒め言葉と取っているからだろうか。

だが軽く息を吐くとその緩い表情を真剣なものに変えてしまった。腕を組み、何かを考え、そして濃紺色の瞳を窓の外へと向ける。

ステラもつられて窓へと視線をやれば、晴れ渡った空に白い雲がゆっくりと流れていくのが見えた。

穏やかな日差しが降り注ぐどこまでも続く晴天。この敷地内だけではなく、国内のどこもかしこも今日は平穏な風が吹いているのだろう。

「確かに数百年前の戦続きの時代だったなら、俺が王になった方が良かっただろうな。兄貴は政治面には長けてるが戦略面はからっきしだ。騎士隊を鼓舞して先陣を駆ける……、なんて出来やしない」

「そうだろう？　本当に残念だったな」

「だから煽るなって。それにこれはあくまで『戦続きの時代だったなら』って話だ。今はそうじゃない。小競り合いは多少あるが近隣諸国総じて友好関係を築けている。そうだろ？」

レナードが話す通り、リシュテニア国と近隣諸国は互いに協定を結び平穏を保ち合っている。

百年単位で国家規模での争いは起こってはおらず、向こう数十年も安泰だろう。

「俺はこの平和が続くことを願ってる。そのためには俺じゃなくて兄貴が王になるべきだ」

「それで自分は二番手に？」

「あぁ、それがこの国の安寧を保つために必要なら喜んで二番手になる」

濃紺色の瞳でじっと見据え、はっきりとした声で断言してくる。

確固たる意志が窺える表情。更には昔から決めていたとまで断言するのだから、これは多少どころかどれほど揺さぶりをかけても動じたりはしないだろう。

「首尾良くお姉《ア》ちゃ《マ》ん《ネ》と入れかわれても、この作戦は失敗してたかな」

「そうだな。それで、他にはどんな作戦があるんだ？」

「あとは……」

サイラスとレナードを仲違いさせ内部分裂を謀るための要素は幾つか教えられている。

その第一候補が先程の王位継承権についてだった。王になる素質を持つレナードを焚きつけ、彼が台頭することで国内に分裂を招く。

だが他にも仲違いを引き起こすネタはある。……だけど。

「……言わない」

「言わない？　なんだ、変な作戦なのか？」

「別に、普通の作戦だけど言わない」

そっぽを向くことで話を無理やりに終え、それだけでは足りないと立ち上がった。

レナードが怪訝そうに見上げてくる。「どうした？」という彼の問いかけに対して、ステラはツンと澄まして「別に」とだけ返しておいた。

「お腹が空いたから食堂で何か食べてくる」

「なるほど、やっぱり腹が減ってたから悪巧みしたんだな」

「違う！　というか、なんでレナードまでついてくるのさ」

いつの間にかレナードまで立ち上がり、それどころか平然と隣に立って部屋を出ようとしているではないか。

ステラが文句を訴えるも彼はどこ吹く風で、それどころか「ほら行くぞ」と促してきた。挙げ句に先に部屋を出て「置いていくぞ」とまで声を掛けてくる。

一緒に行くのは不服だ。かといって主《あるじ》のいなくなった部屋に残るのも気が引ける。それと、お腹が空いているのも事実だ。

「別に一緒に食べるわけじゃないし……、私が先に食堂に行くって言ったんだし……」

ぶつぶつと呟きながら、ステラはレナードの後を追おうとし……、だが通路の先の光景を見て足を止めた。

既にレナードは通路の先を歩いており、たまたま通りがかったアマネと何やら話をしている。

二人が並ぶ姿は目を引く。この世界にはない神秘とさえ言える黒髪黒目の少女と、彼女を護る体躯の良い王子。絵になる、というのはきっと彼等のことを言うのだろう。

容赦のない物言いは遠慮なく言葉を交わせる仲である証拠だ。今も口喧嘩《くちげんか》が勃発して睨み合ってはいるものの、それが嫌悪や憎悪ゆえではないことは彼等を知ればすぐに分かる。

アマネが不満気にレナードに何かを言い、それに対してレナードもまた言い返す。

二人のやりとりはそれでもどこか楽しそうで……、

「……やっぱり」

ステラは小さく呟き、彼等とは別の道を行くべく、踵を返して歩き出した。

5

その日、ステラはサイラスからの頼まれ事でレナードの部屋を訪問した。

資料を渡すように頼まれたのだ。その際の「きっと部屋にいるから」という彼の言葉を信じて向かったのだが、室内に主人の姿はなかった。

だが部屋の鍵は開いている。現にステラは数度のノックの後に返事がないことに疑問を抱き、扉を開け、立ち尽くして今に至るのだ。

「不用心だな……」

思わず呟いてしまう。

レナードの部屋は第二王子の執務室であり、同時に騎士隊の重役の執務室でもある。重要な資料もあるだろうし、そもそも彼の上着や装飾品一つとっても高価な代物で、中には身分を証明する物もあるのだ。盗まれて売られたら大問題。容易に入って良い部屋ではなく、そして容易に入れるようにしてはいけない部屋である。

　現に第一王子であるサイラスは自室の施錠を徹底しており、少し出かけるだけでも鍵を掛けている。

『王宮の関係者を疑ってるわけじゃないよ。むしろ、不用心にして何かあったら彼等に迷惑を掛けるかもしれないからね』と、そうサイラスが話していたのを思い出す。立派なものだと感心したのも記憶に新しい。

　思い返せば、その際のレナードはなんとも言えない表情を浮かべていた気がする。それとアマネも。

「そういえば、お姉《アマネ》ちゃんも私室に鍵を掛けなかったな……。そのせいで私に入り込まれたのに、今も寝る前まで掛けてないし」

　あの時の二人の表情は、きっとサイラスの立派な考えを前に居た堪れなくなったからなのだろう。むしろサイラスはステラに話しつつ、二人の不用心さを指摘していたのかもしれない。そう考えるとあの時の彼の微笑みが薄ら寒いものに思えてくる。

「考えるのはやめよう、寒くなってくる。それに私はちゃんと鍵を掛ければいいわけだし」

　そうひとりごちて、どうしたものかと室内を見回した。

　主人のいない部屋に入ってしまって良いのだろうか。だがこの資料をレナードに渡さなければならないし、出来れば返事も貰ってきてほしいと言われている。

　それに、鍵を掛けずに出て行ったということはすぐに戻ってくる可能性が高い。

ならば室内で待っていようか。そう考え、ステラは室内に置かれたソファへと向かい、その途中ピタと足を止めた。レナードの部屋は一辺に背の高い本棚が設えられており、本が綺麗に並べられている。以前に部屋を訪れた際に意外だと眺めていたところ「自由に読め」と許可を得ている。

ならば彼を待つ間に一冊ぐらい借りても良いだろう。

「戦術、言語、農耕、医学……。思っていた以上に幅広いな」

並ぶ本の表紙を眺めていき、思わず感嘆の声を漏らしてしまう。本はどれも小難しそうなものばかりでその幅は広く、仮にこれら全てを読んでいるのだとしたら相当な知識量だろう。

そんな中、ふと一冊の背表紙に目を留めた。

「……これだけ、なんだか」

雰囲気が違う。そう呟いて並ぶ本の中から一冊を引き抜く。

他の蔵書は分厚く重々しいのに対してその一冊は薄く軽い。かといって作りが粗いわけではないのだが、誰が見ても一目で他の本とは違うと分かる。

オフホワイトカラーの表紙、温かみを感じさせる字体の表題。表紙には可愛らしい子猫のイラストが描かれている。温かみを感じさせる本だが、この知識が詰まった本棚の中では明らかに浮いている。

他者の本が紛れ込んだのだろうか。だとしても、どうして紛れ込んだのか予想がつかない。それほどに他の本とのギャップがある。

そのギャップが妙に気になり、レナードを待つ間この本を読もうと決めてソファへと向かい……、

「なんだ、ステラか」

と、部屋に入ってきたレナードを見て足を止めた。どうやら戻ってきたらしい。

「どうした、何か用事か？」

「サイラスから書類を渡すように頼まれて持ってきた。出来るなら返事を聞いてきてほしいとも言われてるから待ってたんだけど、部屋の鍵が開けっ放しだったことも伝えておいた方がいいかな」

「い、いや、それは。ちょっとメイドに呼ばれただけで長い時間空けてないからな」

慌てて弁明してくるレナードに、ステラは責めるような視線を向けた。今のレナードは言葉にこそしないがサイラスを恐れているのが見て分かり、だからこそ面白い。普段は余裕ぶっているがたまにこういった隙を見せる男なのだ。そしてその隙を突くのが存外に楽しかったりする。

これは良いネタを仕入れた、とステラが笑みを浮かべる。だが、せっかくだからもう一撃くらい……と言及しようとした瞬間、それより先にレナードが何かに気付いたのか「あ」と声を漏らした。

彼の視線がステラの手元に向かう。……手元にある本に。

「それ読んだのか？」

「いや、まだ。待ってる間に読もうと思って」

「そうか、よし」

何が良いのか分からないがレナードが僅かに安堵し、かと思えば近付いてくるやさっとステラの手から本を取ってしまった。

奪い取るというほど強引ではないものの、彼らしからぬ無言の行動にステラは目を丸くしぱちくりと瞬かせた。

いったいなんなのか……。

「本棚にある本は自由に読んでいいって言ったのに」

「自由に読んでいいとは言ったが、好きに読めとは言ってない」

「なにそれ、わけが分からない」

レナードの言い分は矛盾どころではない。彼自身もそれは理解しているのかむぐと言い淀《よど》み、そそくさと本を本棚に戻してしまった。

その姿は妙に落ち着きがない。焦っているようにさえ見える。

どういうことなのかとステラは彼を見据え……、はっと思い至った。

「そうか、子供向けの本を読んでるのを知られて恥ずかしがってるんだな！」

「……俺が？」

「騎士隊を率いる第二王子が子猫の本を読んでる……、確かに他の人に知られたくないと思うのも分かる。さては私に許可を出したのを忘れて、うっかり本棚から抜き忘れたな」

なるほどそういうことかとステラはひとりごちると同時に自論に納得して頷き、ついでにしてやったりと笑みを浮かべた。

レナードがじっとこちらを見ている。きっと図星を突かれて言葉が出ずにいるのだろう。その姿は彼らしからぬものだが、その反応こそが回答だ。

暴いてやったとステラが得意げにしていると、レナードが数秒黙ったのち「そうだ」と大人しく認めた。

「そういうことにしておこう」

「……ん？　違うの？」

「違わない、だからそれで納得しとけ。それで、資料の返事だよな」

さっさと話を切り替え、レナードが執務机へと向かってしまう。

ステラには、ソファに座り、なおかつ先程の本以外を読んで待つように言い渡してきた。わざわざ先程の本以外と言ってくるあたり、それほど読まれたくない本なのだろう。

「もう読んでることはバレてるからいいのに」

そうステラは呟くも、わざわざ書類を読んでいる彼を邪魔する必要もないかと考え、他の本を探すために本棚へと向かった。


そうして待つこと数十分、「終わったぞ」とレナードが声を掛けてきた。

……のだが、ステラはその言葉に返事をしなかった。うとうとと舟を漕《こ》いでいて彼の声に気付かなかったのだ。

それでも隣に座られると振動で気付き、「ん?」と緩慢な動きで隣を見た。

「難しい本を読んで眠くなったのか、分かりやすいな」

「違う……。ただ、ちょっと難しくて、考えてたら眠くなっただけ」

目を擦りながら否定するも、頭が回らない。うまく否定出来ていただろうか？

そんなステラの返事が面白かったのかレナードが苦笑を浮かべ、ステラの膝の上からそっと本をどかした。

彼の本棚から選んだ一冊。その表紙に書かれている表題を見て、僅かにレナードが眉根を寄せた。心理学に関する本だ。その中には記憶に関する記述もあり、ステラが読んでいたのはちょうどそのページである。人間の記憶、思い出すまでの仕組み、忘れることについて……、そういったものが小難しい言葉で綴《つづ》られている。

「……これを読んでたのか」

「うん……。もしかしたら、三年前より昔のことを何か思い出せるかなって」

過度な期待を抱いていたわけではない。自分の記憶のなくし方は特殊で、こういった学術書に前例や改善策が書かれているとは思っていない。

それでも解決の糸口ぐらいはと僅かな期待を抱いてこの本を手にしてしまった。

「何か思い出せばっていつも思うんだけど、でも、その何かもよく分からないし」

三年前より以前の記憶を失っているとは分かっても、その記憶の欠片《かけら》も残っていない。おかげで記憶がないという実感さえ今のステラにはないのだ。『人間が突然発生するわけがない』という当然の事柄から『ならば自分も十数年間どこかで生きてきた』と繋がり、その結果『ということは失われた記憶がある』と結論が出る。そんな状態である。あやふやだの曖昧だの、そういった言葉でさえも表せない不安定さ。

それがたまに、否、高い頻度で、己にどうしようもなさを感じさせる。

そんな胸中を語れば、レナードが手にしていた本をそっとテーブルに置いた。その手を今度はステラの頭にポンと乗せる。彼の大きな手が、その男らしさに反して優しく柔らかく、擽《くすぐ》るように頭を撫でてくる。

「……不安なんだな」

呟くようなレナードの言葉に、ステラは目を瞬かせ「不安？」と返した。

次いで己の胸元に手を添える。

「そうか……、私、不安なんだ」

己のことながらによく分からずにいたが、『不安』という言葉は確かに適している。口にすればさっそくと言わんばかりに胸に馴染んでいった。

かといってこの不安が解消されるわけではない。いまだ胸の内に渦巻き靄《もや》を作る。

それを察したのか、レナードが穏やかな声色で名前を呼んできた。

「ステラの記憶に関しては、俺達もどうしようもないのが現状だ。大丈夫だから安心しろなんて無責任には言えない。だけど不安がらなくていい。記憶が戻らなくても、記憶がない実感すらなくても、ここがお前の居場所だ」

「……私の居場所」

「そうだ。過去も何も関係ない、今のステラの居場所だ」

はっきりとしたレナードの言葉に、ステラは数秒間を置き、ほっと自分の体から力が抜けるのを感じた。

胸の内に渦巻いていた不安が緩やかに消えていく。代わりに胸を占めるのは、不安とは真逆の感情。安堵感だ。

その感覚に酔いしれるようにそっと目を閉じれば、レナードが「まるで猫だな」と笑って再び頭を撫でてきた。

【第三章　偽者聖女の歪な中身】

1

誰かが自分に話しかけてくる。

酷く冷めた声色。瞳は鋭く冷たく、まるで氷のように一切の熱を感じさせない。無機物を見るように、否、無機物にだって普通はもっと熱を感じさせる瞳を向けるだろうに。

淡々と話す口調にもまた一切の情はなく、紙に書かれた決定事項を抑揚なく突きつけてくる。

男の話は朧気なのに頭の中に入ってきて、それでいて入ってくるや否や次から次へと消えていった。それでも目の前に立つ男は話を続ける。底の抜けたカップに水を注ぐように、延々と、一切の感情もなく。

そうして男は説明を終えると、厳しい口調で言いつけてきた。

『役割をまっとうするだけで良い。そのためにお前は生かされてるんだからな』

その声と言葉だけは、はっきりと頭の中に響き渡った。

「……ん」

もぞと布団の中で身動《みじろ》ぎ、ステラはゆっくりと目を開けた。

頭の中がぼんやりとしている。つい先程まで見ていたはずの光景が記憶の中に溶けていき、意識も思考も視界もゆっくりと現実に戻っていく。

「夢か……。でも、なんだろう……」

夢を見ていた。それははっきりと分かっている。

だけど夢の中で見た光景はただの夢だとは思えない。夢の中で見た男の顔も、今となっては朧気なのに、それでも『どこかで見たことがある』ということだけは明確に意識に残っている。

となると、消えた記憶を元に見た夢なのだろうか。だが思い出そうにも目が覚めるのと比例して夢の記憶は薄れていく。

夢とは総じてそういうものだ。仕方ない、と溜息を吐いてベッドから降りれば、ほぼ同時に扉がノックされた。

「ステラ様、おはようございます。本日もアマネ様より髪飾りが届いております」

アクセサリートレイを持ったメイドが部屋に入ってくる。

いつも通りのやりとりだ。彼女の背後には数人のメイドが控えている。

それぞれワンピースやら靴やらを手にしており、それらがアマネとお揃いやら色違いなのは聞くまでもない。

更にその列に新たなメイドが加わった。こちらは大方レナードの使いだろう。メイド達は楽し気に朝の挨拶を交わしており、もはやこのやりとりがステラだけではなく彼女達にとっても日課になっているのが分かる。

「ステラ様、どうなさいました？　もしかして、ついにお揃いの髪飾りを着ける気に……！」

はっとメイドが息を呑み、彼女の背後にいた他のメイド達もついにこの日がとざわつきだす。期待の視線がステラに注がれる。普段は王宮勤めのメイドらしく凛として落ち着いた佇《たたず》まいの彼女達だが、今だけは瞳を輝かせ、逸《はや》る気持ちを抑えきれないと列をなして部屋に入ろうとしてきた。

「つ、着けない！　ただちょっと寝起きでぼーっとしてただけだ。全部返却だから持って帰って！」

「そうですか。かしこまりました。もしまだお休みになるようでしたら、朝食は後ほどお持ちいたしましょうか？」

「いや、もう起きるから大丈夫。なんだか変な夢を見て調子が良くないだけで……」

言いかけ、ステラは無意識に額を押さえた。夢の名残りが思考の隅に残っているようでどうにも気分が悪い。

かといって休もうにも、また同じ夢を見そうで眠る気にはなれない。

そうステラが話せば、メイドが案じるように名前を呼んできた。

「温かい紅茶を用意いたしますね。朝食には少し遅れると伝えておきますので、紅茶を飲んでゆっくりと準備なさってください」

「……ありがとう」

メイドの優しい気遣いにステラが感謝を告げれば、彼女は穏やかに微笑んで「失礼します」と部屋を出て行った。

背後に構えていた他のメイド達も話を聞いて部屋を出て行く。普段ならば一人断ればまた一人と続くのに今日はそれをしないあたり、ステラを気遣ってくれているのだろう。

そうして用意された紅茶は温かく、飲んでいると胸の内のつっかえが消えていく。意識の中にこびりついていた夢の残滓《ざんし》が紅茶によって溶け落ちていくかのようだ。

それに……、と考え、ステラはチョコレートを一つ手に取った。これは紅茶と一緒にメイドが運んでくれたもので、メイド曰く、朝食に遅れると聞いたレナードが寄越してくれたものだという。

そんなチョコレートを一つ口に放り込み、コロリと転がす。

口の中にチョコレートの香りと味が広がる。

「甘いなぁ……」

小さく呟いて、また一口紅茶を飲んだ。

調子を取り戻したステラが部屋を出て食事の場に行くと、既に他の面々は朝食を済ませて食後の一時を過ごしていた。
サイラスは穏やかに「おはよう」と声を掛け、レナードは自分の隣に座るように促してくる。そしてアマネはといえば……、
なぜかぶつぶつと呟きながら鏡をじっと見つめていた。

そこから漂う不穏な空気といったらない。朝の爽快感など欠片もなく、彼女がいる一部分だけ陰鬱とした空気が漂っている。

「何これ」

思わず不躾《ぶしつけ》に聞けば、サイラスが肩を竦めた。

「今朝の食事はアマネが作ったんだ。『可愛い妹のために』って随分と張りきっててね」

「あぁ、それで私が来ないから落ち込んでたのか。で、あの鏡は？」

「『鏡に自分の顔を映せばステラちゃんと一緒に食事してる気分になれる……』って」

「とても気持ちが悪い」

うへぇ、とステラが嫌悪の声をあげれば、それに気付いたのかアマネが勢いよく顔を上げた。こちらを見て目を見開き、黒い瞳でじっとステラを捉える。

「あ、あれ？　どうしてそこに私が……？　鏡に映るのはステラちゃんで、でもそこにいるのは……、それなら私は……」

「自我を失うな」

「なんちゃって、お姉ちゃんのお茶目な冗談だから拗ねないでね。おはようステラちゃん、体調はどう？　朝ごはんは食べられる？」

「食べるためにここに来たけど、とても気持ちの悪い光景を見て食欲がなくなりそう」

「なくなりそう、ってことはなくなってないのね。食欲があって良かった。お姉ちゃん、ステラちゃんに食べてほしくて昨日の夜からビーフシチューを煮込んでたの。一晩掛けた力作よ」

「朝から重いなぁ」

ビーフシチューも、アマネからの押し付けがましい姉妹愛も、どちらも朝には重すぎる。

そうぼやきながらも朝食を取り――悔しいかなビーフシチューはとても美味しい。もちろんそれを言ってやる気にはならないが――、食後のお茶を堪能している中、ふとテーブルの上に置かれたままの鏡に視線をやった。

サイズは手の中に収まる程度。蓋がついているあたり持ち運び用の鏡だろうか。

アマネはあの鏡に自分の顔を映し、それをステラだと見立てて気を紛らわせていたらしい。

改めて考えるととても気持ちの悪い理屈だが、顔が同じなので手段としては有りだ。……かなり気持ち悪いが。

「鏡で代用が利くなら、私に付き纏わないでいつも鏡を持ち歩いてればいいのに」

そうすれば自分は自由だ。

といっても相変わらず首輪は嵌められたままなので逃げたりは出来ないが、少なくともアマネの姉妹愛に振り回されることはなくなる。

だがもちろんこんな提案がすんなり通るわけがない。現にアマネは「本物のステラちゃんが一番」と嬉しそうな表情で断言しており、これに対してもステラの口から「うへぇ」と間の抜けた声が漏れてしまう。

そんな会話にサイラスが「鏡かぁ」と加わってきた。

「確かに、鏡に映ってるアマネはステラにも見えたね。特にこの鏡は顔の部分しか映せないから髪の長さの違いは分からないし、咄嗟にだと間違えちゃうかも」

「ふっ、私とステラちゃんを間違えそうだなんて、まだまだねサイラス。私は私とステラちゃんの見分けはすぐにつくから！　これぞお姉ちゃんの愛！」

「お前の場合はステラと自分を見間違えたら自我の喪失だからな。まぁかく言う俺も、ステラとアマネの見分けはすぐにつくけどな。俺のことを愛しそうに見つめてくるのがステラだ。瞳に俺への愛が込められてる」

アマネに続いてレナードまで加わり、三人が好き勝手に話し出す。

そんなやりとりを聞きつつ、ステラはテーブルの上にある鏡を手に取った。

手のひらサイズの蓋付きの鏡。蓋には綺麗な花の絵が彫り込まれており、小さな石も嵌め込まれている。鏡として使用するだけでなく、飾っても他の装飾品に引けを取らぬ一品である。

蓋を開ければ鏡面に自分の顔が映っている。アマネと瓜二つ。とりわけ小さな手鏡では髪型の全貌は映らず、サイラスが話していた通りまるでアマネが手鏡を覗き込んでいるかのようだ。

見分けなんてつくわけがない。

入れかわるために瓜二つになったんだから。……多分。きっと、そのはず。よく覚えていないけれど。

そう話すも、聞いていたレナードが「そうか？」と不思議そうに首を傾げて見つめてきた。

「確かに最初はそっくりだったが、こうやって一緒に生活してれば自然と見分けがつくだろ」

「……そんな、でも見た目は」

「見た目は同じだけどよく見ると違うだろ。髪色もステラの方が紫がかってる」

「えっ……」

言われ、ステラは慌てて自分の髪に触れた。

アマネと見分けをつけるために短く切り揃えられた髪。引っ張って視界に入れてもうまく見えず、ならばと鏡に映してみた。

黒い。この世界には存在しない黒髪。……そのはずだ。

「な、なに馬鹿なことを言ってるんだ。どう見たって黒じゃないか」

「いや、たまに明るいところだと薄らと紫色が見える。ほんの少し、よく見ないと分からないけどな」

話しつつレナードが手を伸ばしてステラの髪に触れてきた。

彼の指先がそっと髪の束を掬《すく》えば、直接肌に触れられたわけではないのに微かなくすぐったさが頬に伝う。

「綺麗な色だ」

目を細めて見つめてくるレナードの瞳は、まるで愛しいものを見るかのようだ。

その視線に、告げられる言葉に、ステラは何と返せば良いのか分からず言葉を詰まらせてしまった。

（髪の色がアマネと違う……、それって……）

考えが頭の中でぐるぐると回る。

今朝見た夢の、あの言葉が頭の中で繰り返される。

だが次の瞬間「ステラ?」と名前を呼ばれて一瞬にして意識が戻った。

レナードがじっとこちらを見つめている。つい先程まで愛おしそうだった瞳に今は案じるような色も交ざり、顔を覗き込んで「どうした?」と尋ねてきた。

彼の手がそっと離れていく。ステラの髪を掬った指先。

アマネと同じ黒髪ではなく、薄らと紫色を覗かせる髪……。

「わ、私……、やっぱり少し具合が悪いようだから、今日は部屋で休んでようかな……」

「構わないが大丈夫か? もし酷いようなら医者を」

「いや、大丈夫。……ただ、ちょっと、夢見が悪くて。それで……、少し休めば治るはず」

だから、と結論付け、これ以上の会話を拒否するように立ち上がった。

いったい何が『だから』なのか。これでは余計に彼等が不審に思うに違いない。

それが分かっても何と言って良いのか分からず、ステラは退室の挨拶も碌にせず逃げるように部屋を去っていった。

背に注がれる視線が痛い。


自室に戻り、ステラはすぐにドレッサーへと向かった。

鏡を見ればそこに映るのは当然だが自分だ。

髪型こそ変えたがそれ以外は聖女アマネと瓜二つ。何一つ違わないはず。……なのに。

「本当だ。髪の色が違う」

ほんの少し、微かに、注視してようやく分かる程度。

だが確かに鏡に映る自分の髪には薄らとだが紫色が交ざっている。屋内でこれなのだから、晴天のもとで見ればより違いが分かるだろう。他の色を交えない真っ黒な髪色のアマネと並んだら尚更かもしれない。

(これじゃ入れかわれない……。いや、でももう入れかわるなんて出来ない……、でも……)

もう聖女アマネと入れかわるのは不可能だ。

髪を切って明確な違いが出来たし、そもそもステラの存在も含めて作戦がバレている。なにより、この数ヵ月共に生活し自分はアマネ達に関して知らないことが多いと分かった。杜撰な情報だけで入れかわるのは不可能だったと今になって思う。

だからもう聖女アマネと瓜二つでいる必要はない。この黒髪が変わったところで支障はない。

だけど……。

(そうしたら私は何になるんだろう……)

記憶を引っ繰り返しても、三年前より過去のことは一切思い出せない。

一番古い記憶の時点で既にアマネと瓜二つだった。レナードの推測が正しければ、自分はアマネと入れかわるために記憶を消されたのだろう。自分のことなのにあやふやだが、あやふやながらに彼の説はきっと正解なのだと分かる。

それはつまり『過去の自分』があったということだ。もう覚えていない、アマネと瓜二つだったのか、そうでなかったのか、それすらも分からない、消されてしまった『過去の自分』。

もしもそれに戻ろうとしているのなら。

だけどその戻ろうとしている自分が思い出せない。

『役割をまっとうするだけで良い。そのためにお前は生かされてるんだからな』

夢で聞いた男の声が頭の中で響いた。


「ステラ、どうした?」

不思議そうなレナードの声に、ステラは上擦った声で「ちょっと頼みが……」と呟くように告げた。

彼の執務室。具合が悪いから休むと言ったステラが突然部屋を訪ねてきたのだからレナードが驚くのも無理はない。

だが疑うような言動はせず、それどころか立ち上がるとすぐさま扉の前に立つステラの元へと近付いてきた。大丈夫かと様子を窺い、そのうえソファに座るように促してくる。らしくなく落ち着きのなさが見えるのは、それほど心配しているということだろうか。

だがステラは彼に座るよう言われても小さく首を横に振った。

「うまく寝付けなくて、それで、何か薬でもあれば貰おうと思って」

「薬？」

「さっき医者を呼ぶかって聞いてくれたから。だから、気休め程度の軽いのでいいから貰ってきてくれないかな」

「分かった。すぐに戻ってくるから待ってろ」

そう告げてレナードが部屋を出て行く。

彼を見届け、ステラは一度ゆっくりと息を吐いた。レナードが出て行った扉を見ればなんとも言い難い気持ちになってくる。息苦しく、今すぐに彼を追いかけて全て話してしまいたくなる。

これから行おうとしていることは間違いだと分かる。なのに足は彼を追いはせず部屋の中へと進んでいった。

執務机。幾つかある引き出しの一つ。そこだけ鍵が掛かっているが、その鍵はテーブルの上に置かれている。

強さゆえの油断か、それとも単に物を隠し持つことに慣れていないのか、鍵の扱いは随分と適当だ。それも引き出しの鍵であることを隠しもしておらず、以前にステラが何の鍵かと尋ねたところあっさりと答えていた。

（あの時は、そうだ……。カフスがないって探してたんだ）

その時のレナードは来賓を出迎えるのにカフスが必要なのに見当たらず、机の中を漁っていた。

たまたま部屋の前を通りがかったステラは珍しく慌てているレナードに興味を持って、しばらく観察した後「部屋から出て行けとは言わないがせめて探すのを手伝ってくれ」という願いに応じて共に机やら棚を漁ったのだ。

その際に引き出しの鍵について聞いたところ、彼は隠すことなく話し、更には堂々と目の前で鍵を開けてまるで披露するかのように中の物を次々と出していた。

（あの時のレナード、珍しく焦ってたな。結局カフスは上着の内ポケットに入ってたんだから笑っちゃう）

カフスを見つけた時の彼の様子を思い出し、ステラは自分の表情が和らぐのを感じた。多分、今の自分は笑っているのだろう。

だがこれからの自分の行動を考えると自然と笑みは消え失《う》せ、その代わりに再び息苦しさが舞い戻ってきた。目の前の執務机、そこにある鍵付きの引き出しと、そしてレナードが出て行った部屋の扉を交互に見る。

しばらくすれば彼は戻ってくるだろう。医者から貰った薬を手に。……ステラが穏やかに休めるように。

それを考えると息苦しさが増し、ステラは胸の内に渦巻く感情から逃げるように机の上に置いたままの鍵を摑んだ。

◆◆◆

体が痛い、体が熱い。

どろどろの熱源が体の中で逃げ口を求めるように巡り、足が、手が、指先が、細かに震える。

呼吸のために口を開けても喉から掠れた声が漏れるだけで、肺すらも今は熱い。

意識がぐにゃりと歪《ゆが》む。視界が眩《まぶ》しく弾け、小さな明かりでさえもまるで太陽を間近に見ているかのように強く感じ、耐えられないと目を瞑《つぶ》った。瞼《まぶた》の裏さえも今は眩しくて熱い。

「ふっ、うぅ……」

声をあげるわけにはいかずくぐもった呻《うめ》き声を漏らし、摑んだシーツを引っ張った。

体の中が渦巻いている。手を離せば渦に巻き込まれて体がバラバラになってしまいそうで、今はただ必死にそれを止めるようにシーツにしがみつくことだけしか出来ない。体も意識も、四方から引っ張られて千切れてなくなりそうだ。

「たすけ……」

助けて、と出かけた言葉が掠れて消える。歯を食いしばり、近くにあったクッションを手繰り寄せて顔を埋めた。

痛みに呻く反面、渦巻く意識の奥底にいる酷く冷静な自分が『なにを馬鹿な』と笑っている気がする。


自分で選んだくせに。

自分で手に取ったくせに。

自分で打ったんだろう。

その薬を。

己を責める己の声を聞き、ステラはゆっくりと顔を上げた。

ぼやけた視界の中、白いシーツの上に何かが落ちている。そっと手を伸ばせばカツンと爪に硬い物が触れた。

小型の注射器。……つい数分前、ステラが自らに投薬したのだ。

視界に映るのも嫌だと注射器を手で払いのければ、カランと音を立てて床に落ちていった。割れたかどうかは分からない。確認する気もなく、ただこの時間が一秒でも早く過ぎ去っていくのを願いながら枕に顔を埋めて必死に呼吸をするだけだ。

苦悶《くもん》の時間はしばらく続いた。時間を計る余裕等なく、体感では永遠とさえ感じられるほどに長い。

だがようやく終わりが見え、痛みと熱が薄れて荒れていた呼吸も楽になってきた。

ゆっくりとクッションから顔を上げる。汗を掻いていたのか額に触れればぬると指が滑り、着ていたシャツの胸元が汗で湿気ている。汗ばんだ肌にシャツが張りつくのは気持ちが悪いが、先程までの苦痛よりはマシだ。

「……何回やっても慣れないな」

掠れた声で呟き、まだ整いきっていない呼吸をなんとか落ち着かせてベッドから降りる。

もっとも、動けるようになったとはいえ全快したわけではない。動くたびに関節はまるで錆《さ》びついた骨を動かしているかのように軋《きし》み、胸元にも鋭い痛みが走る。『痛みと熱が治まった』というよりは『辛《かろ》うじて動ける程度になった』といったところだ。

視界に至っては碌に戻っておらず、部屋を見回しても殆どが白んで何も見えやしない。

そんな状態でも、ふらつく足取りでドレッサーへと向かった。つい一時間ほど前、薄らと紫色を覗かせていたステラの髪を映した鏡面。それを覗き込み目を凝らす。

鏡面が白くぼやけている。映っている自分の顔もまともに見えない。もちろん黒髪も。

だけど、とステラは鏡に映る己へとそっと手を伸ばした。指先がコツンと鏡面に触れる。ぼやけた視界の中で髪のあたりをゆっくりとなぞる。

紫色など一切覗かせない黒髪になっているはずだ。

「これで大丈夫……」

ぼやけた視界で安堵の言葉を呟く。

意識の奥底にいた自分が「何が大丈夫なの？」と尋ねてきたが、それは無視しておいた。

レナードの執務室から盗み出した注射器は、元々ステラが所有していた物である。

アマネと入れかわろうとして捕まった際、彼に回収されたのだ。

『もしも何か変化があればすぐに薬を投与しろ』

その言葉と共に渡されていた五本の薬品。

聖女アマネと入れかわった後、ステラが聖女としてい続けるために必要なものだ。

見た目を、声を、全てアマネと同じ状態に戻す薬。

薬の副作用は強く、一度投薬すれば体中を激痛が襲い、とりわけ視界はしばらくぼやけて見えなくなる。

だがそんな状況でも周囲にバレずにいられるよう、日常生活はもちろん王宮内での行動も自然に振る舞えるように叩き込まれている。

そうして体に残る気怠《けだる》さを抱えたまま朧気な視界で身形《みなり》を整え、部屋を出る。

だが扉を開けるや目の前に何かが迫り、思わずびくりと体を震わせてしまった。何か、大きな、これは……。

「大丈夫か？」

ぼんやりとした視界ながらに目の前に立つ人物を見つめれば、頭上から覚えのある声が聞こえてきた。

薬の副作用で視覚は奪われるが聴覚には支障はない。むしろ視覚を奪われた分、聴覚が鋭くなる。

レナードの声だと判断した瞬間、ステラの脳裏に彼の姿が浮かび上がった。彼の顔のあたりを見上げる。

「おい、かなり顔色が悪いぞ。医者に診てもらった方がいいんじゃないか？」

「……大丈夫。それより、どうしたの？」

「どうしたって、メイドが部屋から呻き声が聞こえるって言ってきたんだ。何度かノックしたらしいが返事がないって」

「ノック……。そうか、気付かなかった」

投薬で苦しんでいた時だろうか、もしくはその後に気でも失っていたか。扉をノックされた記憶はない。

もちろんそれを正直に話すわけにはいかず、寝ていただけだと誤魔化しておく。医者から薬を貰ってきているのだからきっと信じてくれるだろう。

そう考えたのだが、なぜかレナードはしばらく黙っており、かと思えば深刻そうな声色でステラを呼んできた。

次の瞬間、ステラの肩が強く掴まれた。ガクンと大きく体が揺れ、レナードの顔が間近に迫ったのがぼやけた視界で分かった。

「ステラ、お前、何をした！」

「な、何って……」

「見えてないんだろ、目。それに髪も黒に戻ってる。顔色が悪いのはそのせいか⁉　何をしたんだ！」

レナードの声には怒りとさえ言える勢いがあり、ステラの心臓が跳ね上がった。

揺らいだままの視界では彼がどんな顔をしているのかは分からない。だけど声の調子から責められていると分かり、想像の中でレナードの顔が怒りで歪んでいく。

……怒りで歪み、そして別の男の顔へと変わっていった。

鋭い眼光、険しい顔付き、開かれた唇からは容赦のない言葉が発せられる。時には殴打も……。

生々しい叱責の場面が脳裏に蘇り、ステラの体が強張《こわば》った。

だが次の瞬間ステラに与えられたのは、容赦のない言葉でも殴打でもなかった。

強い抱擁。レナードの腕がステラの背に回され、自分の胸元に押し付けるように抱きしめてきたのだ。

「えっ？」と掠れた声がステラの喉から漏れた。依然としてぼやけた視界だが、それでも彼に抱きしめられているのだと体全体で分かる。

「……悪い、怒ってるわけじゃないんだ。そんなに怖がるな」

「べ、別に怖がってなんかない。ただ、ちょっとビックリして……。でも今の方がビックリしてる」

怒られるのなら分かる。怒ってはおらず、強い口調で言及しただけというのならそれも理解出来る。

だがこうやって抱きしめられるのはわけが分からない。レナードの腕はいまだステラをしっかりと抱きしめており、放すまいとしているのだ。強い抱擁はまるで彼が縋《すが》り付いているかのようにも思える。

それでもしばらくすると落ち着いたのか、強く抱きしめていたレナードの腕からゆっくりと力が抜けていった。様子を窺いつつそっと身を離せば追いはしてこないが、抱きしめる代わりなのか腕を優しく摑んできた。

「どうなってるのか分からないが、別に責めてるわけじゃない。どうあっても責める気もない。だからそんな顔するな」

顔、と言われてステラは無意識に己の頬に手を添えた。

自分の顔など分かるわけがない。鏡を見たところで今の視界では碌に見えないのだ。

だがきっと酷い顔をしているのだろう。頬に触れた手にひんやりとした冷たさが伝わる。もしかしたら体全体が冷えてしまっているのかもしれない。

薬の副作用に体が冷えるなんてあっただろうか。

思い出そうにも頭が回らず、一人部屋で身を丸くさせて苦しんでいた記憶しかない。

どれだけ苦しもうと呻こうと、誰も腕を擦ることも、ましてや抱きしめてくれることもなかったのだ。

◆◆◆

レナードの執務室。

ステラの隣にはアマネが座り、向かいにはサイラスとレナードが座る。

間に置かれたテーブルには黒一色の箱。大きさにすると本が一冊入るか否か程度のものだ。

レナードが箱の蓋を開ければ、中には三つの注射器が落ちないようにしかと固定されてしまわれていた。その横には二つ分の空きがあり、箱は最大で五本が収納される作りになっている。重々しく頑丈な外装。その見た目から重要な薬剤だと一目で分かる。

二本分の空きは、調査に出しているという一本と、ステラがレナードの机から盗み出し投薬した一本分だ。

「こんな少量でアマネと瓜二つになれるなんてな」

注射器の一つを手に取り目の前で軽く揺らしながらレナードが話す。

そんなやりとりを、ステラはいまだぼんやりとした視界で眺めていた。


あの後、事情を説明するためにステラとレナードはこの一室にサイラス達を呼んだ。

といってもステラはいまだ顔色が悪く気怠さが付き纏っており、視界も朧気。話をするだけでも疲労がたまる。ゆえに主に話をしたのはレナードだ。ステラは時折彼に確認を取られて相槌《あいづち》を打ったり補足を入れるだけである。

その補足も殆どあってないようなもので、単なる付け足しに過ぎない。

曰く、薬剤の中身については既に調査が進んでおり、大方の目途は立っていたのだという。今回のステラの行動は調査結果を後押しすることになっただろう。

「しかし、まさか人の見た目を変える薬があるとはな。だがこれだけの技術がある国ってなると、ある程度絞れてくるな。兄貴、そっちはどうだ？」

「ちゃんと探りは入れてるよ。ただこっちもステラをアマネの妹として公表してる手前、大大的な行動には出られないから時間は掛かってるけどね。……ところでレナード」

ふと、サイラスがレナードを呼んだ。

いつも通りの穏やかな声色。ステラが投薬をしたと知った時は驚き真剣みを帯びた様子で話していた彼だったが、ステラが後ろめたさから言葉を紡げずにいるとすぐに穏やかな声色に戻り話しかけてきた。

責めていない、大丈夫、安心して。そう紡ぐ言葉も声も、普段通り、否、普段よりも優しく感じるほどだ。まるで幼い子供を諭すような色合いさえあった。

今レナードを呼んだ声も普段と同じで穏やか……、なはずなのだが、不思議と妙な空気が漂っている。重く、冷ややかな空気だ。

「『薬は一本調査に回して、後は俺が管理しておく』って言ってたよね。それなのにあっさりと盗み出されて」

「いや、それは……。相手がステラだから油断してたんだ。それにちゃんと鍵付きの引き出しにしまってた」

「その鍵を机の上に置いていたら意味がないだろ」

サイラスの指摘はもっともだ。確かにあの管理方法では鍵を掛けている意味がない。

どうやらそれは以前から指摘されていたことらしく、サイラスは思い出したように「前にも」と話をし始めようとした。だがそこをレナードが今は思い出話をしている場合じゃないと遮る。その言い分ももっともではあるのだが、先程のサイラスの指摘に対してこちらは正論というよりも必死な話題逸らしの末だ。

「まったく、我が弟ながら変なところで油断するというか、たまにここぞって時に抜けてるんだよなぁ」

「う、うるせぇな。薬は別の場所にしまったし、ステラにはもう投薬しないように約束させたからいいだろ」

分が悪いと察し、レナードが無理やりに話を終えてしまった。かなり強引な力技ではないか。

挙げ句に紅茶を呷《あお》るように飲み出す。ステラの白んだ視界でも動きが分かるのだから、きっと大振りで雑な動きなのだろう。居心地の悪さの表われか。

対してサイラスはレナードのような分かりすい動きこそしないが、まったくと言いたげな彼の深い溜息が聞こえてきた。その溜息がレナードへの追撃なのは言うまでもない。

普段とは違う意外な力関係にステラがきょとんと目を丸くさせていると、隣に座っていたアマネがクスクスと笑い出した。そちらを見れば、白んだ視界の中でアマネがこちらを向くのがぼんやりと見えた。笑っているのだろうか、こそと話しかけてくる声は小声だが楽しそうだ。

彼女曰く、普段は温和なサイラスと強気なレナードの兄弟だが、極稀《まれ》に、レナードがやらかした時だけ逆転するのだという。

それを話すアマネは楽しそうで、次いで「ああ見えて意外と我の強い男だよ」と二人の方へと視線をやった。

『我の強い男』とはサイラスのことだ。一見するとアマネは二人のやりとりを眺めているように見えるが、きっと彼女の黒い瞳はサイラスを捉えているのだろう。その気持ちを隠すことなく瞳に宿して。

だがすぐさまこちらを向くと、不思議そうにステラを呼んできた。

「ステラちゃん、どうしたの？　お姉ちゃんのことをじっと見つめて……。はっ、そ、そうだったのね。お姉ちゃんが怒ってるんじゃないかと心配だったのね。気付かなくてごめんねステラちゃん！」

「いや、まったくそんなことはないんだけど」

「お姉ちゃんは怒ってなんかないわ。お姉ちゃんと同じでいたいというステラちゃんの想いを踏みにじったりなんかしない……！　でもお姉ちゃんはステラちゃんが大事だから、無理をしてほしくないの！」

「また勝手に解釈して暴走する……」

付き合ってられない、とステラは溜息を吐き……、それでもと考えゆっくりと息を吐いた。

室内にいる三人を見回す。視界はいまだ白んでいるものの、彼等の姿だけはぼんやりと把握出来るようにはなった。

全員がこちらを見ているのを視線で感じる。彼等の顔は視覚では捉えられないが、誰一人として責めるでもなく怒るでもなく、案じるように見つめてくれていることは分かる。

「心配かけてごめん」

小さく謝罪の言葉を口にした。

その瞬間、室内がシンと静まり返った。

「な……、なに」

思わずたじろいでしまう。それほどまでの沈黙なのだ。

隣に座るアマネどころか、向かいに座るサイラスとレナードまで動きをピタと止めてこちらを見ている気がする。

三人が静止した室内はまるで時間が止まったかのようで、言い知れぬ雰囲気が漂っている。先程までは話し声に負けていた時計の音が妙に大きく響き出した。

「ステラちゃんがデレた！」

「はぁ？　デレ？　何それ」

「ようやくお姉ちゃんの愛が通じたのね……！」

喋り出したかと思えば歓喜の声をあげるアマネに、ステラはいったいなんだと怪訝な顔で彼女を見て、次いで抱きしめようと伸びてきた腕をするりと躱した。朧気な視界でも避けられたのは慣れだろうか。あまり嬉しい慣れではない。

これで抱きしめられたら余計に面倒なことになるのは分かっている。謝罪はしたが、かといって大人しく抱きしめられてやる義理はない。

アマネが「つれない」と訴えながらもそろそろと手を伸ばしてくるのは、抱きしめるのは無理でも手を繋ごうと考えたのか。それぐらいならとステラも考え、アマネの手を躱すことなく受け入れようとし……、横からすっと現れた大きな手に摑まれた。

節の太い大きな手。それがステラの手を包み込むように握っている。

「ようやく俺の気持ちに応える気になったのか。よし、結婚しよう」

片膝をつきステラの手を握るのはレナード。

いつの間にこちら側に移動してきたのだろうか。テーブルを挟んだだけの僅かな距離とはいえ音もなく、それどころか認識させる前に近付く素早さはさすがの一言だ。まったく尊敬する気にはならないが。

「は、結婚⁉　ステラちゃんは私の愛に気付いたの。私の！　姉からの愛に‼」

「まだ視界は戻らないんだよな。それなら俺の部屋で過ごした方が安全だな。安心しろ、ずっとそばにいてやるからな。新婚生活の練習だと思えばいい」

勝手な解釈で暴走するアマネに当てられたのか、レナードまで暴走し出す。

ステラはうんざりだと二人の話を聞き流し、一人静かにこのやりとりを眺めているサイラスへと視線をやった。

『弟と自国の聖女をどうにかしてくれ』という気持ちをこれでもかと込めて彼を見つめておく。白んだ視界では彼がどんな表情を浮かべているかまでは分からないが、きっとステラの視線の意図を察して苦笑を浮かべていることだろう。参ったな、となんとも言えない表情を浮かべる彼の顔が容易に想像出来る。

ちなみにこの間もアマネとレナードは暴走しており、姉妹愛がどうの、新婚生活がどうのと話し、ステラの視界が悪い間はどちらの部屋で過ごすかで争い始めている。

早く止めて、と訴えるようにステラがサイラスを見つめれば、ようやく彼が口を開いた。

「えーっと……、それで、体の不調はどう？　痛みは？」

「体を案じてもらうより、この二人をどうにかしてほしいんだけど」

「二人共ステラのことが大事なんだよ。それで痛みは？」

「……まだ残ってる」

多少は和らぐとはいえ、痛みと熱は投薬から一日は続く。視界も同様。

それをステラが話せばサイラスが「無理をしないで」と案じてきた。その声はまるで彼まで痛みを感じているかのようだ。

「研究員から薬のことについて聞きたいって言われてるんだ。でも辛《つら》いなら今日じゃなくていいよ。明日か明後日ぐらいにお願い出来るかな」

「いや、今すぐでも」

「いいよ。今日はゆっくりして」

優しい声色。だがはっきりとした口調には無理をさせまいという意思が強く出ている。反論はさせまいという優しさゆえの圧。

そのうえ念を入れるように食事は部屋に運ばせるとまで言ってくるのだ。これはきっと今日一日部屋で休んでいなさいという意味だろう。

これにはステラも頷かざるを得ず「……分かった」と呟くように返した。本音を言えば今も体は痛く熱が体内で渦巻いており、質疑応答など出来る状態ではなかったのだ。休めるのは有難い。

彼の優しさにステラは素直に感謝を示し、自室に戻るべく立ち上がろうとし……、
次の瞬間、ぐいと浮かんだ感覚と、一気に上がった視界に「うわっ」と咄嗟に声を出してしまった。

レナードが抱き上げてきたのだ。

それも片腕をステラの背に回し、もう片方の腕で膝裏を支えて。

抱きしめるように持ち上げられ、ステラは彼の腕の中で目をぱちくりとさせた。

「な、なに……？」

「俺が連れ出したんだ。俺が部屋まで運んでやる」

「運ぶって、別に平気だよ。歩くぐらいなら出来る」

「いい、俺が運ぶから大人しく運ばれてろ」

有無を言わさぬ強引さでレナードが言い切り、そのまま返答も碌に聞かずに部屋を出て行こうとする。

ステラはどうすれば良いのか分からず、だが抗っても降ろしてはくれないだろうと察して大人しくすることにした。アマネが何か騒いでいるが、そこは面倒なので「おやすみ、お姉《アマネ》ちゃん」と告げて黙らせておく。

こう言えば途端にアマネは怒りを収め「おやすみ」と上機嫌で告げてくるのだ。

そうして彼の腕の中でゆっくりと息を吐き、部屋を出て行くのと同時に目を閉じた。

意識が揺らぐ。しっかりと自分を抱きかかえるレナードの腕が頼りがいを感じさせ、その安堵感に包み込まれるように意識が沈んでいった。

「無理させて悪かったな」

そんな優しい声を、溶ける直前の意識で聞いた。

◆◆◆

「ステラは？」

「医者から貰った薬もちゃんと飲むって言ってたし、今回は大人しく寝るだろ」

部屋に戻ってきたレナードが深く溜息を吐いた。

思い出すのはステラの様子だ。部屋から連れ出すなり彼女はぐったりと四肢の力を抜き、返事も朧気になり、自室に戻ってベッドの上に降ろしてやると起き上がる気力もないと言いたげだった。

その様子から眠りを促す薬の必要はないのではと告げるも、彼女は夢見が悪くなるからと言って結局薬を飲んでから眠ってしまったのだ。それを話す様子もどこか苦し気だった。眠ったのではなく気絶したのではと思えるほどに……。

「どんな夢だったのかは話してないが、あの様子から見るに相当嫌な夢なんだろう。……多分、過去のことだろうな」

「そっか……。体の痛みもあるし、深くは眠れないのかもね。やっぱり医者に事情を話してちゃんと診てもらった方がいいのかも、必要なら医療が進んでる国に連絡を取って医者に来てもらって」

「……無理だよ」

レナードとサイラスの話に、アマネが割って入った。呟くような声で、それでもはっきりと。

先程まではステラに対して姉妹愛を拗らせ、ステラから就寝の挨拶をされると嬉しそうに破顔していた彼女だが、今は険しいとも言える真剣な表情を浮かべている。

美しい顔は眉根を寄せているからか言い知れぬ迫力があり、きつく縛られた口元が苦し気にさえ見える。悲しさと、それ以上の怒りを感じさせる表情だ。

「ステラちゃんの体の中は歪んでる。少なくとも、医者に治せるような次元じゃない」

「医者に治せないって……」

「あの薬は異常だよ。ステラちゃんの体を私とそっくりにするために造り替えてる。そんなの普通じゃ考えられない」

「だから医者でも無理なのか」

「それに、こんなこと長くは続けていられない。早い段階でステラちゃんの体と精神に限界が来る。

……多分、それは薬を作った奴が一番分かってるはず」

アマネの声が次第に沈んでいく。口にするのも酷だと感じているのだろう。

そんなアマネの続きを担うようにレナードが口を開いた。

「あいつは俺達に関しての情報が浅い。計画も杜撰だ。それにこの薬ときた。元々、うまくいけば御の字、駄目なら使い捨ての駒だったんだろうな」

吐き捨てるようなレナードの言葉に室内が静まり返った。

冷ややかな空気が流れる。「ふざけやがって」というレナードの言葉は向ける相手がなく、それがまた彼の憤りになっているのだろう。

だが憤っているだけでは無駄だと考えたのか、一度深く息を吐くと真剣な顔付きでアマネに向き直った。

「それで、ステラの体は大丈夫なのか？」

「私に聞かれても詳しくは分からないよ。ただ、あの子の体が私とは違う風に変化してたってことは、薬の効果が抜けて元に戻ろうとしてるってことだと思う。戻り切れれば、多分大丈夫なはず」

「薬の効果が切れるのを待つってことか」

「それも痛みがあるかもしれないけどね。後はもう、ステラちゃんが痛みに耐えるのと自然治癒に任せるしかない」

苦し気に告げるアマネの言葉に、室内の空気がより重苦しくなった。

◆◆◆

その夜、ステラは息苦しさの中で目を覚ました。

頭の中がぐらぐらと揺れる。ゆっくりと体を起こすが、自分の体が起き上がっているのか、それともまだシーツに横たわっているのか分からない。視界がぐらりと大きく歪み、真っ暗闇の部屋の中が捩じれているようにさえ見える。

それでも手探りで手元の明かりを灯《とも》す。普段は薄暗いと感じるはずの明かりが今だけは眩しく感じられ、それによりまた視界がぐらりと揺れた。

「……痛い」

溜息なのか呻き声なのか分からない声で弱音を漏らし、もぞとベッドから這い出る。

痛みはいまだ引いておらず、床に着けた足からも痛みが迫《せ》り上がってきた。その苦痛にまた呻き、よろとふらつきながら立ち上がる。体が異様に重く、体重を支える足に力が入らない。まともに立てているのかも分からない。

（もう、こんな時間……）

時計を手に取り、目を凝らして針を探る。はっきりとした時刻は不明だが深夜ということは分かった。

既に王宮内の殆どの者が眠りについているだろう。働いているのは夜間の仕事を請け負っている者達だけだ。

医者も寝ているはず。だが王宮なだけあり、夜間を担当する医者がいる可能性はある。診察は出来ずとも薬を出してもらうぐらいは出来るかもしれない。

（私、こんなことも知らないんだ……。こんなんじゃ入れかわるなんて無理なのに……）

作戦も事前に与えられていた情報も何もかもが杜撰だ。仮にアマネと入れかわれたとして、これではすぐにボロが出る。

やはり自分は使い捨ての駒だったのだ。それも成功率の極めて低い杜撰な作戦の駒。ボロを出して捕まっても何も吐かない喋れない、捨てる手間が掛からずに済むとさえ考えられていたのかもしれない。

ならばこの痛みは何なのか。聖女アマネと入れかわることを命じられて以降、何度も投薬され、そのたびにこの激痛と熱に魘《うな》されてきた。

全て無駄だったのか。

何のために記憶を消されたのか。

それでも悔しいとも恨めしいとも思わないのは、思う相手が分からないのと、そしてそれ以前の記憶がないからだ。苦痛の日々と何を比較すれば良いのかすら分からない。惜しむ過去さえ思い出せない。

「駄目だな、変なことばっかり考える……」

医者の元へ行って眠れるように薬を貰おう。そうして眠れば、明日には痛みも多少は引いているはず。

そう考えてふらふらと部屋の扉へと近付き……、小さなノックの音に足を止めた。

こんな時間に誰かが来た。

扉の向こうに誰かがいる。

だが夜遅くにステラの部屋を訪ねる者などいるわけがなく、それが体調不良と公言されているのなら尚更だ。

食事は部屋の端にティートロリーに乗せて置かれているのでメイド達ではない。そもそも、夕食や夜食の時間帯ならばまだしも、それらを過ぎたこの時間に食事を運んでくるわけがない。

ならば誰なのか。

本来ならば警戒するか、もしくはいっそ声を潜めてやり過ごすべきだ。

だが揺らいだ意識では碌に頭が回らず、ステラは扉の向こうにいる人物の気配を探るように近付き、無防備に扉に手を掛けた。

「……レナード」

扉を開け、そこに立つ人物を視認するよりも先に名前が口に出た。

だが彼を見上げようとしたのがまずかったのか、ステラの意識が大きく揺れ、それにつられて足の力がふっと抜けた。体が後ろに傾く。

倒れる……。とぼんやりとした意識で思うも、すんでのところでレナードが肩を摑んで支えてきた。

「おい、大丈夫か⁉」

「大丈夫。……じゃないかも。少し。ちょっとだけ辛い。だから、眠れるように……、薬を」

「薬を貰いに行こうとしてたんだな。ちょうど良かった、そろそろ切れるんじゃないかと思って持ってきたんだ」

話しながらレナードがステラの体に手を回し、軽々と持ち上げてきた。ステラの視界がふわりと上がる。

他人に抱え上げられるなど立っているより不安定なはずなのに、今は彼の腕の中がどこよりも落ち着けた。ぐったりと身を任せるように寄り添えば囁くような声色で名前を呼んでくれる。

その声にすら安堵感が湧き上がり、ステラの喉から弱々しい声が漏れた。弱っているところを隠しもしない声は自分が発したのかと思えるほどに細い。

そのまま再びベッドに戻され、そっとシーツの上に降ろされた。布団を掛けてくる動きも、薬の準備をする仕草も、飲むのを手伝ってくれる動作も、何もかもがステラを刺激しないようにと気遣っているのが分かる。

普段の豪胆さや粗雑さが嘘のように、まるで細工品を扱うかのように丁寧だ。

触れる手の動きに至っては丁寧すぎてくすぐったい。だがこの感覚は嫌ではない。むしろこのくすぐったさは体の中で渦巻く熱や痛みを和らげてくれる。

「荒っぽいだけの男だと思ったけど、意外と丁寧な仕事が出来るんだな」

ぼやけた視界と意識の中でそれでも皮肉めいたことを告げれば、レナードが一瞬の間ののちに苦笑を漏らしたのが分かった。

彼の手がそっと額に触れてくる。額に掛かっていた前髪を指先で軽く払い、そのついでにコツンと額を叩いてきた。

「バレバレなんだよ、意地張るな」

「……ん」

強がりを指摘され、またも弱々しい声が喉から漏れてしまった。

息苦しさと痛みに小さく呻けば、ほら見たことかと言わんばかりにレナードが小さく溜息を吐いた。

次いで彼は部屋の一角にある椅子を持ってくると、ステラが眠るベッドの横に置いて座った。

「ここにいてやる」

「ここにって、寝るまで見張ってるってこと？　……さすがにもう薬を盗み出したりはしないけど」

「疑ってないから安心しろ。見張りじゃなくてただそばにいるだけだ」

「ただそばに……」

ベッドに横たわりながら彼を見上げる。

彼もこちらを見つめているのだろうか。「ここにずっといるから」という声は穏やかで優しく、次いで何かを考えた後「薬の件」とまるで呟くように話し出した。

「ステラなりに考えて投薬したんだろ」

「それは……」

「不安だったのか怖かったのかは分からない。でも、お前なりに何かあってわざわざ俺の部屋から薬を取っていったんだろ」

レナードの声色と口調は落ち着いていて、まるで幼い子供を宥めているかのようだ。

その声に促されるように、ステラの胸の内が緩やかに動いていく。不思議と彼の声を聞いていると渦巻いていた感情達が出口を求めるように動き出し、そうしてついにはステラの口から「私は……」と最初の一言が漏れた。

「私は……、ずっと、お姉ちゃん《聖女》と入れかわるために生かされてて……、だから、別のものになっていいのか分からなかった。この姿になる前の記憶がないからどんな風になるのかも分からないし」

一度漏れ出た感情は抑えきれずに次から次へと溢れていく。

だがうまく言葉にならないのは、ステラ自身、己の感情が理解しきれていないからだ。

どうしてこんなことを考えるのか、これがレナードが言うような不安や恐怖というものなのか、何一つ分からない。昔の自分のことだって分からないのに。余計に分からないものが増えていく。

「どうしていいのか何も分からなくて、それで……、お姉《アマ》ちゃ《ネ》んと同じに戻ればって思って。もう入れかわるのは無理だって分かってるけど……」

よく分からない自分の気持ちが、次から次へと、整理する前に口から零《こぼ》れ落ちていく。

止まらない。こんなに一方的に話してはレナードだって困るだろう。的を射ない言葉だらけでは彼も理解出来ないはずだ。

だがレナードは止めることも落ち着かせることもせず、時折穏やかな声色で相槌を打つだけだ。その声はステラの胸の内で渦巻く感情を出口へと導いているようで、また言葉が溢れていく。

そうしてステラが胸の内を一方的な言葉の羅列で語り終えると、彼はしばらくの沈黙ののちに「そうか」と静かに言葉を返してきた。

「それなら、不安になる必要も怖がる必要もない。他のどんな感情があったとして、どんな姿になろうとも、ステラが無理に自分を変える必要はない。そのままでいいから、そのままで変わってくれ」

「……だけど、どう変わるか分からないよ。もしそうなったら困るのはレナードでしょう?」

「俺?」

どうして、とレナードが首を傾げる。

そんな彼を、ステラはじっと見つめたまま口を開いた。

「だって、レナードはお姉《ア》ちゃ《マ》ん《ネ》が好きだったから、だから私が気に入ってるんでしょう」と。

それを聞いてか、レナードが一瞬息を呑むのが聞こえてきた。

彼が言い淀んでいるのが分かる。ぼやけた視界と暗めに明かりを落とされた部屋でははっきりとは見えないが、困惑しているのが気配で伝わってくる。

もしかしたら怒っているのかもしれない。感情の雪崩に乗じるように尋ねてしまったことを今更ながらに後悔すれば、しばらくすると「そういうことか」と呟く彼の声が聞こえてきた。

どこか気落ちするような声に、ステラの胸の内が締め付けられ苦しさを覚えた。罪悪感が途端に胸に湧き上がる。

「……変なことを聞いてごめん」

「いや、違う。ステラが謝ることじゃない。ところで、その話は以前に言っていた俺と兄貴を仲違いさせるための要素の一つか？」

「うん……」

申し訳なさを抱きながらもステラが認めれば、なんとも言えない溜息が返ってきた。怒りは感じられないが、それ以上の脱力感が漂っている。

ぼやけた視界に映る彼の頭がぐらりと揺れ、椅子に座ったまま前屈姿勢になるのが分かった。肩を落としているのか、あるいは頭を抱え込んでいるのか。

次いでレナードがゆっくりと立ち上がった。

どこかに行くのだろうか……、とステラが窺っていると、彼は今度は椅子ではなくステラが眠るベッドの縁に腰掛けてきた。ベッドがぐらと揺れる。僅かだが距離が縮まった。

ならばとステラも上半身だけを起こし、ヘッドボードに背を預けた。

「確かに、まぁ……、アマネのことは嫌いじゃない。あれだけ変わってる女は気になっても仕方ないだろ」

アマネはある日突然この世界にやってきた。草原の中にポツンと立ち尽くしていたところをレナードとサイラスが見つけたのだという。

この世界には存在するはずのない黒髪黒目。この世界にはない知識を持ち、更にはそれを実現する技術までも持ち合わせている。知識、技術、更には女性らしい細身の体でありながらも国内一を誇るレナードと引き分けるほどの強さ。

何から何まで言い伝えの聖女と同じだ。そして伝承の通り、アマネはこの国に功績をもたらして今に至る。

レナードが惹《ひ》かれるのも無理はない。更には彼曰く、王族であり騎士でもある自分に真正面から向かってくるうえ力でも対等な存在など、今まで女性はおろか男性でもいなかったという。

「だから正直に言えば、あいつのことは気にはなってた」

「そっか……」

「あ、でも別に今はなんとも思ってないからな。そもそもアマネに関しては面白いから気に入ってたってだけで、別にそれ以上の感情があったわけじゃない。勘違いするなよ」

絶対に変な風に捉えるな、と念を押してくるレナードの圧はかなりのもので、顔を寄せて迫っているだろう事がステラのぼやけた視界ながらに伝わってくる。

思わず言われるがままに頷いて返せば「よし」と一言返してきた。

「でも、レナードはサイラスがお姉《アマ》ちゃん《ネ》のことを好きだから諦めたんでしょう?」

「そこまで知ってるのか。変なところだけは妙に詳しく調べてきたな……」

「……ごめん」

「いや、ステラが謝る必要はない。それに事実と言えば事実だ。だが諦めるといってもそこまで真剣に考えてたわけじゃないからな。傷付いてもない、悲しくもなかった」

またも「誤解するなよ」と念を押し、次いでレナードが僅かに言葉を止めた。

過去のことを思い出しているのだろうか。そうして深く息を吐くとゆっくりと話し出した。


それは『好き』という想いほど強くはなく、さりとて友情とも少し違う感情。

特別視。自分に真正面から向かってきて、更に剣技の強さも随一。何もかも規格外なアマネはレナードには新鮮でしかなく、知れば知るほど彼女を特別な存在だと考えるようになっていた。最初は伝承の聖女として、次第にアマネ個人として……。

だがそんな特別視をしていたのはレナードだけではなかった。

サイラスだ。兄である彼もまたアマネのことを特別視していた。それも、レナードよりもはっきりと、明確な感情を持ち、そしてその感情の名を知りながら。

「俺と兄貴は常にアマネのそばにいるように言われてる。だが俺にも兄貴にも仕事があって、常に三人一緒ってわけにはいかない。そういう時、アマネは俺か兄貴のどちらかの仕事に同行するように決められてたんだ」

最初の頃は、アマネはどちらの仕事にもついていっていた。

レナードと共に騎士隊の仕事に向かい剣の稽古をする時もあれば、サイラスと共に仕事をして内政や国について学ぶこともある。その時の彼女の気分で決める、程度にすれば半々だった。

だが次第にアマネはサイラスと行動を共にするようになり、いつしかそれが日常的なものとなっていた。

三人で行動するか、二人になる場合はアマネは選ぶでもなくサイラスに付いていき、あえてレナードを選ぶ時は騎士隊に用事がある時ぐらいだった。

今まで三人でいたのに気付けば二人でいるところを頻繁に見かけるようになり、そしてある日、ふとした瞬間に微笑み合う二人を見て察したのだ。

「それで、まぁ、そういうことなんだなって思っただけだ」

傷付きもしなかったし、悲しくもない。取られた等という勝手な感情も湧かなければ嫉妬心もない。悩みすらしなかった。

ただ微笑み合う二人を見て自然と「あぁそうなのか」と考え、そして同時に自分の中にあったアマネへの感情がどこかへ消え落ちていったのだ。失恋などという大仰な単語も似合わないほど綺麗になくなった。

「二人の仲に割って入ろうなんて思いはない。それに兄貴はいずれ王になる、その時にアマネが隣に立てばより国のためになるだろ」

聖女が選んだ王ともなれば箔《はく》がつくし、国民どころか近隣諸国からの支持も得られる。

これ以上のことはないと話すレナードの口調には偽っている様子はない。心からそう思っており、自分の考えや決断は間違えていないと考えているのだろう。

彼の話を聞き、ステラはぼんやりと彼の横顔を眺めながら小さく相槌を返した。

視界と一緒に意識もぼやけているのか、考えがうまく纏まらない。ただなんとなく、譲ってばかりの彼が、そしてそれを当然のように考えていることが、少しだけ切なく思えてくる。

「それならやっぱり私は……、お姉《アマネ》ちゃんの代わりとして……」

「あいつの代わりってどういうことだ？」

「……だから、私のことを……、そばに……」

微睡《まどろ》んできたと思った途端一気に意識が溶け、呂律《ろれつ》が回らなくなる。

きっと薬が効いてきたのだろう。ぐらりと頭が揺れる。眠い。目を開けていることすら辛くなってきて、もぞもぞと布団に入った。

「とりあえず……、寝る……」

「おい待て、アマネの代わりってどういうことだ？　なんかすごい勘違いしてないか⁉」

「うるさい」

彼の話を遮り布団を頭から被る。

だがそうはさせまいとレナードが布団を剝がそうと摑んできた。中に籠っていたステラも布団の端を摑んで抗う。

「お前、とんでもないこと言って寝るんじゃない！　この勘違いだけは訂正させろ！」

「……………ぐぅ」

「うわっ、寝るの早いな。おい、ステラ！　俺は別にお前をアマネの代わりだなんて思ってないから！　聞いてるのか！」

起きろ！　とレナードが必死に布団を揺する。

だが布団の中のステラはぐっすりと眠っており、彼の訴えは生憎と聞こえなかった。

2

翌朝、ステラはゆっくりと眠りから覚めた。

昨日まで体中を這い回っていた痛みは既に薄れており、視界も戻ってきている。朝の眩しさを心地好く感じ、昨日は朧気だった部屋の中の景色がはっきりと見えるまでになっていた。

今日は苦しまずに過ごせそうだと布団の中で身動ぎし……、ふと、ベッド横に置かれた椅子に座るレナードに視線を向けて目を丸くさせた。

昨夜、彼が自らベッドの横に持ってきていた椅子だ。ステラが眠る時と変わらぬ場所。そこに腰掛け腕を組んで顔を伏せている。

その姿は長考しているようにも見えるが、よく見れば彼の肩がゆっくりと上下しているところから眠っているのだと分かる。耳を澄ませば、スゥ……と微かな寝息が聞こえてきた。

（確かに昨夜『ここにいる』とは言っていたけど、まさか一晩中ずっといるなんて……）

彼を起こさないようにそっとベッドから降り、その顔をじっと見つめた。

切れ長の目も今は閉じられ、普段のような凛々しさも少し薄れている。油断しきった寝顔はどことなく幼くさえ見えた。

そんな彼を見つめつつ、ステラは昨夜の話を思い出し……、

「そういえば、眠る前にレナードが何か言ってたような気が……。何だったかな」

と、首を傾げた。

昨夜眠る直前に何かを言われたような気がする。だけど何だったか思い出せない。

飲んだ薬が効いてきて急に眠気が襲ってきたのだ。布団に潜り込んだところも記憶は朧気で、それ以降は夢のようにぼやけてしまっている。

「何だったかな……、何か言われてた気がするんだけど……」

外の空気でも吸えば頭もスッキリして思い出すかもしれない。そう考えて、窓辺へと近付き窓を開ける。それとほぼ同時に、背後からぬっと腕が伸びてきた。

その腕がステラの体を抱きしめてくる。もちろん誰かなど確認するまでもない、部屋には自分と、そしてもう一人しかいないのだから。

「レナード、起きたの？」

「起きた。体のあちこちが痛い……」

「椅子で寝るから」

「誰のためだと思ってるんだ。それで、体調は良くなったみたいだけど、寝る前に俺が言った言葉は思い出したのか？」

どうやらステラがひとりごちているのを聞いていたようだ。問う声に僅かながら恨めし気な色があるのは、自分の発言を忘れられたことを不服に思っているからだろうか。

そんなレナードの問いに対して、ステラは僅かに考えを巡らせ……、

「それが全く思い出せない。寝る直前までレナードが煩かったことは覚えているんだけど」

はっきりと答えた。

「お前……、そういう無神経で鈍感なところはアマネと似てるぞ。本当に姉妹なんじゃないか？」

「お姉《あんな》ちゃんと姉妹なもんか」

絶対に違うとステラが訴えるも、背後に立つレナードからひしひしと落胆の気配が漂ってきている。

心なしか抱きしめる腕がきつくなっている気がするが、これは抱擁というより八つ当たりなのかもしれない。嫌な予感がして抜け出そうともがくも更に締め付けが強まった。

思わず唸りながら抗議すれば、抱きしめていたレナードが「ステラ」と名前を呼んできた。先程までの声色とは違う、低く、諭すような声。

空気が変わった、とステラも感じ取り、唸るのをやめて「ん？」と軽い返事で先を促した。

「寝る前に言ったこと、改めて伝えたい」

「分かった。ちゃんと聞くからいったん放して」

「いや、駄目だ」

食い気味で断ってくるレナードに、ステラは彼に抱きしめられたままきょとんと目を丸くさせた。

ふざけているわけではないだろう。自分を包み込むように抱きしめてくる彼の態度も、身長差ゆえに頭上から降るように聞こえてくる声も、冗談ではなく本心で話しているのだと分かる。

だからこそ抱きしめたままなのが分からない。

このままでは顔を見て話すことも出来ないのに……。そうステラが訴えれば、更に強く抱きしめられた。

「顔を見て話すのは……、少し恥ずかしいからこのままで聞いてくれ」

「……う、うん、分かった」

聞こえてくるレナードの声がどことなく熱を帯びている気がして、ステラの声も思わず上擦ってしまう。

心臓がトクリと跳ね上がった。妙に落ち着かなくなり、どんな表情をして良いのか分からなくなる。

そうして僅かな間ののち、レナードがゆっくりと話し出した。

「俺がアマネを気に入ってたって話をしたのは覚えてるか？」

「覚えてる……」

「あれは本当だ。今更取り繕う気もなければ誤魔化す気もない。あいつを気に入ってて、……だけど兄貴に譲った。俺としては譲ったっていうほど大層な感情はなかったが……、多分、世間的には俺が身を引いたとか譲ったってことになるんだろうな」

二人が想い合っていることを察し、そしてそれが国のためになると考えた瞬間、胸の内にあったアマネへの感情が消えていった。誰にも明かさぬまま、失恋と呼べるほどの感情にも育たぬまま……。

昨夜話してくれたことと同じだ。ステラもそれは覚えており、ただ静かに「うん」とだけ返した。彼の話をちゃんと聞いていること、理解していること、覚えていること、それらを込めた簡素な返事に、意図を察したのだろうレナードが話を続ける。

「だけどそれと、お前を気に入ってることは関係ない。アマネの代わりだとか、あいつが手に入らなかったからとか、そういう意味でこうやって抱きしめてるわけじゃない」

「……レナード」

「ステラとアマネはまったくの別物だ。たとえ外見は瓜二つだろうと中身は違う。さすがに同じ顔と同じ髪型で合わせられたら一瞬迷うが、それでも一瞬だ。誓っていい、すぐに見分けがつく。すぐに見分けて、ちゃんとお前の手を取るから……」

一瞬、レナードが言葉を詰まらせた。

ステラの体を抱きしめてくる彼の腕に力が入る。

「だから、俺の気持ちを『アマネの代わり』じゃなく『ステラ』として受け入れてくれ」

真剣みを帯びた口調。低い声はステラの胸に届き熱を持つように響いていく。

嘘偽りのない言葉だと訴え、そして嘘偽りのない言葉だと信じてくれと乞うような声。

その声に煽られるように高揚感が湧き上がりじわじわと胸に満ちていく。その感覚に酔いしれそうになりながら、ステラは自分を抱きしめる彼の腕にそっと手を添えた。

しなやかでいて鍛えられた逞しい腕。剣を握り戦う力強さと、そして王族という権力を持ち合わせた腕だ。だけど今は必死にしがみついているように思える。

しっかりと抱きしめてくる腕は腕力的にも引き剥がせそうにないが、仮に力が弱くても今のステラの心境では引き剥がせないだろう。

(こういうのを『絆《ほだ》される』っていうのかな……)

そんなことを考え、ステラは後ろから抱きしめてくる彼の体に頭を預けた。

後頭部が彼の胸元にぽすんとぶつかる。

「分かった。レナードの気持ちは受け止めてやろう」

「そうか……」

「ま、まぁでも、すぐにどうこうっていうのは駄目だけど。私自身、まだこれからどうなるか分かってないんだし」

見た目だって再びアマネと同じに戻してしまったのだ。今後の生活はもちろん、これからのことが何一つ決まっておらず、容姿すら定まっていない現状、気軽に彼の気持ちに応えて進展させるわけにはいかない。

そうステラが話せば、事情は汲《く》む気なのだろう、レナードも頷いて返してきた。それ以上は強引に迫ることはせず、どこか安堵の色を漂わせている声。ステラが彼の気持ちを受け入れたからだろう。

その分かりやすさにステラは小さく笑みを浮かべ、次いで彼の気が緩んだ隙を突いてするりと腕の中から抜け出した。

だが抱擁から抜け出すだけだ。逃げたりはしない。

正面からじっと彼を見上げる。

「私が受け入れてやるからには、何があっても私を諦めたりなんてするなよ？」

「俺が、ステラを？」

告げられたことをすぐには理解出来なかったのか、レナードが不思議そうな表情を浮かべる。

そんな彼の反応に不満を覚え、ステラは彼の襟を掴むとぐいと引き寄せた。

不意を突かれてレナードが小さく声をあげる。彼の顔を間近にまで引き寄せ、ステラは彼の濃紺色の瞳をじっと見つめて「いいか」と口を開いた。

「『私』を気に入ったっていうからには、国の平和のためだからとか弟だからとか、そんな理由で引いたら許さないから。仮に恋敵が現れても、争って私を手に入れるぐらいの気概を見せろ！」

彼の目を見据えてはっきりと告げてやれば、「……あぁ」という彼らしくなく上擦った声で返事をされた。呆気に取られているのだろうか。

だが返事は返事だ。

それを聞きステラは「よし！」と満足気に頷いて返し、襟を掴んでいた手を離した。

だがいまだレナードは唖然としており、ステラが手を離したというのに引き寄せられた体勢のまだ。

固まったかのように離れない。

これといって伝えることはもうないんだけど。

だが自分で引き寄せた手前こちらから去るのもどうかと思う。

そう考えた末、固まったままのレナードをじっと見上げていると、コンコンと部屋の扉がノックされた。

どうやらステラが起きたのを察してメイドが来たようだ。

「おはようございます、ステラ様。体調はいかがでしょうか？　今日もアマネ様から……」

体調を気遣う言葉といつも通りの口上でメイドが現れ……、だが部屋の中の二人を見ると「あら」と声を漏らした。

更に「あらあら」と言葉を続け、後ろに並んでいるメイド達に声を掛ける。

後ろ二人はアマネからのワンピースと靴を持ってきたメイドだ。普段ならばその後ろにはレナードからの髪飾りやワンピースを持ってきたメイドが並ぶのだが、今日はいない。メイド達に指示を出すレナードがステラの部屋にいるのだから当然と言えば当然。

一人目のメイドが何かを伝えれば、それを聞いた二人のメイド達まで「あらあら」「あらあら」

と続いた。心なしか彼女達の表情が緩んでいる。

「そうでしたか。あらあら、これは失礼しました」

「なんだかよく分からないけど、別に失礼じゃないよ」

「ご安心ください。私共、ステラ様とレナード様が公表する日まで、誰に問われようと何があろうと、このことを公言することは致しません。絶対の忠誠心を持って秘密を守り抜きます」

「……そ、そうなの？　このことが何のことか分からないけど」

「もし生涯明かさぬ秘めた仲とするならば、私共は墓まで持っていく所存です」

「私に関するであろう何かが墓まで持っていかれる……」

何を墓まで持っていくつもりなのかは分からないが、メイド達は妙に使命感を帯びた表情をしている。

そのまま普段のやりとりはせずに去っていってしまった。彼女達の足取りが軽いように見えるのは気のせいではないだろう。それでいて背中には使命感を漂わせている。

よく分からない、とステラは首を傾げた。ちなみにいまだにレナードは固まったままである。

そんな彼女と、メイド達が去っていった扉を見つめ、ステラは謎が深まるばかりだと今度は逆側に首を傾げてみた。もちろんこんな動作で疑問が解決するわけではないのだが。

「何だったんだろ。……まぁいいか、レナードも戻らないし、準備しよ」

お腹空いたし、とあっさりと切り替えて部屋の一角にあるドレッサーへと向かった。

◆◆◆

「薬による痛みは、いわゆる『成長痛』みたいなものだね」

「成長痛？」

サイラスの話にステラが首を傾げてオウム返ししたのは、朝食を終えた食後の一時での事。

お茶を飲みつつ今日の予定を話し合い、その後の雑談となったタイミングで開口一番に彼が話し出したのだ。

昨日の一件をすぐに研究員に伝え、彼等の見解を聞いておいてくれたのだという。

「もちろん普通の成長痛とは別物だけどね。ただ、ステラがステラの姿になろうとしているのと、薬で無理やりにアマネと同じに変えようとする力が反発し合って痛みを起こしてる可能性が高いらしい。……多分、薬を断ってもしばらくは定期的に痛みがくると思うって」

投薬をしても、薬を断っても、どのみち痛みからは逃れられないのだという。

「そっか。うん、覚悟しておく」

「一部の医者にも事情を説明して、ステラ用の痛み止めを調合するように伝えておいたよ。今の痛み止めよりも効くものを用意してくれるはずだ」

昨日の今日だというのに、既にサイラスは対策を考えて行動に移っているらしい。その決断力と行動力はさすがの一言に尽きる。

それも彼だけではなく、アマネも研究や薬の調合に協力をするという。むしろ自分が主体となって進めると宣言しだした。

アマネの勢いは相変わらずだが、彼女が主体となってくれれば通常より早く進められるだろう。うまくいけば、次に痛みが襲ってきた時には彼女が調合した薬で多少なり楽になるかもしれない。

「……ありがとう」

感謝を示せば、サイラスが穏やかに微笑んだ。

アマネはといえばステラからの感謝に歓喜し抱き着こうと席を立つも、「お茶の途中で立つのはマナー違反」とステラがぴしゃりと言い聞かせると渋々座り直した。それでもテーブルの上で手を伸ばしてくるのはせめて手を握りたいという訴えか。仕方なく応じてやれば嬉しそうに揉《も》むように握ってくる。

まったくと横目で彼女を睨みつければ、そのやりとりが楽しかったのだろうサイラスがクスクスと笑い出した。

「これからステラの容姿は変わっていくんだ。元のステラに戻っていく」

その口調は穏やかで、まるで子の成長を待ち望む親のような色合いさえある。

彼の話につられるようにステラも自分の変化を想像し……、だがふと思い立ち「でも」と口を開いた。

「そうなったら周りにはどう説明するのさ」

現状、ステラは聖女アマネの妹ということになっている。

アマネ本人が公言しているのもあるし、瓜二つの容姿、そして聖女以外には有り得ない黒髪黒目という色合いも周囲を納得させる決め手になっているだろう。おかげで周囲は驚きこそすれども『聖女の妹』であること自体は疑ってはいない。

だがステラの容姿が変わったらどうなる？

髪も瞳の色も黒ではなくなり、容姿もアマネから離れていく。元のステラの容姿をステラ本人さえ覚えていないのでどこまでとは断言出来ないが、それでも今のようなアマネと瓜二つではなくなるだろう。

これには周囲も疑問を抱くはずだ。次第に容姿を変えるステラを気味悪く思う者が出る可能性だってある。

それを問えば、サイラスも確かにと悩み始めた。さすがの彼も、ステラが元に戻れば良しと楽観視は出来ないようだ。

対して……、

「姉妹愛でなんとかなると思うの」

と真顔で断言するアマネは相変わらずである。

ステラがうんざりとした表情を向けるも、彼女はまるで正論を説くかのように真剣な顔付きを崩さない。

「ステラちゃんがお姉ちゃんを求め会いたいと願うあまり、お姉ちゃんと同じ容姿になってしまった……。それでみんな納得してくれるはず」

「それで納得する人達の中の私は化け物か何かかな」

「あとはほら、聖女の力ってことにしておこうよ。大丈夫、力技のごり押しはお姉ちゃんの十八番だから！」

「あんまり胸を張って宣言する十八番じゃないと思うけど……」

それもどうかと思う、とステラが呆れ顔でアマネを見るも、当のアマネは「大丈夫！」と断言してきた。いったいその自信はどこからくるものなのか。それほどまでに己のごり押しに自信があるというのか。

更にはアマネにつられてか、サイラスまでもが「きっと大丈夫だよ」と告げてくるではないか。こちらはこちらで楽観的である。

二人の力強く、それでいて根拠のない断言に当てられ、ステラもまた「好きにして」と匙《さじ》を投げてしまった。こうなったら『姉妹愛を拗らせて聖女の力で姉そっくりになってしまった妹』と思われてもいいや、という投げやりな気持ちである。

そうしてこの件はひとまず解決とし――果たしてこれを解決と言って良いのか定かではないが――、サイラスが思い出したように話し出した。

「そういえば、特に痛みがあったのは腕と足って医者に伝えておいたけど大丈夫だったかな？」

問われ、ステラが自分の体を見下ろす。

「うん、その部分が特に。……あと胸も痛かった」

体の内側から胸元を締め付けられるような痛み。それを思い出して話しながら胸元を押さえれば、サイラスがなんとも言えない表情を浮かべ、アマネが「胸が……」と呟いた。

どういうわけかアマネの表情がサァと青ざめていく。彼女まで胸を押さえるのはどういうわけだろうか。

彼女は細身で、スタイルは良い代わりに凹凸も少ない。胸元も女性らしいふくらみとは言えず……。

「そうか、胸の痛みは私の胸が成長するのを妨げる痛みだったのか」

なるほど、とステラが頷く。

その瞬間にアマネの悲鳴が甲高く響き渡った。


それからしばらく、食事を終えた一室に女のすすり泣く声が続いていた。

漂う陰鬱とした空気の重さといったらなく、これが夜中だったならちょっとした怪談話にでもなりかねない。デザートを持ってきたメイドが困惑している。何か一大事が……、と案じるメイドをサイラスが気遣って片手を上げて下がらせた。

「どうせ……、どうせ私は真っ平《まったい》らよ……。もしかしてステラちゃんに発育で抜かされるの？　これは……、これは部分的な投薬も辞さないのでは……」

「アマネ、落ち着いて。辞さないなんて駄目だから。ほら、人それぞれだから気にしない方がいいって」

項垂れるアマネをサイラスが宥めようとしているが、話題が話題なだけに明確な言葉を出せず宥めにくそうである。

元より彼は紳士的な性格をしており、いくら気心知れたアマネ相手とはいえ体については話題にしにくいのだろう。

それも『アマネの胸が平らで、対してステラは今後薬の効果が切れたら豊満になる可能性がある』等と、彼でなくとも話題に出せるわけがない。

そんな二人のやりとりをステラはお茶を片手に眺めていた。胸の成長ごときでよくあれだけ悲観出来るものだ、と感心すらしてしまう。

だが項垂れているアマネを見るのは気分が良い。胸の内がスカッとする。

これはいわゆる『ざまぁみろ』という気持ちなのだろう。何度か経験し、そのたびにレナードに説明されていた感情だ。

そのレナードはといえば、腕を組んだままじっと黙り込んでいる。

「ところで、レナードはなんで不貞腐《ふてくさ》れてるの」

「別に」

むすっとした態度でレナードが返してくる。その態度は明らかに不貞腐れている。

怒りでもなければ以前のような警戒でもない。ただただ不貞腐れている、それだけである。現に、だんまりを貫いてはいるものの、食事もしていたし、今も紅茶のお茶請けのタルトを食べているのだ。

これもまたよく分からない、とステラは首を傾げ……るのはタルトが食べにくくなるのでやめ、肩を竦めるだけに止めてタルトに専念することにした。

「……俺が口説かれてどうするんだよ」

というレナードの不満たっぷりの呟きは、嘆くアマネの煩さに掻き消され、なおかつステラ自身もタルトのおかわりを申し出るためにメイドと話していたため、ステラの耳には届かなかった。

【第四章　ステラとレナード】

1

薬の騒動から三ヵ月。

今日もステラはアマネに一騎打ちを挑み、豪快に空を吹っ飛び、地面にビターン！　と音を立てて落ちた。

相変わらず、姉妹愛を拗らせてはいるものの投げる時は容赦がない。むしろ日に日に最高点が高くなり、空に綺麗な放物線を描かされている気がする。

「ステラちゃんが今日も元気でお姉ちゃん嬉しい」

「……それはどうも」

ひょいと顔を覗き込んでくるアマネに、ステラは唸りたいのを堪《こら》えて睨みつけた。

起き上がればさっそくとアマネが腕を摑んでくる。このまま食堂に連れて行くつもりなのだろう。

確か今日の一騎打ちの条件は『ステラが負けたら二人でクッキー作り』だったはず。ちなみにこの条件は今までも数えきれないほど行っており――それだけ負けているという事実は無視しておく

――、既にステラはレシピなしでクッキーを焼けるまでに至っていた。

「ステラちゃんが焼いたハート型のクッキーは全部お姉ちゃんが食べるからね」

「はいはい」

「もちろん、お姉ちゃんがハートに型抜きしたクッキーはステラちゃんのものよ」

「はいはい」

面倒でうんざりするが負けたのなら仕方がないと腹を括《くく》る。こうなったら感情を殺してさっさとクッキーを焼くだけだ。

そうして覚悟を決めて歩き出せば、寄り添っていたアマネが「ねぇステラちゃん」と話しかけてきた。

「ステラちゃんさえ良ければ、私の近衛《このえ》騎士にならない？」

「近衛騎士？」

「そう。ステラちゃんが私の近衛騎士になってくれれば、いつも一緒にいられるでしょ。私の大事な近衛騎士、私だけのステラちゃん」

「また変なことを……」

馬鹿馬鹿しい、とステラがうんざりとしながら話を聞き流そうとする。

だがそれに対してアマネは普段の調子で嘆いたり大袈裟な反応はせず、静かに、そしてそっとステラの手を取って改めて名前を呼んできた。

「これから一緒に生きていくのに、ステラちゃんにとってもいい話だと思うの。考えておいて」

◆◆◆

「近衛騎士の話は俺も聞いてる。いい話だと思うぞ」

とは、先程の話を聞いたレナードの言葉。

場所は彼の執務室。アマネとの一戦を終えてクッキーを作らされ、せっかくだからと彼に持ってきたのだ。

言わずもがなアマネはサイラスへと持っていった。手作りを彼に食べさせたいが気恥ずかしさがあり、その結果ステラをダシに使ったのだろう。

うまく焼けたクッキーをサイラス用に選ぶのだから分かりやすく、その中にハートに型抜きされたクッキーが入っていたのは言うまでもない。ステラが焼いたハート型クッキーは全て食べたというのに。

そうして自分もとレナードの元にクッキーを持っていき、今日の一騎打ちについて意見を貫いながらクッキーを食べ、そして先程の話に至る。

「いい話って、私みたいな素性の分からない奴がお姉ちゃん《聖女》の近衛騎士になんてなれるわけないよ」

「俺の嫁なら素性はバッチリだろ」

「そうやってことを急かそうとするならクッキーは回収させてもらう」

「冗談だ。いや、冗談じゃなくて本気だけど、今は冗談ということにしておけ。それで近衛騎士の話だが、ステラは『聖女の妹』として世間に公表されてるんだ、素性なんてこれ以上のものはないだろ。それに強さだって、アマネには負けるが近衛騎士になるのに十分な強さだ」

「だからって……」

自分の知らぬところで話が進んでいるのはなんとも言えない気分だ。

かといって嫌かといえばそうでもない。

これから先の人生を考えれば職を得られるのは有難い。このまま『聖女アマネの妹』として生きるにしろ、それを脱して別の人生を歩むにしろ、生きていくには身分と金が必要だ。

働かなくては生きていけない。そうなった場合、素性の分からない自分に就ける職など真っ当なものではないだろう。

もちろん、ここに来る『以前』の生活に戻れないことも分かっている。

仮に戻ったところで、入れかわりに失敗した使い捨ての駒など処分されるのがオチだ。そもそも、戻ろうにも場所も何も分からない。それより以前に至っては記憶すらないのだ。

そう考えると『聖女の近衛騎士』という仕事以上のものはない。

だけど……、

「これから先も、ずっとお姉《あ》ちゃん《れ》に付き纏われるのかと思うとなぁ……」

その一点だけが引っかかる。引っかかりすぎる。この一点が強すぎて決めかねる。

そうステラがうんざりしながら話せばレナードが肩を竦めた。気持ちは分からなくもないとでも言いたいのだろう。

「アマネも急かしてるわけじゃないし、候補の一つとして考えればいいだろ」

「……うん」

「あ、もちろん俺の嫁になるのは前提で……、分かった、悪かった、もうこの話はしない」

クッキーを盛った皿を取り上げて部屋を出ようとすれば、慌ててレナードが呼び止めてきた。

先程も似たようなやりとりをしたというのに懲りない男である。思わずステラがじっとりと彼を睨みつけるも、返ってくるのは悪びれる様子も反省の色もない苦笑だけだ。

この反応を見るに、あと二回か三回は同じやりとりを繰り返させられそうだ。これにもうんざりしてしまう。

そんなステラのうんざりした顔を見て楽しくなったのか、執務机で仕事をしていたはずのレナードが立ち上がるや隣に座ってきた。そっと手を伸ばしてステラの髪に触れてくる。彼の指が肩口で揺れる髪の先を軽く掬い上げた。

「近衛騎士になるんなら、尚更アマネと瓜二つじゃ仕事にならないよな。やっぱり綺麗な色だ」

レナードが目を細めてステラを見つめる。

掬った髪の一房を指先で撫で、そして真っすぐに目を見つめてくる。

濃紺色の彼の瞳。ステラもまた彼の瞳を見つめ返した。

……紫がかった瞳で。

「目、変わってきてる？」

「あぁ、前よりも紫色が濃くなってきてるな」

あの一件以降、ステラは薬を断っていた。一度として使用していない。反動で定期的に痛みは襲ってくるものの、そこはサイラスが話していた医者やアマネが調合してくれた痛み止めによって回を追うごとに楽になっている。

いずれステラの変化が『アマネから戻る』ではなく『ステラ個人としての成長』になれば苦痛はなくなるらしい。今はただその日を心待ちにして耐えるだけだ。

その時にはどんな姿になっているのだろうか。

少なくとも髪の色と瞳の色は変わっているはずだ。現に、三ヵ月が経過した今既にステラの髪は黒髪の中に紫色を交えており、瞳も同様の変化を見せている。

次第に紫色の色味は強くなっており、とりわけ明るい場所でアマネと並べば違いは明確だ。注視しなくても気付けるようになり、使用人やメイド達もその点に触れるようになっていた。

「まさか本当にお姉ちゃん《アマネ》の話が通るとは思わなかった。おかげで私は『姉会いたさに自分の姿を姉と瓜二つにした妹』って思われてるし……」

殆どの者はこの話をすっかり信じてしまい、中には「それほどに寂しかったんですね」だの「もっと早く見つけて差し上げていれば……」と同情してくる者も出る始末。

問題にならなかったのは良かったのだが、ステラとしては複雑な心境だ。

「アマネはあれで人望もあるし、力技のごり押しは十八番だからな。それに話すアマネの隣には無言の微笑みで肯定する兄貴がいるんだから、異論があっても口に出せる奴なんているわけがない」

レナードの話に、ステラは脳内にその光景を思い浮かべてみた。

突拍子もない話を、それでも真剣な表情で力説する聖女。その隣には、冷ややかに穏やかに、優雅でいて底冷えするような麗しい微笑みを携える第一王子。二人並ぶ姿はさぞや美しいだろう。

……それはそれは、異論を唱えられないほどに。

なるほど、とステラは納得すると同時に肩を落とした。人望とごり押し、そして冷気を纏う無言の圧の合わせ技か。

「あの時投げやりにならないでもう少しマシな話を考えておくんだった。これじゃ聖女の妹じゃなくて変化する化け物だよ……」

「とりあえず受け入れられたってことで良しとしておけ」

嘆くステラに対して、レナードはあっさりとしている。それどころか嬉しそうな色さえあり、再びステラの髪を指で掬った。

「髪も瞳も俺好みの色だな」

「……別にレナードのために変わってるわけじゃないけど」

「そう言うなって。変わっていくたびに俺の好きな色になるんだから、言うぐらいはいいだろ」

レナードは随分と上機嫌だ。

ステラの髪を、瞳を、愛しいと言わんばかりの表情で見つめてくる。

そんな彼の視線を正面から受け入れるとなぜか居心地の悪さを覚え、ステラは皿が空になっていることに気付くと「追加を持ってくる」と告げて立ち上がった。

厨房は既に夕食の準備に取り掛かっていたが、まだ時間がそう遅くもないことから若干の余裕を見せていた。

ステラが顔を覗かせれば気付いた数人が穏やかに挨拶してくる。クッキーの追加を用意しに来たのだと話すと、どういうわけか彼等は微笑ましげに表情を綻ばせた。中には顔を見合わせて笑う者達もいる。

「さすが兄弟と姉妹、食べ終えるタイミングも同じなのですね」

「兄弟と姉妹?」

いったい何の話だとステラは首を傾げ、だがクッキーを置いていた場所にいる人物を見て「あぁ」と思わず納得の声を漏らしてしまった。

そこにいたのはアマネだ。彼女も空の皿を手にしている。ステラが来たことが嬉しいのかこれでもかと上機嫌で、一緒にクッキーをより分けようと手招きをしているではないか。

二人で焼いたクッキーを――ステラの心境としては『焼いた』というより『焼かされた』だが――、アマネはサイラスと食べるために持っていった。対してステラはレナードと。だというのにほぼ同じタイミングで空になった皿を手に厨房に現れたのだ。

なるほどこれは面白がるのも仕方ないか、と思わず納得してしまう。もっとも微笑ましく見られるのはどうにも落ち着かず、そそくさとクッキーが置かれている場所へと向かった。そこには嬉しそうなアマネが待ち構えているのだが、この際なので仕方ない。

「ステラちゃん、また会えて嬉しい」

「同じ敷地内にいるから何度も会えるけど」

「一回一回が嬉しいの。でもステラちゃんはレナードの分を持っていくのね……。なんでレナードに私とステラちゃんが焼いた姉妹愛のクッキーを……」

「またそうやって変なところで嫉妬を拗らせる。そもそも、お姉《アマネ》ちゃんだって私達が焼いたクッキーをサイラスに持っていってるのに」

自分がサイラスに持っていくのは良くて、ステラがレナードに持っていくのは駄目なのか。

そう指摘すればアマネがぐっと言葉を詰まらせた。次いで「サイラスには別に……」と呟く声は彼女らしくなく小さく、そのうえうまい言い訳が思いつかないのかそっぽを向いてしまった。

今のアマネの態度や仕草は弱々しいもので、彼女の胸中は分かりやすい。

それを見てステラの胸になんとも言えない感情が湧いた。これは悪戯心というものだろうか。にんまりと自分の顔が笑むのが分かる。きっと悪い顔をしているだろう、鏡がないのが残念だ。

「それに『ステラちゃんが焼いたハート型のクッキーは全部お姉ちゃんが食べるから、お姉ちゃんが焼いたハート型のクッキーもステラちゃんのもの』なんて言ってたくせに、しれっとサイラスの分にハートのクッキーを入れてたし」

「あ、あれは……、ただちょっと形がいいなと思っただけで」

「今だって、サイラスに持っていく皿にハートのクッキーが見えるけど」

「……これは、その。余ってただけだから」

指摘され、次第にアマネの顔が赤くなっていく。

挙げ句に「先に行くね！」と慌てて厨房から出て行ってしまった。本来ならば途中まで一緒に行こうとくっついてくるはずなのに。

その態度は分かりやすく明らかな逃げだ。普段の一騎打ちの強さが嘘のような逃げっぷりにステラの笑みが深まる。

「この手は使える……！」

思わずそんなことを呟いてしまうも、このやりとりを含めても微笑ましいらしく周囲からは「あらあら」と楽し気な声が聞こえてきた。

そうして、クッキーを皿に取り分け、……こっそりと取っておいたハート型のクッキーを一枚さっと中に忍ばせて、ステラも厨房を出て行った。

2

「ステラ、暇なら遠乗りに行くか」

そうレナードに声を掛けられたのは、今日も今日とてアマネに吹っ飛ばされた後。

彼女が去った後も芝生の上で大の字になりながら空を眺め、「雲の流れが速いから天気が変わるかな……」と考えていた時のことだ。――ちなみにステラはアマネに吹っ飛ばされるたびに空を眺めては今後の天気を予想するようになり、これが存外に当たることが多くメイド達から頼られ始めていた――。

そんな現実逃避の最中、眺めていた晴天にひょいとレナードの顔が割り込み先程の誘いの言葉である。

「遠乗り？」とステラが尋ねながらもそもそと起き上がった。

「部下を連れて出なきゃいけなくなってな。せっかくだし気晴らしがてらにお前もどうだ？」

「別にいいけど」

レナードにこうやって誘われるのは珍しいことではない。書庫に行くから、視察に城下に出るから、そんな理由で何かと声を掛けてはステラを連れ出そうとしてくる。

彼だけではなくアマネやサイラスも声を掛けてくることは多く、先日に至っては世話になっているメイドにお茶会をするのでどうかと誘われもした。

なんだかそれらは気恥ずかしく、そして同時に、自分の世界が広がっていくような気もしていた。『聖女と入れかわるための存在』としてではなく、『ステラ』として、そして少し癪だが『聖女の妹ステラ』としても。

「お姉ちゃん《アマネ》は？」

「あいつは行かない。兄貴が書類整理を手伝わせたいって言ってたから、声掛けても残るだろ」

「そっか。それなら首輪を変えさせてくる」

いまだステラの首には鉄の首輪が嵌まっている。これのせいでアマネに呼びかける時は『お姉ちゃん』と忌々しい発音になるし、書き文字に至っては『お姉ちゃん♡』になってしまう。

もちろん、ステラがアマネから逃げようとすれば徐々に締まる機能も健在である。

呪いの首輪だ。肩こりしないだけマシだと思い、普段は意識の外に追いやっている。いつか一騎打ちに勝ってこの首輪を外させる日も近い……はず。多分。

そんな忌々しい首輪だが設定の変更は可能で、アマネが自ら遠くに行く場合はもちろん、ステラが離れる場合にも——もちろん逃亡目的ではなく——首が締まらないように出来る。

それもアマネが軽く触れるだけで設定が変わるのだから、無駄に高性能なのがこれまた腹立たしいのは言うまでもない。


そうしてサイラスの執務室へと向かい、事情を話して首輪の設定を変えてもらう。

「今日じゃなかったら私も一緒に行ったのに……。ステラちゃん、次はお姉ちゃんと一緒に遠乗りに行こうね」

「嫌だ」

「つれないステラちゃんも可愛い。それじゃ、お土産楽しみにしてるからね。お姉ちゃん、ステラちゃんが選んでくれた美味しいお菓子が食べたいな」

「絶対に買ってこない」

「このつれなさもまた愛しさが募る。はい、それじゃ設定変えたからいってらっしゃい。……レナードと。どうして奴と私のステラちゃんが……。やっぱり、私だけのステラちゃんでいさせるためには、どこにも行かせないように閉じ込めるべきなの……？」

「会話の途中で病まないで」

いちいち大袈裟なアマネをそのたびに一刀両断しつつ「いってきます」とだけ告げておいた。

その際に送られる「いってらっしゃい」という言葉は先程まで病んでいたのが嘘のようにあっさりとしている。アマネとしては、出かけるステラに置いていかれるのも出かける相手がレナードなのも癪だが、サイラスと二人きりで仕事というのは満更でもないのだろう。

相変わらず分かりやすい態度にステラは悪戯っぽい笑みを浮かべ、去り際にひょいと扉の隙間から顔を覗かせた。

「私とレナードはしばらく出かけてくるから、二人でごゆっくり」

と。あえて室内にいるアマネとサイラスに告げる。

それを聞いたアマネが頬を赤くさせ「ど、どうしたのステラちゃん突然!?」と慌て出し、対してサイラスは満更でもなさそうに軽く片手を上げて応えてきた。

してやったりと気分が良い。思わず歩く足取りも軽くなる。


そんな浮かれた気分のまま外へと出れば、既にレナードの姿があった。

彼の隣には愛馬。美しい黒毛の馬だ。馬具も彼のものが一番立派で、装飾品や細工から上等の品だと一目で分かる。

レナードの背後には数名の部下がおり、ステラの姿を見るや恭しく頭を下げてきた。

「私、仕事の邪魔にならない？」

「いや、逆だ。『聖女様の妹であられるステラ様とご一緒出来るなんて』って部下達の士気が上がる」

「そういうものなのかなぁ」

存外、騎士であっても軽いものだ。

といっても、もちろんこれが聖女アマネや彼等の上官であり王族のレナードへの信頼があってこそなのは分かっている。そうでなければ素性の分からぬ女を彼等が受け入れるわけがない。

試しにステラが彼等に向けて軽く頭を下げて見せれば、表情が見て分かるほどに明るくなった。光栄だと言いたげな表情。中にはじっと見つめてくる者もいる。頭を下げるだけでこれなのだから、手を振ったらどうなるか、話しかけたら、微笑んだら、名前を呼んだら……。

そんな好奇心がステラの中に湧き上がるが、試してみようかと片手を上げかけた瞬間、体がぐいと浮き上がった。

「うわっ」

思わず声をあげてしまう。

レナードに持ち上げられたのだ。そのまま彼の愛馬に乗せられ、次いで彼が後ろに乗ってくる。後ろから抱きしめるように体を支えてくるのはいつもの体勢だ。

……いつもの体勢なのだが、なぜか今日は普段以上に密着し、なおかつ体重を掛けてきている気がする。ずっしりと彼の重さを背中越しに感じる。

「なに？」

「別に。ただやっぱり連れてきて良かったと思ってな」

「意味がわからないし重いよ」

「外に出るようになったのは良かったんだが、それはそれで問題がなぁ。俺は兄貴みたいに無言の牽制《けんせい》が出来ないし、かといって威圧的にやるのもなぁ」

「意味がわからないし重いしやっぱり意味わからない！」

何なの!!　とステラが思わず声を荒らげる。

だがレナードは説明することもなく、体勢を変えることもしない。手綱を握り馬の誘導こそきちんとしているものの、まるでステラを己の腕の中に閉じ込めるようにしっかりと抱きしめている。そのうえ体重を掛けながら。

なんでこんな目に遭わないといけないのか分からず、ステラは唸りながらも、気休めに馬の鬣《たてがみ》を撫で……、その手さえもレナードに摑まれた。


「あのレナード様が牽制してる……!?」

「牽制、なのか……？　あれ」

「うちの子供がぬいぐるみを取られまいと抱えてるのと同じだ」

そんなことを後ろで追いかけるレナードの部下達が話していたのだが、レナードの腕の中にすっぽりと収められていたステラには聞こえなかった。

◆◆◆

遠乗りとは言いつつも、今回は騎士隊の仕事の一環である。

曰く、城下からしばらく馬を走らせた先にある草原に、見慣れぬ格好の集団がいたのだという。

それも集団のうちの数人は地元住民に話しかけ、聖女アマネについて聞き出そうとしていたらしい。

話しかけられた者は観光客が聖女の神聖さに興味を持っていただけだと考えたらしいが、たまたま居合わせた騎士隊の一人が違和感を覚え、それをレナードに報告して今に至る。

「話し巧みに聖女の情報を聞き出そうとしていたらしい。その話術が逆に仇《あだ》になって怪しまれたってわけだ。それに特徴的な訛《なま》りもあったらしい。国内じゃ聞かない訛りだったと」

「ふぅん、それで手がかりがないか見に来たのか」

「報告があったのは二時間以上前だ。さすがにその集団も移動してると思うが、念のためにな」

本来であれば警備にはレナードではなく部下が出る。

だが聖女絡みだと話は別だ。聖女アマネに関する事柄ではサイラスかレナードが直接動くことになっており、それが叶わない場合でも彼等から信頼されている数人が任されるのだという。ゆえに、今回はレナードが直々に部下を連れて調査に出たのだ。

馬に乗りながらその話を聞き、ステラもなるほどと頷いた。

「いずれステラがアマネの近衛騎士になったらアマネ関係のことは任せられるな。俺も兄貴も多忙だし、任せられる奴が一人でも増えるのは有難い」

「またその話かぁ。なんだか気付いたら騎士隊の制服を着させられてそう」

「アマネもだが兄貴も意外と乗り気だからな。特に兄貴はやると決めたら秘密裏に進めてくるから、朝一にメイドが持ってくるのが騎士隊の制服になってるかもしれないぞ。しかも背後には無言で微笑む兄貴付き」

「怖い冗談はやめてよ。……じょ、冗談だよね？」

「今のところは冗談だ。今のところは、だけど」

レナードの不穏な話にステラは思わず頬を引きつらせてしまう。

サイラスは温厚な性格だ。仕草や言動には気品があり、反面、一見すると押しが弱そうにも見える。見た目から凛々しさや強さを纏うレナードとは兄弟でありつつも真逆な印象だ。

だが実際はサイラスの方が押しが強い。それも強引に進めるのではなく、静かに冷ややかに、それでいて絶対に譲らないのだ。

ステラも何度も微笑んだまま圧を放つサイラスを見ている。あの時の彼の言い知れぬ圧といったらなく、一度彼がその状態に入ると聖女アマネでさえ引いてしまうのだ。当然だがステラも敵《かな》うとは思っていない。

「そうなったら、腹を括って近衛騎士になるしかない……」

「俺としてはその前に自分の意思で決めてほしいんだけどな。おっと、報告があったのはここらへんか」

馬を走らせていたレナードが手綱を引く。

彼の愛馬はその指示を受け、一度呼応するように嘶《いなな》くと歩みを止めた。

ステラも周囲を窺ってみる。王宮や城下の賑わいから随分と離れた場所だ。草原が広がっており家屋が点在している。長閑という表現がよく似合う。

その光景に覚えがあり、ステラが「ここって……」と呟けば、愛馬から降りたレナードが手を差し伸べながら頷いて返してきた。

「アマネを見つけた場所だ」

草原を見つめながらレナードが目を細める。

何かを思い出すかのような表情。きっとアマネを見つけた時のことを思い出しているのだろう。


五年前、アマネは突如この地に現れた。

右も左も分からぬ状態で彼女自身も混乱しており、偶然周辺を視察していたサイラスとレナードが彼女を見つけて保護したのだ。

そんな場所にアマネのことを探ろうとしていた者が現れた。それも素性が分からず、国外の者である可能性が高い……。なるほど、これは確かに怪しむのも仕方ない。

それにここがアマネが現れた場所ということは公表されていないのだから尚更だ。家屋や店の少ない殺風景な場所ゆえに観光客も少なく、聖女と関連するものもない。偶然というのは考えにくい。

だが既に集団は撤退したようで、見渡す限りそれらしい人の姿はなかった。長閑な草原が広がっており、風が吹き抜けて草花を揺らすだけだ。

「さすがに残ってはいないか……。話を聞かれたっていう住民は？」

「この近くに住んでいる老夫婦です。家の方にと招かれています。馬を休ませる場所も提供すると話していました」

「そうか。協力してくれるのなら有難い。ステラ、悪いが少し付き合ってくれるか」

同行を求められ、ステラも特に断る理由はないと頷いて返した。


老夫婦曰く、話を聞いてきたのは三十代前後の男が三人だったらしい。

どこから来たのかは分からないが、彼等は散歩中の老夫婦に声を掛けてきた。最初はこの国についての質問だったため夫婦も観光客と信じ込み、彼等の話に応えていたという。

話はこの国の名所から始まり、情勢について、王族について、……そして聖女についてと移っていった。

もっとも夫妻はただの一国民だ。提供出来る情報は世間一般に公表されている範囲のものでしかない。男達もそれを察し、更には騎士が交ざったことで撤退を決めたのか、早々に引き上げてしまったらしい。

その態度も話を終えるに至る過程も夫妻には極自然なものだったらしいが、居合わせた騎士曰く、どこか白々しさがあったのだという。

「問題がありましたでしょうか？　私共、何も考えずに答えてしまい……」

ただの観光客を相手にしたつもりが騎士どころか第二王子レナードまで出てきて、事の展開に不安になったのか夫妻が案じ始める。自分達の行動がまさか……、と悪い想像をしているのだろう。

レナードや他の騎士達が宥めるがそれだけでは気分が晴れないようで、このままでは謝罪さえしかねない。

そんな夫妻を見ていると、隣に座るレナードがぐいと肘で突いてきた。何かと見れば彼が横目でこちらを見て、かと思えば夫婦の方へと視線を向けた。

物言いたげなその仕草にステラもまた夫妻へと視線をやり……、「気になさらないでください」と声を掛けた。

「心配する必要はありません。もちろん、お二人が話をしたことに問題もありませんのでご安心ください」

「ステラ様……」

「協力いただいたこと、姉に代わり心より感謝いたします」

普段より幾分声に落ち着きを醸し出して話せば、夫妻が見て分かるほどに安堵した。青ざめていた表情も柔らかくなる。

『聖女の妹がそこまで言うのなら』と考えたのだろう。再びレナードが肘で突いてくるのはステラの行動を褒めているのか。

そうして落ち着きを取り戻した夫妻に改めて話を聞き、彼等の家を後にする。

既に時刻は夕刻を過ぎており夜に差し掛かる時間だ。周囲も暗くなっている。

三時過ぎに出発し、馬を走らせて一時間以上。そこから話を聞いて……、と想定していたよりも時間が掛かっている。

もっともステラには何の予定もなく、帰宅が遅れてもなんら問題はない。せいぜい夕食に間に合わなくなり、アマネが「一緒に食べたかったのに」と悔しがるだけだ。

思い返せば、今日の一騎打ちの条件は『眠る前にお姉ちゃんと一緒にホットミルクを飲んで語り合う』だった。それまで出来なくなればアマネはより悔しがるはずだ。それは気分が良い。

「またなんか企んでるな」

「な、なんで分かった……⁉」

「妙に大人しいし、そういう時の空気は分かる。大方、戻りが遅ければ夕食にも遅れてアマネが悔しがると思って気分が晴れてたんだろ。でも参ったな、食べさせるものがない」

「そこまで理解してるなら、私の企みが空腹に関係していないところまで理解してほしいんだけど」

なぜその一点はいまだに誤解したままなのか。

不満を抱いて睨んでやりたいところだが馬上ではうまく背後を振り返られず、肘打ちでも喰らわしてやりたいところだが下手すると自分も落馬する。仕方なく唸るだけに止めておけば、この反応も面白かったのだろう、レナードがクックツと笑うのが背後から聞こえてきた。

なんて腹立たしい態度だろうか。

ここはやっぱり落馬覚悟で一撃……！　と、覚悟を決めて肘打ちの体勢を取るも、放つ直前にステラの頬にポタと何かが落ちてきた。

雨だ。

大粒の雨が一滴、頬に落ちてきた。それを指先で拭っていると、その手にも更に一滴。

空を仰げば薄墨のような雲が空を覆っている。

いつ本格的に降り出してもおかしくない空だ。夜だというのに月も星も見えない。

見上げているとまた一滴ステラの頬に雨粒が落ちてきた。気付けば服にも何滴か落ちてシミを作っている。

「これは一気に降りそうだな。急ぐぞ」

後ろに続く部下達に声を掛け、レナードが愛馬の手綱を強く引いた。

その指示を受けて馬が断き足を速める。一気に加速するのでバランスを崩すのを案じたのか、レナードが先程よりも強く抱きしめるように体を支えてきた。


予想した通り天候は一気に悪くなり、本格的に降ってきたかと思えば途端に土砂降りになり、雷鳴まで響き始める。

この悪天候と夜の暗がり、更に突然の豪雨により地面がぬかるんでおり、思ったよりも馬を進めることが出来なかった。おかげでステラ達一行が途中の街に着いたのは予定よりもだいぶ遅い時間である。

天候はより酷くなる一方で、雷光が瞬いたと思えばすぐに雷鳴が響き渡る。

夜が更けるにつれて更に酷くなっていくだろう。真夜中から明け方がピークで、その頃には馬を走らせるのも困難になるかもしれない。

「参ったな……。夜中に降るだろうと思って油断してた」

「レナード様、どうしますか？　これから先は城下まで寄れる場所がなくなるので、下手をすると途中で立ち往生になるかもしれません」

「急いで帰らないといけないわけでもないし宿でも取るか。子供のお使いじゃあるまいし、連絡がなくてもこの天候なら察するだろ」

「かしこまりました。宿に空きがあるか確認してまいります。ステラ様、お体を冷やしますのでどこか雨をしのげる場所でお待ちください」

自身もずぶ濡《ぬ》れだというのに騎士達はステラを気遣っている。

それに対してステラは礼を言うだけに止めて、馬を連れて足早に去っていく騎士を見送った。雨に濡れるぐらいどうということはないが、今あえてそれを言う理由はない。無事に戻ってきた時に聖女の妹らしく彼等を労い、そして気を利かせてくれたことをサイラスに伝えれば良い。

そう考えてしばらく待っていると、宿を取りに向かっていた騎士の一人が戻ってきた。

「宿に空室があるのですが……。この天候で急な宿泊客が多かったようで、二部屋しか取れませんでした」

申し訳なさそうに騎士の一人が話す。

だが彼が申し訳なさそうにする必要はない。この天候も、宿泊客が多く二部屋しか取れなかったことも、何一つとして彼の責任ではないのだ。

レナードもそう考えているのだろう、謝罪しだす部下を「帰還のタイミングを見誤った俺のせいだ」と宥めている。

そんな会話を経てさっそく宿に行こうとしたのだが、話していた騎士が「それで……」と話を続けた。

彼の背後にいる同僚達もどこか気まずそうな表情をしている。……のだが、心なしか気まずそうな色の中に期待が交ざっているのは気のせいだろうか。

ん？　とステラが彼等の様子を窺う。

それとほぼ同時に、一人が代表するように口を開いた。

「もし差し支えなければ、我々は一室で寝ますので、ステラ様とレナード様で一部屋をご使用ください」

◆◆◆

騎士達の言い分は分かる。

二部屋しか取れず、しかもベッドの数と宿泊人数が合っていないとなれば、性別や階級で部屋を分けるのは普通のことだ。

とりわけステラは女なうえに聖女の妹なのだから、きちんと一室で休ませるべきである。男ばかりの部屋で一泊させたとなれば大問題。

そしてレナードも騎士隊長でありながらも王族である。彼もまた優遇すべき存在だ。

「それは分かるけど、どうして私とレナードが一緒の部屋に……。これはこれで問題なのでは？」

未婚の男女を一室に泊まらせるのはどうなのだろうか……。と眉根を寄せてステラが首を傾げる。

宛がわれた部屋の中で。

寝間着に着替え、ベッドの上で濡れた髪をタオルで乾かしながら。

そんなステラに対して、同じく用意されていた寝間着に着替えたレナードが簡易テーブルセットで酒を飲みながら「今その危機感は逆にどうなんだ？」と尋ねてきた。

あの後ひとまず宿に向かい、隣接している食堂で遅い夕食を取り、そして騎士達とは分かれて別の部屋に入って今に至る。

正確に言えば一通りの就寝準備を終えて今に至るのだが、確かに、疑問を口にするのならばもう少し早い段階で口にしておくべきだったかもしれない。

「寝間着に着替える前に言うべきだったたか……」

「言っちゃあなんだがそれも遅いぞ。普通は部屋を割り振られた段階で言うべきだ」

「四時間くらい前かぁ」

それだけ時間がずれていると気にするのも無駄に思えてくる。

だが部屋の割り振りに関しては今更としても、もう一つ、否、もっと大きな問題がある。

「ベッドが一つしかないのは今文句を言ってもいいと思う」

訴えながら自分が座るベッドをぽすんと軽く叩いた。

部屋の中央には大きなベッドが一つ。大人が二人余裕で横になれる大きさで、枕も二つ並んでいる。

それを訴えれば、酒の入ったグラスを片手にレナードがじっとこちらを見つめ……、

「それも部屋に入った時点で言うべきだったな」

と忠告してきた。

二時間ほど前だろうか。これにはステラも「そっかぁ」と呟いてしまう。この件もだいぶ遅かったようだ。

「それなら仕方ない。……とはさすがにいかない気がする。そもそもレナードの部下達はどうして私達を一部屋に入れたんだろ」

仮にも自分は『聖女の妹』だ。自称するのもどうかと思うが、世間一般的には高貴な存在である。

それも未婚。たとえ相手が王族とはいえ男と一室に泊まらせた……となれば問題になり、万が一のことがあれば彼等も咎められる可能性がある。少なくとも、姉である聖女アマネの怒りは買うだろう。「私のステラちゃんに！」と激昂する彼女の姿は容易に想像出来るし、普段あれほど煩い姉妹愛を見せつけられている騎士達がその可能性を考えないわけがない。

それなのに、別れ際の騎士達は案じる様子も見せず、それどころかそそくさと自分達の部屋に行ってしまった。

彼等の部屋がどういう造りかは分からないが、きっと広い部屋をこちらに宛がっているはずだ。

つまり彼等は雑魚寝状態である。

「……この部屋の割り振りは俺のせいかもしれない」

「レナードのせい？」

「あぁ、その可能性は高い。というか多分、俺のせいだ。むしろ俺のせい以外に考えられない。十中八九、俺のせいだな」

次第に確証を強めていくレナードの話を聞きながら、ステラは彼をじっとりと睨みつけた。

視線に『早く事情を話せ』という圧を込めていく。

その圧を察したのか、レナードが視線を逸らした。酒の入ったグラスを見つめる表情はどこか憂いを帯びており、僅かに間を開けたのち、まるで意を決するように酒を一口飲んでから口を開いた。

「騎士隊内にだけだが、ステラはいずれ俺の嫁になると公言してる」

その声も、表情も、どことなく色気を感じさせる。

……感じさせるが、ステラからしたらなんとも言えないものだ。むしろ漂わせる妙な色気は白々しさに拍車を掛けるだけである。

多分、この空気でうまいこと流そうとしているのだろう。もちろんそうはさせないが。

「あいつら、俺とステラは兄貴達の結婚を待っていると思ってるんだろうな。なに、多少の誤差はあれども概《おおむ》ね事実だ」

「多少どころか全部誤情報だけど」

「俺としては『兄貴達の結婚を待っている』というところは誤情報だな。いつだって結婚するつもりだ」

「はいはい、分かりました」

どうしてベッドが一つしかない部屋に二人で泊まる羽目になったのか理解出来た。十中八九どころか十中十がレナードのせいではないか。

彼の説明のせいでステラは『レナードの嫁候補』と認識されており、なおかつ、彼の話し方や日頃の接し方を考えるに恋人関係だと思われている可能性は高い。公言こそまだだが婚約者と同等か。それならば今のような緊急時に同室に泊まるのも仕方ない。レナードには『聖女の妹の警護』という役目もあり、仮に何かあったとしても『恋人達の一夜』とでも周囲は勝手に思うのだろう。

なんて誤情報。

だというのにレナードに悪びれる様子はなく、むしろこの誤解は好都合だと言いたげな表情だ。

付き合ってられない、とステラは溜息を吐いてもぞもぞと布団に入り込んだ。

これ以上の話をするつもりはないという意思表示で布団を頭から被る。

だが布団の中でむぅと眉をひそめたのはベッドが揺れたからだ。言わずもがな、レナードが続くようにベッドに入ってきたのである。

「この件の責任を取って、椅子で寝るぐらいの甲斐性を見せてほしいんだけど」

「そう言うなって。前にお前の看病で椅子で寝ただろ？　あれから肩が凝って大変だったんだ。明日は早くから馬に乗るからゆっくり休んでおきたい」

勝手なことを話しながら布団に入り、それどころか寝心地を整えてくる。

布団を被っていたステラはうんざりとしながら頭を出し、彼を睨みつけようとし……、ぐいと抱き寄せられた。

レナードの腕がしっかりと体を押さえつけてくる。苦しいくらいの抱擁にステラはもぞもぞと抵抗するように動いた。もっとも、そんな抵抗は予想していたのだろうレナードが怯《ひる》む様子はない。

「何もしないから、抱きしめて寝るぐらいさせてくれよ」

「何もしないからって、しなくて当然なんだけど」

「これほどお膳立てしてもらったら何かしてもいいんだけどな。たとえば、物理的に俺のものにするとか」

レナードの声が途端に真剣みを帯びたものに変わり、それどころかステラの顔に手を添えると上を向くように促してきた。

彼の顔が近付いてくる。親指でステラの唇に触れ、軽く撫でる。目を細めた表情は誘うかのように蠱惑的で、ステラは彼の腕の中でそっと目を瞑り……、
だが次の瞬間、カッと目を開いた。

「ここで私に無理やり何かしたら、お姉《ア》ちゃん《マネ》はもちろん、サイラスの怒りも買うと思うけど。その覚悟はお有りで？」

一応念のために確認しておく。

それを聞き、先程まで蠱惑的な表情を浮かべて顔を寄せていたレナードがパッと顔を離した。表情も普段通りのものに戻っている。

むしろ冷ややかに怒るサイラスの姿を想像したのか、普段通りどころか若干だが頬が引きつって

いる。きっと想像の中のサイラスはそれほどだったのだろう。

「……分かった、何もしない」

「意気地なし」

「なんでそこで煽るんだよ。襲われたいのか⁉」

この返しは予想してなかったのか、レナードがぎょっとして声をあげた。

そんな彼の態度にステラはしてやったりと笑み、いい加減寝ようかと考え……、だが一向に離れない彼の腕に視線を向けた。

レナードの腕はいまだしっかりとステラの体を抱きしめており、試しに軽く動けば多少は緩まるものの放そうとはしない。せいぜい腕の中で寝心地を整えさせるぐらいの余地を与えてくるだけだ。

「何もしないが放しもしない。これぐらいはいいだろ？」

レナードの言葉は普段の彼らしく決定事項を告げるような押しの強さがあり、それでいてどことなく強請るような色もある。

話しながらステラの体をぎゅっと抱きしめる仕草も含めて、まるで子供のようではないか。

（抱きしめる時点で『何もしない』ではない気はするけど……）

そうステラは考えつつ、彼の腕の中で小さく笑って「仕方ないなぁ」とわざとらしく告げてやった。

身動いで寝心地を整えてふんと高飛車に息を吐く。その恩着せがましい言動が面白かったのかレナードが楽し気に笑った。

3

翌朝、ステラはレナードの腕の中で目を覚ました。

程よい締め付けや体に乗せられる腕の重さが心地よく、見上げれば目を閉じて眠る彼の顔が間近にあった。切れ長の瞳も今は閉じられ、深い呼吸に合わせて動く肩や胸元が彼の眠りの深さを伝えてくる。

起こさないよう腕の中で体勢を変え、壁に掛けられている時計を見た。本来起きる予定の時刻より幾分早いが、かといってもう一度眠れる時間というわけでもない。

これなら起きて先に準備でもしていよう。そう考え、もぞもぞとレナードの腕からすり抜けてベッドから出た。

「そういえば、雨……」

昨夜の天候を思い出し、窓辺を見る。

就寝前まで雷鳴は響き渡り大粒の雨が窓を叩いていた。今更それを怖がるような歳ではないが、幼い子供ならば恐怖を覚えてしまいそうな荒れ具合だった。

だが今は随分と静かだ。耳を澄ましても悪天候の音は聞こえず、代わりに鳥の鳴き声や早朝から活動する者達の生活音が聞こえてきた。カーテンからは明るい日差しが入り込んでいる。

どうやら晴れたようだ。これならば予定通り出発し、道程も問題なく進められるだろう。

そう考え、ステラは窓辺へと近付くと窓を開けた。

この宿は三階建てで、ステラ達が宛がわれた部屋は三階にある。見晴らしも風通しも良く、朝特有の少し冷えた風が頬を撫でて部屋の中に入ってきた。

少し肌寒いが寝起きにはちょうどいい。僅かに残っていた眠気と二度寝への未練をすっきりと吹き消してくれる。

朝の空気をゆっくりと吸い込みながらその心地よさを堪能し、早朝の街の景色を眺めていると、ふと視線を感じた。

「……誰？」

反射的に視線を辿るように街の一角を見れば、家屋と店の隙間、そこに一人の男が立っている。

丈の長いローブを纏い、目深に被ったフードの隙間から深緑色の長い髪を垂らす男。彼はじっとこちらを見上げており、ステラが自分に気付いたと分かってもなお視線を送ってくるのをやめない。

その視線の強さといえば、地上と三階という高さがあっても目が合っていると分かるほどだ。

同行している騎士達ではない。王宮関係者でもない。覚えのない人物だ。

だが男の視線は間違いなくステラに向けられている。挙げ句、目を合わせ続けることに痺れを切らしたのか、ローブの裾を翻してこちらへと近付いてきた。

だが宿の出入り口は建物の逆側だ。男が宿に近付いたとしても中に入ることは叶わず、一階の客室の壁に阻まれるだけである。三階のこの部屋には来られるわけがない。

……だけど、来る。

そう感じた瞬間、ステラの心臓がなぜが跳ね上がった。

掠れた声が喉から漏れる。無意識に体が強張った。

だというのに男から目が離せない。その間にも男はまるで怒りを表すように足早に宿へと近付いてくる。

止めないといけない気がする。だけどなぜか分からない。

冷たい風ですっきりとしていた意識が途端に歪み出す。足元が崩れるような気がして、ずりと半歩後退《あとずさ》った。だがうまく足に力が入らず、不意にバランスが崩れた。

ぐらりと体が揺れる。倒れる……。

だがその体を、何かが背後から抱きしめてきた。

「……っ‼」

驚いて反射的に振り返れば、そこにいたのはレナードだ。この部屋には彼しかいないのだから当然と言えば当然なのだが、今のステラにはそのことを考える余裕もない。

跳ね上がった心臓が荒い鼓動を刻むのを感じながら、震える声で彼を呼んだ。

「……レナード」

「どうした？」

「い、いや、別に……。外を眺めてたらこっちを見てくる人がいて、気になって様子を窺ってたら歩いてきたから。……だから、ビックリしただけ」

男がこちらに近付いてくると察した時の焦りは、到底『ビックリした』等と呼べるものではなかった。

足元が音を立てて崩れていくような、言いようのない焦りが足の裏から這い上がってくるような気持ちの悪さだった。不快、不安、そして恐怖……。そういったものが綯い交ぜになった感覚。

だがそれをうまく説明出来ず、そもそもあの感覚が何だったのかステラ自身でも理解出来ていないのだ。

ゆえに当たり障りのない表現で誤魔化しておく。

「こっちに来たっていうなら、宿の関係者か宿泊客かもな」

ステラの話に興味を持ったのか、レナードがステラを抱きかかえたまま肩越しに外を眺める。

ステラも再び窓の外へと視線をやり、だがそこに先程の男がいないことに気付いて「あれ?」と小さく声を漏らした。

外の景色は先程と変わっていない。

晴れ渡った空、朝特有のひやりとした空気。向かいの喫茶店の店員は先程から変わらず掃除をしている。振り返って視線を外していた時間は数分もないのだから変わりようもないはずだ。

……だがそこに先程までいたローブの男の姿だけがない。

「さっきまでそこにいて、こっちに向かって歩いてきてたんだけど……」

「どんな男だった?」

「黒いローブで深緑色の長い髪だった。遠目だしローブが大きめだから体格とかは分からないけど」

「そうか……。宿の店員が裏口にでも入っていったか、手前の建物に入っていったんじゃないか？」

レナードの話を聞き、ステラは改めて窓の外を眺めた。

なるほど確かに、宿には別の出入り口があってそこから入っていった可能性もあるし、そもそも前提として『こちらに向かってきた』というのが間違えていた可能性も考えられる。

存外、向かいの喫茶店の店員でしばらくしたらエプロンを巻いて店から出てくるかもしれない。

そう自分に言い聞かせる。

……心のどこかでは『違う』と引っかかりを覚えているのだが。

4

先日の遠出の件から調査は続けているようだが、アマネについての情報を老夫婦から聞き出そうとしていた集団についてはいまだ不明点が多いという。

分かったことといえば、集団は異国の者達の可能性が高いということ。ローブを纏っているがその隙間から見える服装は国内では珍しい布が使用されていたり、会話の節々に国民にはない訛りが生じる。どこから来たのかと尋ねられるとそれとなく誤魔化していたらしいが、その際もどこか異国を感じさせる口調や仕草だったという。

そんな彼等は、やはり聖女アマネについての情報を集中的に集めているようだ。そして時には聖女の妹であるステラについても聞き出そうとしている。

だが内政や社交界についての情報にはあまり興味がないようで、そういった情報を集めている様子はない。

その極端な行動は怪しいの一言に尽きる。だが行動が速いようで、報告が入るや駆け付けても集団の姿はない。

「近隣諸国が聖女の力を使っての侵攻を恐れて秘密裏に調査を入れる……、ということは以前にも何度かあったんだ。歴史上において、聖女が現れたことで大陸内の力関係が狂った記録もあるし、それを危惧するのは仕方ないことだからね。もちろん、こちらも丁寧に対応して和解のうえ穏便にお帰りいただいてるよ」

「『丁寧に対応して』あたりから微笑みが薄ら寒くなった気がするんだけど」

「気のせいじゃないかな」

にっこりと微笑むサイラスにステラは何か言ってやろうとし……、だが口を噤《つぐ》んだ。

この状況の彼に何を言っても通じないのは今までの付き合いで分かった。それに現状、大陸にある近隣諸国との関係は良好なのだから、彼の言う『丁寧』だの『和解』だの『穏便』だのといった単語も嘘ではないのだろう。

ならば言及するまいと考え、ステラは手にしていた資料に視線を落とした。

ステラが任されている仕事は話題の集団とは別件、その件で忙しくなったサイラスが回してきた雑務の一つだ。記されているのは城下であった小競り合いについてだが、見たところ問題視する必要はなさそうだ。

「私が調べに出てもいいんだけど」

「ステラが?」

「集団の報告があるとレナードかサイラスが出るけど、準備が必要になるから時間が掛かるでしょう?」

聖女絡みの問題は時として近隣諸国にも関与しかねず、動けるのは極少数、二人の王子を筆頭に相応の身分のある者達と決められている。ゆえに報告が入り彼等が動き出すにはどうしても時間が掛かってしまう。

かといってすぐ動ける末端の騎士を出すのも問題がある。

聞き込みをしている者達の素性や目的が分からず、そもそも、件《くだん》の集団が悪意で調べているとまだ判明していないのだ。仮に観光客が興味本位で聞いて回っているだけだった場合、こちらが過剰に騒いではことを荒立てかねない。

なので今回の件は大大的に動けず、それゆえに出向いた時には既に姿を消されている。

それだってこちらが『姿を消されている』と思っているだけで、彼等は単に話を聞き終えて移動しているだけかもしれない。それさえも判断出来ずにいるのが現状だ。

「でも、私なら二人と違って報告が入ったらすぐに動くことが出来る。それに騎士じゃないから詳しく話を聞いても問題にはならないし、お姉《聖》ちゃ《女》んの妹なんだからこっちから話を振って情報を引き出したって問題にはならないはず」

「それはそうなんだけど。でも、何かあったら問題だから」

穏やかな口調ながらに辞退を示すサイラスに、ステラは「何か……」と呟いた。

この提案はレナードにも話しており、その時も彼に「何かあるかもしれないから駄目だ」と言われている。

その何かとは……。

「何かあったとしても、この首輪があるから問題ないのに」

いざとなれば首輪が締まってステラの行動を制限してくる。

そうステラが首輪をカチャカチャと揺らしながら話せば、サイラスが困ったように笑った。

「そういう意味での『何か』じゃないよ」

「そういう意味じゃないって、それならどういう意味？」

「ステラに危険が及ぶんじゃないかと心配してるんだよ。特に今回の件は、アマネだけじゃなくてステラも標的になってそうだからね。というわけで、こっちの書類の確認終わったから、レナードに持って行ってくれるかな」

はい、と書類を差し出してくるサイラスは相変わらず爽やかな好青年だ。だが体良く話題を変えてくる強引さが窺える。

ステラも無理な話題変更に気付きはしたのだが、彼の穏やかな微笑みを前にすると言及する気を削《そ》がれ、大人しく書類を受け取った。

その際に手渡されるクッキーはお駄賃だろう。彼から任される仕事も最近増えてきているのだが、どんな仕事であろうともお駄賃のお菓子はなくならない。

「お姉《アマネ》ちゃんの近衛騎士になってもこのお駄賃は続きそう」

「さすがに近衛騎士にクッキーは渡さないよ」

冗談めかしたステラの話にサイラスが笑う。

ステラもそれもそうかと笑い、書類を手に部屋を出て行った。……のだが、扉を閉める直前、

「近衛騎士にはタルトやマフィンぐらいあげないとね」

という彼の声が聞こえて思わず眉根を寄せたが、やはりこれも言及せず扉を閉めた。


サイラスから託された書類を持ってレナードの執務室へと向かう。

だがステラが部屋に入っても彼の姿はなかった。通りがかったメイド曰く、部下に呼ばれて外に出て行ったらしい。

部屋の鍵を掛けないあたりすぐに戻るつもりなのだろう。もしくはたまに見せる彼の不用心さゆえかもしれない。

強さからの慢心か、もしくは根からの性格か、あるいは王宮の警備に自信があるからか、彼は施錠という概念をなくす時がある。

「私に薬を盗み出されて、サイラスに何度も言われて、それでも直らないんだから一生ものだろうなぁ」

呆れ交じりに呟きつつ、預かっていた書類を執務机に置いてソファに腰掛けた。

書類を渡したらレナードに確認をしてもらい、サインを貰ったうえで再びサイラスの元まで届けるのが今回のステラの仕事だ。そうでなくとも、本人に手渡しせず執務室――それも鍵が掛かっていない――に誰でも手に取れる状態で置いて終わりは気分が良くない。

「本でも読んでようかな」

レナードの部屋は一辺を本棚で覆っており、中に収められた本は自由に読んで良いと言われている。蔵書の幅も広く時間潰しに最適だ。

何か良い本は……、と棚に並ぶ背表紙を端から順に眺め、ふと一冊の本に目を留めた。

戦術や政治に始まり、商売、農耕、果てには医学まで、並ぶ本はどれも難しいものばかりである。背表紙からして重々しい。

だがそんな中に一冊だけ、オフホワイトカラーの背表紙に温かみを感じさせる文字の本があった。手に取って表紙を見れば一匹の子猫のイラストが描かれている。明らかに異質な一冊。

以前にもステラはこの本を手に取っている。否、ステラだけではなく誰だってこの本を見つければ手にするだろう。それほどに浮いているのだ。

あの時は読もうとしたところをレナードに取り上げられてしまった。

曰く、

『自由に読んでいいとは言ったが、好きに読めとは言ってない』

とのことで、矛盾が過ぎる言い分にわけが分からないと返したのを思い出す。

「でも本棚に戻してるってことは、もう読んでもいいってことかな」

そう考え、ステラは本を手に取るとソファへと戻った。

その本は殆ど絵本のような作りで、短い文章と一緒に可愛らしく綺麗な絵が描かれていた。

文字数は少なく、きっとまだ字もきちんと読めない低年齢の子供を対象にしているのだろう。もしくは親が子供に読んでやるための本か。

内容もまたシンプルなもので、親猫と離れ離れになった子猫が苦労の末に優しい人間と出会い幸せを見つける話だ。

子猫が雨に濡れたり凶暴な動物に追われるシーンは可愛い絵柄ながらに胸を痛め、その分、家を得て人間の男の子と柔らかなベッドで眠る絵は幸せで満ちている。

そんな幸せな結末を綴る文章を読み、ステラは小さく呟いた。

「……ステラ」

これは自分の名前だ。そして同時に、この本の中で子猫が幸せと同時に得た名前でもある。

仮にここが書庫でこの本もたまたま目についた一冊であれば、名前が被っても偶然と思えただろう。だがここはステラの名をつけたレナードの執務室で、重々しく難しい書籍の中にたった一冊だけ置かれていた本だ。

偶然、とは考えにくい。レナードはこの本から名前を思いついたのだろう。

「……なんだステラ、来てたのか」

ガチャと音を立てて扉が開き、入ってきたのは部屋の主のレナードだ。

彼は室内にいるステラを見ると意外そうな顔をしたが、ステラが「鍵が開いてた」と告げると気まずそうに顔を逸らしてしまった。また鍵を開けっ放しで出てきたことに後ろめたさがあるのだろう。しまった、と顔に書いてある。

「仮にも王族であり騎士隊を統括する身で、その不用心さはどうかと思うけど」

「重要なものは別に保管してるからいいんだよ。そもそも外部の奴は王宮に入る手前で止められるし、ここまで入ってこられる奴なんて王宮勤めか身内かで限られてるだろ」

「この部屋より奥にあるお姉ちゃん《聖女》の部屋に入り込みましたが？」

「お前は例外すぎるだろ。それに、今だったら絶対に止められるからな」

話しながらレナードが隣に座り、ステラへと手を伸ばしてきた。

彼の手がステラの髪を掬う。黒一色の髪……、ではない、今はもう濃い紫色へと変わっており、明るい場所でなくとも違いが分かる。

瞳も同様に変化を見せており、それを確認するようにレナードの手がステラの頬に触れ、親指の腹で目尻を撫でてきた。

「だいぶ変わったな」

変化を愛おしむように目を細めて見つめてくるレナードに、ステラは彼の手の温かみを感じながら見つめ返した。

二度と薬を使わないと誓って以降、再び容姿は変化していっている。

前回と同様に紫色を強めているあたり、元々のステラの髪と瞳の色は紫色だったのだろう。まるで上書きした黒が薄れ、その下に隠されていた色が現れるかのようにゆっくりとした、それでいて着実な変化である。

その代償に痛みは定期的に襲ってくるが、それも王宮勤めの医者やアマネの調合した痛み止めのおかげでだいぶ楽になった。痛みと熱で眠れず一晩魘されるようなこともうない。

それを話せば、レナードが安心するように頷いた。

次いで彼の視線が向かうのは、ステラの膝の上に置かれたままの本。小さな子猫ステラの本だ。

「あ」とレナードが小さく声を漏らし、先程まで安堵の笑みを浮かべていた表情を気まずそうなものに変えた。

「読むなって言っただろ」

「言われてない」

「……確かに言ってないな」

「面白かったよ。子猫のステラちゃんのお話」

「しっかり読み込んだな……。ちょっと待ってろ」

レナードが立ち上がる。かと思えばそのまま部屋を出て行ってしまった。

残されたステラはどうして良いのか分からず言われるまま待つしかない。

なぜ先程の話の流れで待たされるのか。急用を思い出して部屋を出て行ったというわけでもなさそうだったし、かといって本を読まれたことに怒って出て行った様子でもなかった。そもそも怒っていたのなら自分が部屋を出るのではなくステラを追い出すはずである。

「なんだろ？」

首を傾げながら彼が出て行った扉をしばらく見つめ、待つしかないならと再び本を開いた。

「ちょっと待ってろ」と言った通り、レナードは部屋を出てしばらくすると戻ってきた。

その手には一冊の本。ソファに座るやその本をステラに差し出してきた。読めということなのだろう。促されるまま受け取り、表紙を開いた。

その本もまた低年齢の子供向けに作られたようで、文字は少なく、綺麗な絵が描かれている。

幼い少年の物語だ。気弱でいつも怖気づいてしまう少年が木の上で鳴いている子猫を見つけ、勇気を出して助け出す話。短いながらも分かりやすい文章と可愛らしいイラストが少年の優しさと成長を綴っている。

そうして最後に少年は子猫に『ステラ』と名付け、一つのベッドで一緒に眠るイラストで締められている。

「これって、さっきの本と同じ話？」

二冊の本を見比べれば、本の作りは同じで、表紙や背表紙の文字と飾りも似通っている。

一冊は子猫視点で、もう一冊は少年視点で、一匹と一人の出会いを描いているのだ。最後のイラストを揃えている点もより繋がりを感じさせた。

「七歳の時に、猫の方を本屋で見つけて買ってもらったんだ。他の子供向けの本はその後すぐに卒業したんだが、その一冊だけは妙に気に入って手放したくなかった」

「こっちの男の子の方は？」

「それを見つけたのは十三歳の時だ。……今となったら恥ずかしい話だが、まぁ、自分の立ち位置的なもんに悩んでた時だな」

曰く、当時のレナードは第二王子という自分の立場に迷いを抱いていたらしい。

兄であるサイラスを尊敬している。彼が王になることに異論はない。だが一部にはレナードこそ王になるべきだと考える者達もおり、そういった者達からは時に直接的に、時に遠回しに、台頭すべきだと発破をかけられていた。

大人の言いなりになるほど子供ではなく、さりとて、自分の将来を決める決断を、それも大人達の言葉を押しのけてまで貫くほどには成長しきっていない。周囲の言葉に流されまいと必死で、そんな悩みを抱く必要なく王位継承者として邁進《まいしん》する兄が羨ましくもあった。

当時の未熟さを今のレナードが「危なっかしい年頃だ」と苦笑交じりに話す。

「王位をかけて争う気なんて元からなかったが、そうなると自分は何のためにいるのか、どうしてわざわざ王族に、それも第二王子なんて立場に生まれたんだろう。……なんて、子供のくせに生意気にも考えてたんだ。その時にもう一冊に出会った」

気に入っていつも手元に置いていた子猫の物語。

その物語の、もう一つの姿。

幼い少年が木から降りられない一匹の子猫を助けるだけの、世界を救うわけでも、竜を倒すわけでもない物語。

「読んでたら目が覚めたというか、『猫一匹救うだけでもいいんだ』って思えてきたんだ」

「猫一匹……」

「たった猫一匹だけど、俺にとっては大事な物語の猫だからな。そう考えたら、俺は俺で大事なものを作って、守れるものを守ればいいんだって思ったんだ。変な話だけど、それが分かった途端に迷いもなくなった」

焦燥感は消え去り、同時に、自分の決意が己の中で揺るがぬ芯として聳《そび》え立ったのを感じた。

そしてその決意に背を押されるように、発破をかけてくる大人達に宣言をした。

自分は王位を継ぐ気はない。

兄を支える。

それこそがこの国の平和を維持する最善だと信じている。自分は自分としてこの国を守る、と。

それを受け、レナードに王位を継がせようとしていた者達も大人しくなったという。

中には露骨に残念がる者もいたらしいが、殆どが彼の考えに敬意を示してくれた。それほどに真摯に、そして強い意志を持って彼が話したということだ。

「……そっか」

「なんか真剣に語っちまったな。恥ずかしくなってきた」

話し終えると恥ずかしさが勝ったのか、レナードが自分の頭を雑に掻いた。濃紺色の髪が揺れる。

はたはたと己の顔を扇《あお》ぐのは羞恥心で熱くなってきたのか。挙げ句、立ち上がるや執務机へと向かってしまった。「これを持ってきてくれたのか」と書類を手に無理やりに話題を変えてくる。

その後ろ姿は彼らしくなく焦りが見え、濃紺色の髪の隙間から見える耳は真っ赤だ。

「もう少し言及して恥ずかしい思いをさせてもいいけど、お詫びにこの話は終わりにしてあげる」

「詫び？　何のだ」

「……前に、レナードのことを煽ってサイラスとの仲を拗らせようとしたこと。何も知らなかったとはいえ、そんな思いがあったのに野暮なことしたから」

今更ながらにかつての己の行動を申し訳なく思って詫びれば、レナードが一瞬驚いたような表情を浮かべた。

だがすぐさま表情を穏やかなものに変え、ステラの前まで来ると頭に手を置いてきた。撫でるように軽くポンポンと数度叩いてくる。

「ステラにはステラの事情があったんだ。仕方ないだろ。気にするな」

「うん……。それと、あと、ありがとう」

「ん？　今度は何だ？」

謝罪の後にすぐさま感謝を示せば、これもまた予想外なのだろう、レナードが不思議そうに尋ねてくる。

そんな彼をじっと見上げ、改めて感謝の言葉を口にした。

「大事な名前を私につけてくれてありがとう」

名前をつけられた当初、礼は言ってある。だがあの時はアマネが考えた『春風に誘われて舞い降りたハニーマフィン』というとんちきな名前に比べて『ステラ』の方が良いと考えての感謝だった。

まさかこれほど思い入れのある名前とは思わなかったし、今ではもう『ステラ』という名前は自分に馴染み、これ以外は考えられないと思えるほどになっている。胸を張って言える、自分の名前はステラだ、と。

だからこそ礼を告げればレナードが一瞬言葉を詰まらせた。

雑に前髪を掻き上げるのは恥ずかしくなってきたのだろうか。ステラが見つめているとふいと視線を逸らしてしまった。

「……別に、ただお前を見てたら思い浮かんだだけだ」

「それなら、思い浮かべてくれてありがとう」

謙遜するレナードに更に感謝を示す。

ここまでくるとは思わなかったのかレナードがまたも言葉を詰まらせ、じっとステラを見つめてきた。

「よし、分かった。今すぐに婚約の公表を」

「それはまだしない。ところでさっさとその書類にサインして返してくれない？　サイラスを待たせてるんだけど」

「あっさりと切り替わるな……。まぁいい、そんなところにも惚れて……、分かった、すぐに確認してサインするから出て行こうとするな」

待ってろと告げてレナードが執務机に向かう。若干焦った様子で椅子に座るのは、ここでステラに逃げられるわけにはいかないと考えているからだろう。

そんな彼にステラはまったくと溜息を吐き、だが部屋を出ることはせず、二冊の本を手に立ち上がり本棚へと向かった。元々一冊があった場所を少しずらし、並べて隙間に差し込む。

「なんだ、二冊ともそこに戻したのか？」

「うん。せっかくだから一緒にいさせてあげようと思って」

子猫のステラと、そんなステラを救った少年。

ずっと一緒だとお話の中でも描かれているが、どうせなら本も一緒にしておきたい。

そうステラが話せば、レナードが一瞬言葉を詰まらせ……、

「婚約の公表なんてまだるっこしいな、明日にでも式を挙げるぞ」

決意を改めるような表情で告げてきた。

これに対してのステラの返事は「書類！　サイン！　早く！」というものだった。

【第五章　夜の喧騒】

1

まだ時々夢を見る。

誰かが自分に命じる夢。相手が男だとは分かるが、その顔も、姿も、声も、何もかもがぼんやりとしている。

聖女アマネと入れかわれと、そのために生かされているのだと、夢の中の男はそれを繰り返すばかりだ。男の言葉は明確にステラの耳に届き胸に染み込んでいくというのに、声はまるで細かな砂を掬い上げた時のように溶けて消えていってしまう。

残るのは告げられた言葉の意味だけ。それだけが妙にステラの頭にこびりつく。

『役割をまっとうするだけで良い。そのためにお前は生かされてるんだからな』

「……なんか、今回はいつもよりはっきりとした夢だったな」

普段は眠気が消えるのに合わせて夢の記憶も薄れていく。だが今回に限っては朧気ながらに残っており、その中途半端な記憶は気持ち悪くさえ思えた。

男の言葉が耳に纏わりつくが、かといって声や姿は思い出せない。それならばいっそ消えて、次の夢にでも出てくれれば良いのにと思ってしまう。

「変な時間に眠ったからかな」

時計を見れば短針が十一と十二の間を指している。昼ではなく夜、既に深夜と言える時間だ。あと数十分で日付が変わる。

夕刻前から体が痛み始めてすぐに痛み止めの薬を飲んだ。その薬は効果がある代わりに眠気を呼ぶもので、もう仕事は良いから休めと皆に言われて自室で寝ることにしたのだ。

時間にすれば五時間程度は眠れただろうか。夢見は悪かったが幸い痛みは引いた。若干の気怠さは残っているものの、それも次第に薄れるだろう。

「とりあえず顔だけ出しておこうかな」

体が痛み始めた時、一番に気付いたのはレナードだった。

顔色が悪いと言い出すやすぐさまステラを抱きかかえて部屋に連れて行こうとしたのだ。さすがにそれはやめさせたが、レナードを始めアマネやサイラス、他にも事情を知る者、事情は知らないながらもステラの具合が悪いと知った者、全員から休むようにと大合唱だった。

結果、その声に押され、ステラは自室に戻って痛み止めを飲んで眠りについたのだ。

あの心配ぶりを考えるに、体調が戻ったことを伝えた方が良いだろう。そうしないとまた夜遅くにレナードが様子を見に来るかもしれない。

「そういえば夕飯も食べてないや。パンでもあればいいんだけど」

そんな暢気《のんき》なことを考えつつ、手早く身嗜《みだしな》みを整えて部屋を出た。


既に時刻は遅いだけあり王宮内はシンと静まっている。この時間帯に起きて活動しているのは警備の騎士か夜間の仕事を任された僅かな使用人達だけだ。絢爛豪華な空気に静けさが合わさり、普段よりも厳かに感じさせる。

そんな王宮内を進み、一室の前で足を止めた。

サイラスの執務室だ。そこから数人の気配と話し声がする。

レナードとアマネがいるのかと思ったが、聞こえてくる声からするとどうやら彼等ではないようだ。覚えのあるこの声は……、と記憶を辿り、思い当たると同時に無意識に眉根を寄せてしまった。

バント・ルザーの声だ。

恰幅の良い彼の姿と共に、ねちっこい話し方まで脳裏に蘇る。

「寝起きにも寝る前にも会いたくない男だな……」

内容は分からないが、こんな時間なのだから重要な話なのだろう。

ならば邪魔はするまいと考え、ステラは心の中でサイラスを労うだけに止め、声を掛けることも扉をノックすることもせず部屋の前を通り過ぎた。

レナードとアマネの執務室にも寄ってみたが、どちらも施錠されておりノックをしても返答はなかった。

既に仕事を終えたのか。だが彼等の自室も不在なあたり、仕事を終えて好きに過ごしているのかもしれない。さすがにアマネは時間が時間なだけに外出はしていないだろうが、レナードに関しては騎士の仕事として外に出ている可能性はある。

概ね誰もがスケジュール通りに行動する日中と違い、夜間は各々が仕事と私情で動くために意外と探しにくいのだ。

用事がありアマネを探し回ったところ彼女はサイラスと夜の庭園で仲良く語り合っていた……、なんてこともあったし、レナードを探していたところ「騎士隊の詰め所でうっかり寝てた」と欠伸《あくび》交じりに帰ってきたこともあった。

「伝言を頼む程度にしておけば良かったかな」

通りがかりのメイドや使用人に『調子は戻ったから心配不要』と言伝《ことづて》を託し、食堂で何か食べてさっさと寝てしまえば良かった。

そう自分の計画性のなさを悔やむと同時に『心配してくれたのだから顔を見せておかないと』と考えていた自分がなんだか恥ずかしくなってしまう。まるで元気になったとわざわざ誇って報告する子供のようではないか。

「やっぱりもう寝よう。……あ、でも少し外を見るくらいなら」

アマネはたまに夜の中庭に出ることがある。サイラスと二人で話をしたり、一人で夜空を眺めて物思いに耽《ふけ》ったりする。前者の場合はいかにも二人の世界といった空気で邪魔をする気にならないし、後者も、珍しく静かに黄昏《たそが》れる彼女を見ると声を掛けるのを躊躇ってしまう。

レナードも同様。とりわけ彼は夜間の警備がてら敷地内を歩いたり、酒を飲んだ時は夜風に当たりたいと外に出ることが多い。ステラが眠る前に窓の外を眺めていると、たまたま彼が通りがかり手を振ってくる……、なんてことも何度もあった。

だから中庭に出て誰かいるかを確認するぐらい良いだろう。時間も掛からないし。

そう考えて、自室に戻ろうと踵を返した足取りを再び変えて歩き出した。


屋外灯こそ点《つ》いているものの、夜の中庭は暗い。

とりわけ今夜は墨色の雲が空を覆っているため月が出ておらず、屋外灯や建物の明かりがなければ暗闇になっていただろう。雨が降るのか空気が湿っており、なんとも気持ちの悪い夜だ。

「変な空気……」

どんよりとした重苦しい空気の中、ステラは妙な居心地の悪さを感じながら周囲を見回した。

奥外灯だけでは遠くまでは見渡せず、かといってこの空気では探し回る気になれない。気怠さを呼び起こすような夜だ。

急ぐ用事でもないのだから部屋に戻ろうか……。

そう考えて屋内へと足を向けるも、背後でカサと小さな物音がした。

反射的に振り返る。

だが次の瞬間、ステラの後頭部に熱に似た鈍い衝撃が走り、体が大きく揺らいだ。

殴られた。

そう判断するも衝撃を受けた体には力が入らず、倒れかけた体をすんでのところで持ち直し背後を見るだけで精一杯だ。そうして、背後に立つ人物を捉えて目を見開いた。

「……なんで、ここに」

深緑色の長い髪。見覚えのある男の姿。

鋭い眼光は冷ややかにステラを見つめている。一切の情も想いも感じさせない瞳。

悪天候に見舞われて宿に泊まった朝、窓から見かけた男だ。

だけどもっと前に、それに何度も、彼を見た気がする。

「『ステラ』だと？　安直な名前をつけられて簡単に寝返りやがって」

「……え？」

「何のためにお前を生かしてやったと思ってるんだ。お前は役割をまっとうするだけで良い。そのためにお前は生かされてるんだからな」

「……っ！」

覚えのある言葉にステラが息を呑む。

次の瞬間ステラの首筋に鋭い激痛が走った。男の手が自分の首筋に伸びている。

……その手に、透明な注射器を持って。

ステラをアマネと瓜二つに書き換える薬だ。

それを察したのとほぼ同時に、ステラの視界が音を立てるように激しく歪み始めた。

頭の中で光が弾ける。眩しくて視界全てが白む。何も考えられない、何も分からない。立っていることも出来なくなり、ドサとその場に崩れた。庇うことも出来ずに体を地面に打ちつける。

熱くて痛い。苦しい。だけど、それよりもっと許せない。

「その声で、その口で……、私の名前を呼ばないで……」

掠れる声で訴え、ステラは男の足を掴むために痛む腕を必死に伸ばし……、
だがそれを遮るように腹を一度強く蹴られて叶わず、去っていく男の背中を歪んだ視界で見届けるしかなかった。

2

「ステラ！」

覚えのある声に自分の名前を呼ばれ、混濁し今まさに途切れかけていたステラの意識が辛うじて戻ってきた。

白んだ世界で誰かの足音が聞こえる。次いで体に何かが触れ、抱きかかえるように起こしてくる。

この声、腕の感覚……。

「……レナード」

「おい、大丈夫か？　何があった！」

「薬が……」

「薬？　あれを打たれたんだな。くそ、何があったんだ」

事態を理解しきれないようで、レナードが苛立ち交じりの声をあげる。

曰く、彼は今まで騎士隊の警備巡回に付き合って外に出ていたらしい。だが遠目で王宮周辺の明かりが消えるのを見て、異変を感じて急ぎ戻ってきたという。

それを聞き、ステラは「明かり？」と尋ね返した。どうやら王宮内の明かりは殆ど落とされ、今は非常灯のみが点いているらしい。

元より視界が歪んでいるステラにはそれすらも分からないが、見えないと分かっていても目を凝らして建物を見た。

「私に……、薬を使ったのは……」

あれは以前にステラがいた組織の男だった。

他のことは依然として何一つ思い出せないが、消されたはずの記憶がそれでもステラの中で警報を鳴り響かせている。

「そうか、となると狙いはアマネか……。あいつがどこにいるか知ってるか？」

「分からない……、私も探してて……」

アマネとレナードを探して中庭に出てその最中に襲われたため、結局アマネがどこにいるのか分からず終《じま》いだ。

それを伝えようとし、だが話の途中で言葉を止めた。

「何か聞こえる……」

「何かって、この事態だから騒々しくなるだろ」

「違う、これは……、お姉《アマネ》ちゃんの声だ」

喧騒の中で微かに聞こえるのは間違いなくアマネの声だ。散々聞いた「ステラちゃん」という彼女の声。

それが掻き消えそうになりながらもステラの耳に届いたのだ。

薬の副作用で意識は揺らぎ、視界も歪む。そんな状況でも入れかわりを持続させるため聴覚は失われずにいた。むしろ薬の副作用が出ている時は聴覚だけは研ぎ澄まされる。それがアマネの小さな声を拾い上げた。

「駄目だ、俺には聞こえない。どこから聞こえる？　近くにいるのか？」

「聞こえるけど、何かに遮られてるみたいで……。こっちだ」

朦朧《もうろう》とする意識の中で立ち上がり、声のする方へと向かう。

レナードがすぐさま案じて隣についた。

「本当は『安全なところにいろ』って言ってやりたいが、今はステラの耳が頼りだ。無理はさせたくないが耐えてくれ」

少しでも速くステラが歩けるように体を支え、レナードが悔し気な声色で告げてくる。

その言葉にステラは深く一度頷いて返して、彼に支えられるように歩きながら目を瞑った。

あってないような歪む視界には頼らない、歩くのはレナードが支えてくれる、だからこそそれら全てを捨てて、必死に自分を呼ぶ声だけを追い求めるのだ。

声が聞こえてきたのは王宮の裏手。

短く刈られた草が広がり、壁沿いに植えられた木々が風に煽られ葉擦れの音を響かせる。何もない殺風景な場所だ。

アマネどころか誰もいないことが一目で分かる。それをレナードから伝えられるも、ステラは「ここから聞こえる」と断言した。アマネの声は確かに聞こえている。

「だけどあいつの姿なんてどこにも……、アマネ‼」

レナードがアマネの名を呼ぶ。

ステラもそちらへと視線をやれば、レナードが建物へと駆け寄るのがぼんやりと見えた。

建物の一角。大人の膝の高さもない低い位置にある小窓。そこにアマネがいるのか、レナードが彼女の名を呼ぶ。

……そう、小さな窓だ。

彼女は屋内におり、窓越しに外に向かって声をあげていた。

王宮にある地下室。ステラも何度か入ったことがある場所だ。一度は冗談でレナードに閉じ込められかけたこともあり、それ以降も、物を運び入れるのを手伝ったりワインを選びに行ったりと何度か地下に降りている。

広いワインセラーと各分野ごとに分けられた保管室。各部屋には換気のために窓が設けられているが、地下室だけあり窓は部屋の上部の小さなものが一つだけだ。届いたところで出られないのは以前にステラも確認している。

「なんでそんなところにいるんだ。何があった」

「わ、私、サイラスとワインを飲むために選んでて……、それで、突然明かりが消えて」

曰く、今夜はどうにも寝付きが悪く、サイラスに相談して、彼と二人でワインを飲みながら過ごす予定だったらしい。

だが彼に急ぎの来客があり、ならばとアマネは一人でワインを選びに地下に向かった。

そうして選んでいる最中、突然王宮の明かりが落ち、階段を上がろうとしたところ黒いローブに身を包んだ集団を見かけたという。

明らかに不穏な集団。彼等の目当てが自分だと知ったアマネは地下から出ることが出来ず、更には見つかってこの部屋に逃げ込んだ。辛うじて室内にあった棚や机で扉を封鎖出来ているが、部屋の外には数人が陣取り扉を開けようとしている。

地下室なため逃げることも出来ず、木箱や本を積み上げて窓の高さにまで登って助けを求めていたところ、ステラとレナードが現れた……。

一部始終を話すアマネの声は震えており、怯《おび》えているのが分かる。

窓は小さく会話こそ出来ても逃げ出すまでには至らず、そして今この瞬間にも扉を破られてもおかしくない。恐怖を覚えるなという方が無理な話だ。

「今すぐに行くから待ってろ。今乗ってる木箱も扉の前に置いておけ、重しになる」

「分かった……」

レナードに指示され、アマネが震える声ながら応じて窓から姿を消した。

すぐに行くと言われてもなお恐怖に押し負けそうな声。

今の彼女にとって、ステラとレナードが目の前からいなくなるのもまた恐怖なのだろう。かといってここで話していても事態は好転しない。だからこそ今は恐怖を押し止めて待つことにしたのだ。

「ステラ、お前は安全な場所に」

「私も行く」

「……言うと思った」

「足手纏いだと思うなら置いていって構わない。でも私も」

「そんなこと思うわけないだろ」

はっきりと答え、次いでレナードが腰元から短剣を取り出した。

実戦用の騎士隊の長剣とは違う、どちらかと言えば騎士隊の制服の一部であり装飾も兼ねている代物。それでも刃はきちんと研がれており、有事の際の護身用でもあると以前に聞いた。

その際に見せてもらったが、鞘には装飾が施され、柄にも模様が刻まれている美しい短剣だった。

それをステラに手渡してくる。「使えるか？」と問われ、受け取ると同時に頷いて返した。

手にずしりとした重さが伝わる。だがその重みは今は心強い。

「何かあればそれを使え。だけど無理はするなよ」

自分が主体となって戦う。そう告げてくるレナードに、ステラは頷いて返した。

戦えると言ったが、現状は体の痛みと熱に蝕《むしば》まれ、視界も碌に戻っていない。これで出しゃばるほど己を過信してはいない。

それでもアマネを助けるために行きたい。……それに、対峙しなければならないものがあるはず。

そう考えてぼやけた視界で短剣を見つめれば、レナードが「行くぞ」と告げて腕を掴んできた。

彼に促され、そして誘導するように腕を引かれ、ステラも彼と共に走り出した。


王宮内は混乱状態にあった。殆どの者は既に仕事を終えている時間なので人が少なく、そんな中で明かりが落ちたのだから平時であっても対応に困る状況だ。そのうえ不穏な集団が暗がりに乗じて入り込んできたのだから、夜間の仕事を任されていた者達だけで対応出来るわけがない。

異変を感じ取った騎士達が駆け付けてはいるものの暗がりでは普段通りの統率が取れず、目の前の敵を打ち倒し、逃げ惑っている者達を助けるので精一杯だ。深夜ということもあり人数も少なく、おかげで敵の全貌も摑めずにいる。

「兄貴は執務室にいたはずだ。アマネは俺達が助けに行く、お前達は兄貴を頼む」

「かしこまりました」

「どこまで入り込まれたか分からない、招集を掛けて敷地内全体に隊を配置しろ」

王宮内を駆けながらレナードが部下に命じていく。

緊急事態であっても的確な彼の指示に騎士達が鋭気を取り戻し、足早に別の場所へと駆けていった。だがすぐさま去っていった方向から剣戟《けんげき》の音が聞こえてくるあたり、相当の人数が入り込んでいるのかもしれない。これでは指示を出せても完璧に機能させるのは難しい。

「サイラスは……」

「兄貴は大丈夫だ。いつも『レナードが来るまでもつぐらいには強くならないと』って言ってるからな」

走りながら話し、レナードが苦笑交じりに話す。もっとも、その苦笑が心からのものではなく緊張を紛らわせるためのものなのは言うまでもない。

兄を信じ、同時に、彼ではなくアマネの元へと走る自分の判断を信じたいのだろう。

(私が無事なら二手に分かれられるのに)

自分はアマネの元へ、レナードはサイラスの元へ。

共に剣を持って騎士として……。

一瞬そんな姿を想像するも、今は余計なことを考えている場合ではないと思考の外に追いやった。

体の不調を嘆いたところでどうなるわけでもない。

そう己を叱咤し、ステラはレナードに案内されるように彼と共に地下へと目指し……、

階段を下りるや、剣を振りかざして襲い掛かってきた人影に目を見開いた。

「ステラ!」

レナードの声と共に腕を強引に引っ張られ、体を仰《の》け反るようにして後ろに引いた。

次の瞬間、ステラの眼前を何かがすり抜け風が頬を掠めた。ヒュンと軽い音がする。

剣の刃だ。視認するよりも先に本能で理解した。

「大丈夫か⁉」

「だ、大丈夫……」

眼前まで迫っていた死に心臓が跳ね上がるが、それを無理やりに抑えつけ、事前にレナードから渡されていた短剣を構えた。

幸い扉はまだ開けられている様子はないが数人が押し開けようとしている。元より保管庫の扉は質素な造りをしているのだ、既にだいぶ軋んだ音をあげており、中に押し入られるのも時間の問題だろう。

レナード曰く、地下にいるのは男が五人。誰もが黒いローブを纏っており、剣や大振りのナイフを手にしている。

その中の一人、指揮を取っている男の特徴を聞いて、ステラは小さく息を呑んだ。深緑色の長い髪……。

「王子に護られて、いっぱしにお姫様気取りか」

鼻で笑うような冷たい口調。深緑色の髪の男の声だ。

その声がゆっくりと近づいてくる。ぼやけた視界でも男の人影と、深緑色の髪が揺れるのが見えた。

「ステラ、無理そうなら俺の後ろにいろ」

隣に立つレナードが告げてくる。

いざとなればステラを守りつつ五人を相手にするつもりなのだろう。彼からは熱に近い敵意が漂っており、纏う空気が張り詰めている。

そんなレナードの言葉に、ステラは「私も戦える」と返した。

視界はいまだぼやけているし体も痛い。気を抜けば意識も揺らぎかねない。

だけどここで引いてはいけない。何も思い出せていないけれど、この男からは逃げてはいけない。

そう自分に言い聞かせ、ステラは短剣の柄を握る手に力を入れた。

「私は戦えるから……、だから、レナードは他の男達をお願い」

「大丈夫なのか？」

「……正直に言えば大丈夫なのかも何も分からない。でもあの男からは逃げちゃいけない気がする」

「分かった。すぐに倒してステラのことも護ってやる。俺の強さに惚れ直してもいいからな」

普段通りの冗談めかしたレナードの言葉。だがその言葉に激しい剣戟の音が続いた。大振りのナイフで切り掛かってきた男の一撃を剣で受けたのだ。

そのまま返すように鋭い一撃を放つ。だがその刃《やいば》は避《よ》けられ、新たな一人が彼に切り掛かっていった。すんでのところでそれを躱し、隙を突いて背後から取り押さえようとする男には足払いを仕掛ける。

彼を囲む四人も動きからすると相当の実力者だろう。連携も取れている。だがその四人をレナードは見事に捌《さば》いており、躱すだけでなく鋭い反撃もしている。四人を相手にしてもなお互角だ。

だが今のステラには彼の強さを分析している余裕はない。

眼前では深緑色の髪の男が剣を構えており、その姿からは言い知れぬ圧が漂っている。

迂闊《うかつ》に動けば切り捨てられる。そう本能が訴えてくるのは、男が纏う空気に当てられたか、もしくは消されたはずの記憶が警告を鳴らしているのか。ステラの心臓が早鐘を打ち体の中で木霊《こだま》する。

その緊張が最高潮に達した瞬間、ぞわと背筋に寒気が走った。

来る。と、そう感じ取った瞬間、ステラは反射的に短剣を顔の高さまで上げた。

甲高い音がする。

短剣の刃が男の剣先を弾いた音だ。重い手応えを薙《な》ぎ払い、眼前に迫っていた拳を体を捩じることで躱す。

斜めになった体勢に容赦のない蹴りが繰り出されるが、それは両腕で受け止めた。衝撃で体が僅かに浮く。鋭さと威力の乗った蹴りは、不意打ちで腹にでも喰らっていたら骨をやられていたかもしれない。

「くっ……」

「相変わらず馬鹿な女だな」

淡々と話す男の声には余裕があり、ステラを見下すような色もある。

無感情だったものがそれ以下に、まるで下等なものを足蹴にするような侮蔑の声だ。それだけで人を傷付けそうなほどに鋭い。

聞いているだけでステラの手が震えた。

「役目もこなせず簡単に寝返り、挙げ句に俺の相手をするだと？」

話しながら男が剣で切り掛かってくる。少し訛りのある口調、声色は言葉にも刃がありそうなほどに冷ややか。

剣筋は首を断ち切らんと慈悲もなく一線を描き、それを躱すもその隙を突いて一気に距離を詰められた。

掌底が心臓を狙って迫る。まともに受けては駄目だと危機感が体を支配し、無意識に身を引いて僅かに狙いをずらして男の手を肩で受けた。

骨が折れんばかりの激痛が、肩から腕へ、それどころか指先まで走り抜けていく。

だがそれに呻いている間もなく追撃が迫り、必死に躱し、時に最小限の負傷で受け止める。合間合間に短剣での応戦を試みるがまともに通らない。

「一度として俺に勝てていなかったことを忘れたか?」

「そんな、こと……、覚えてない……」

「あぁ、それすらも忘れたのか。あの薬もお前も粗悪品だったからな。ここで纏めて処分してやる」

男の声が更に冷ややかになり、ステラの肩を狙うように剣を振り下ろしてきた。先程の掌底で痛めたのを見て躱しきれないと考えたのだろう。

それを引いて避けようとし、だが一瞬走った痛みに反応が遅れてしまった。

しまったと悔やんだ時には既に遅く、鋭利な刃が左肩に当たり服を切り裂く。その下にある肌に赤い線が引かれ、ぷつと弾けるように血が溢れ出した。熱した鉄を押し付けられたような痛みが駆け抜ける。

その痛みに一瞬呻き……、だがそれすらも許さぬと新たな刃が迫ってきた。

剣ではない。

男の手の中に収まる小型ナイフだ。

刃渡りは短く、人差し指の第一関節程度。戦闘には不向きだが、急所を狙うだけなら十分な刃。

的確に狙えると判断したからこそ繰り出したのだ。

全てはこのナイフにかけていたのだろう。

掌底も、その負傷を狙った左肩への一撃も、この止めの一撃のためだった。

「ステラ！」

レナードの鬼気迫る声が聞こえる。だが今のステラには彼の方を見ている余裕はない。

眼前にナイフの刃が迫り、それがなぜかゆっくりと見え……、
次の瞬間、頭の中に幾度となく男と戦った記憶が蘇った。

何度も打ち倒された。訓練と称して痛めつけられた。拒絶をしたのに無理やりに薬を打ち込まれた。

そういう時、この男は必ず……、

「……くっ！」

弾けるように視界が開き、ステラは自ら迫る刃に首筋を差し出すように首をひねった。

「……なにっ！」

男が小さく息を呑み、その音に被さるように甲高い音が響いた。

男の狙いは的確で、刃はステラの首筋を切り裂いた、……はずだが、そこに鎮座する厚く硬い鉄に阻まれたのだ。

ナイフの刃などびくともしない、むしろ逆に刃を砕かんばかりの強固な鉄の塊。

ステラの首に嵌められた首輪だ。

甲高い音をあげて刃が弾かれ、不意を突かれた男の手からナイフが落ちた。

「くそっ……！　この粗悪品が！」

男の声に初めて焦りの色が浮かび、だがすぐさま体勢を立て直し剣を振り被ろうとしてくる。

だがそうはさせまいとステラは短剣の柄を両手で握り、体ごと男の胸へと飛び込んでいった。

男の体がステラを受け止めきれずに倒れ、ステラもまた男の体に伸し掛かるように倒れ込んだ。

衝撃で体中が痛む。とりわけ肩の裂傷は激しく、走り抜けた痛みに思わず呻いた。

それでも短剣の柄を握り続ける。

そうして、数秒の沈黙が流れ……、

「ステラ、おい、大丈夫か‼」

「あっ……」

レナードの声と共に彼に右肩を摑まれ、ステラは小さく息を呑むと顔を上げた。

彼に支えられながら上体を起こす。見れば男が倒れており、その胸元に短剣が刺さっているのが見えた。

レナードから渡された短剣だ。深々と刺さり、血が溢れ始めている。

「粗悪品が……」

忌々しいと言いたげな男の声。

それを聞きながらゆっくりと立ち上がれば、案じたレナードが体を支えてくれた。

「私の名前は粗悪品じゃない、ステラだ。……でも、お前の声で私を呼ぶな」

拒絶の気持ちを込めてステラが告げれば、男が顔だけを上げていた。きっと忌々し気にこちらを睨みつけているのだろう。……だが罵倒しようと開いた口で苦し気に咳《せ》き込みだした。咳《せき》の音がゴポと不快なものに変わり、男の口から血が溢れる。ついには力なく頭を床につけた。

荒いながらも呼吸を続けているので死んではいない。無我夢中で飛び込んだせいで急所を外したのだろう。だが傷は深く動くことは出来ないはず、それどころか喋るのもほぼ不可能だろう。

「ステラ、大丈夫か？　肩は……、くそ、深くやられたな」

「私は大丈夫。それより、お姉《ア》ちゃ《マ》ん《ネ》は」

既に地下にいた他の男達は打ち倒されており、四人全員床に転がされている。

レナードが一人で切り倒したのだ。四人を相手したというのに彼に負傷している様子はなく、ステラが問えば既にアマネには扉越しに敵を倒したと伝えてあるという。籠城のために扉の前に置いた机や棚をどかせば彼女はようやく自由を得る。

それを聞きステラが扉の方へと視線をやれば、ほぼ同時に扉がゆっくりと開かれ人影が現れた。

もちろんアマネだ。

「ステラちゃん！」と悲痛な声をあげて駆け寄ってきた。

「ステラちゃん、怪我が……！」

「これぐらいの傷なら問題ない。レナード、サイラスを助けに行かないと」

アマネの無事を確認した今、次に案じるのはサイラスだ。

どういった計画のもとに敵が動いているのかは分からないが、この国の転覆や内乱を招きたいのならば重要人物から狙うのは定石。とりわけアマネが地下室に籠城しているとなれば、ここに数人を残して他の人員をサイラスへと割いた可能性は高い。

そんなステラの危惧は嫌な方向に当たり、駆け付けてきた騎士の一人がサイラスがいまだ見つかっていないことを報告してきた。焦りを抱いたその報告に、ステラはもちろんアマネも息を吞む。

「そんな、サイラスが……」

「ステラもアマネも落ち着け。もし兄貴がうまく逃げたなら心当たりはある。俺が行くから、アマネはここで待ってろ。ステラも残ってアマネを護ってくれ」

レナードにこの場を託され、ステラは頷いて返した。

次いで男の胸から短剣を引き抜くのは何かあればまだ戦えるという意思表示だ。刃が抜かれた瞬間に血が更に溢れて男が呻いたが、そんなもの気にもならない。

それを見たレナードが「任せたぞ」と一言残し、報告に来た部下を連れて階段を駆け上がっていった。

地下室が静まり返る。

微かに聞こえてくるのは男達の呻き声だ。

そんな中、震える声でアマネが呼んできた。

「……ステラちゃん、それ」

彼女が指差すのはステラの手元にある短剣。柄まで血で染まっている。

彼女の声色から言わんとしていることは分かる。だがまずは安全の確保が先だと考え、ステラは短剣を軽く振るってついた血を払い落とすと、再び部屋に戻るようにアマネを促した。


保管室に戻り、念のため机や棚を扉の前に置いて封鎖をする。

これならば男の仲間達が襲いに来ても時間を稼げるし、階上の戦いが地下まで縺《もつ》れ込んできてもアマネが巻き込まれる恐れはない。狭い部屋は逃げ場はないが、逆に考えれば、狭いということは大人数に囲まれる可能性も低いということだ。

それにどれだけ大人数が来ようとも、一度に扉を通れるのは一人。いざとなればアマネを部屋の奥に隠して、自分は扉の前で各個撃破をすれば抗える。

(レナードの部屋で読んでた本がこんなところで役に立つなんて)

緊急時の戦い方、狭い場所での多対一での応戦方法。それどころか扉の前に物を置いて籠城する際の最適な方法……。

どれもレナードの執務室にあった本から学んだことだ。

「ステラちゃん……、ごめんね」

静かになった部屋の中でぽつりと囁かれた言葉。

発したのはアマネだ。彼女はステラにぴったりと寄り添うように座っており、不安が拭えないのだろう、小さく震えている。

その姿に普段の潑剌とした様子はなく、押し付けがましい姉妹愛の片鱗《へんりん》も見せていない。今の彼女は誰がどう見ても儚《はかな》い女性で、日々ステラを投げ飛ばし、あのレナードと互角に持ち込んだ等とは誰も想像しないだろう。

「……私、怖くて。本当なら私も戦わないといけないのに……、でも、体が震えて……」

せめて震えを抑えようとしているのか、アマネが自分の体を強く押さえつける。だがそれでも震えは止まない。

恐怖で今にも瓦解しそうな理性を辛うじて保っているに過ぎず、次再び襲撃されれば立つことすら出来なくなるかもしれない。今の彼女は誰が見ても弱々しく思うだろう。

アマネは確かに強い。

その強さはステラも把握している。というより、日々投げ飛ばされて思い知らされている。

だがそれはあくまで日々の練習試合や手合わせでのことだ。

そもそも、アマネの強さはあくまで『聖女の力』であり、こちらの世界に来た際に付与されたものである。

アマネはこちらの世界に来るまで争いとは無縁な生活を送っており、殴り合いさえも目の当たりにしたことがなかったという。剣やナイフを持ったこともなく、刃物といえば調理時の包丁や果物ナイフ程度。特筆するほど過保護に育てられたわけではないらしいが、それでも誰かに故意に傷付けられることも故意に誰かを傷付けることもなかった。

そんな生活を送ってきたのだから殺意を向けられて恐怖するのも仕方ない。死の可能性を目前にして、普段の練習試合のように動けという方が無理な話だ。

「ごめんね、本当はお姉ちゃんが妹を護らないといけないのに、妹のステラちゃんが怪我までして助けに来てくれたのに……、それでもやっぱり怖くて……、情けなくてごめんね」

負傷する妹を目の当たりにしてもなお恐怖に勝てない自分に憤っているのか、アマネの声がより弱々しくなる。

そんな弱音に、ステラは仕方ないと小さく息を吐くとそっとアマネへと手を伸ばした。

自戒の表れのように己の肌に爪を食い込ませる彼女の手を取り、強張りから解放するように柔らかく握る。

「ステラちゃん……」

「別に、お姉ちゃん《アマネ》が謝る必要ない。……情けない姉を守るのは妹の役目だし」

どうにも気恥ずかしく他所を向きながらステラが告げれば、アマネが安堵を滲ませながら名前を呼び、力なくも手を握り返してきた。

◆◆◆

「レナード、助けに来てくれるって信じてた」

「その言葉はステラから聞きたかった」

そんな会話が交わされたのは王宮内にある資料室の一角。

並ぶ棚の半分以上が薙ぎ倒されて資料が散乱しており、更にその棚の下では数人の男が呻き声をあげている。動かない者は気絶でもしているのだろう。それに加えて、資料室と隣接している部屋から怒声が響き渡っている。

一日で何かしらの騒動があったと分かる状況だ。

そんな惨状とさえ呼べる資料室の中、切り倒した者を軽く蹴飛ばして端に追いやりながらレナードが剣を鞘に戻した。カチンと微かな音がし、その音を聞いてようやくと言いたげにサイラスが安堵の息を吐く。

「アマネとステラは？」

「二人とも無事だ。さっき数人を迎えに行かせた」

「状況は？」

「王宮と敷地内に忍び込んだ奴はあらかた捕まえてる。総人数が分からないから終わりとは言えないが、ひとまずこれ以上の悪化はないだろ」

手短に報告すればサイラスが話を聞きながら頷く。

次いで彼は労いの言葉と共にこちらへと歩いてくるが、その途中でふらと躓《つまず》いた。慌ててレナードが手を伸ばして腕を摑む。

「おい、兄貴。平気か？」

「いたたた、ちょっと無理しすぎたかも」

「無理って、ここまで逃げてきて仕掛けを動かしただけだろ」

それのどこが疲れるのか。

そう言いたげにレナードが部屋を見回す。

室内はまさに惨状と言える状況だ。棚の半数以上が倒され、更には隣室に数人が閉じ込められている。

これを一人で行うのは相当の労力を要するだろう。頑丈な棚を一つ倒すだけでも全力で挑まないとびくともしないはずだ。普通ならばそんなことをしている間に追いつかれて捕まるのがオチである。

だが実際には、この棚は書庫の奥にある装置を作動させるだけで倒すことが出来る。更に床にも同時に作動する罠《わな》が設けられており、棚の転倒に巻き込まれた者は自力では脱出不可能。隣室も同様、一度閉じ込めてしまえば室内からは開錠出来ない。

つまり、この惨状は派手さに反して一か所の装置だけで引き起こせるというわけだ。

王族にのみ伝えられている仕掛け。

王宮内のあちこちに設けられており、規模は様々。中には作動すれば確実に対象の命を狙うものもある。

もっとも、レナードもサイラスも親から言い聞かせられているだけで、実際に作動しているところを見たのは今回が初だ。それどころか親の代、祖父母の代、と遡《さかのぼ》っても作動させた記録はない。

まだこの国が争いの最中にあった頃の名残りである。

「話には聞いてたが、本当に作動するんだな」

「正直、僕も少し半信半疑だったけどね。でもこれ、タイミングがすごく難しいから改良が必要だと思う。もちろん二度と使う羽目にならないのが一番だけど、いつ何があるか分からないからね」

「そうだな。そもそも今回はなんでこんなことになったんだ。夜とはいえ警備は配置してるし、誰かが手引きでもしないと王宮には……」

王宮には入れない、と言いかけてレナードが言葉を止めた。

ふと部屋の一角に視線をやる。壁に設けられた扉。仕掛けにより施錠された部屋に続いている。そこでは数人が閉じ込められており、扉を壊そうとする衝撃音や怒声がひっきりなしに続いている。時折聞こえてくる異国の言葉は彼等の母国語だろうか。分かる言葉も訛りや間違いが酷く、閉じ込められた者達の怒気と余裕のなさが窺える。

その中に覚えのある声を聞き、レナードが眉根を寄せた。

その声だけは怒り狂うでも暴言を吐くでもなく、必死に己の無罪を訴えている。これは勘違いだと、自分は何も企んでいないと、白々しい言葉の羅列。

「……バント・ルザー」

唸るような声でレナードがその名を呼べば、サイラスが「証拠代わりに閉じ込めておいたよ」と肩を竦めた。

◆◆◆

続々と増援の騎士が現れ、王宮も敷地内も、それどころか近隣周辺も全て平穏を確保された。捕まえた者達から総人数を聞き出し、逃げられることなく取り押さえられたのも不幸中の幸いと言えるだろう。

「アマネ、ステラ、大丈夫だったかい？」

そうステラがサイラスに声を掛けられたのは、騎士達に促されて地下を出た後。

中庭に案内されたところ既にサイラスとレナードの姿があった。それと、件の男や部下数名、そしてバント・ルザーもだ。

彼等は逃げられないよう捕縛されており、ステラやアマネに気付くと忌々しそうに睨みつけてきた。猿轡《さるぐつわ》をされていなければ、きっと聞くに堪《た》えない罵声を浴びせてきたことだろう。

もっとも、その光景もステラにはだいぶ歪んで見えていた。むしろ今は誰がどこにいるのかも朧気で、手を引いて歩くアマネに教えられてようやく判別がつくといった程度だ。

「おいステラ、どうした？」

レナードが案じてくる。

その声と共にステラの手に別の手が触れる。きっと彼の手だ。

代わるようにアマネの手が離れていくが、「そばにいるからいつでもお姉ちゃんを呼んでね」と告げてくるあたり、アマネはサイラスの元へ行ったのだろう。二人の話し声が近くで聞こえる。

「また見えなくなったのか？」

「さっきまでは割と見えてたんだけど、地下を出て終わったと思ったら途端にぐらっときて」

安堵するのと同時に視界が一瞬にして歪み、以前にも増して白んで何も見えなくなった。

全てがぼんやりとしており、目の前に立っているであろうレナードも『何か自分より大きなものがある』ぐらいにしか分からない。唯一声だけははっきりとしている。

それを話せば、レナードが軽く手を引いてきた。

「危なっかしいな、もっと近くに来い」

「見えないだけで大丈夫だよ。でも、終わったんだね」

「あぁ。といっても今のところはって感じだけどな。むしろここから詰めていくんだ。……ところで、呼んでおいてあれだが辛いなら部屋に戻ってもいいからな。怪我もしてるし、休んだ方がいい」

レナードが気遣ってくるのは、ステラの体調を心配しているのもあるが、きっと深緑色の髪の男とステラに何かしらの関係があると察しているのだろう。察したうえで、無理に対峙する必要はないと言ってくれているのだ。

そんなレナードの心遣いにステラは感謝を返し、それでもここに残ると告げた。

「大丈夫。ちゃんと向き合うから。といっても殆ど見えてないんだけど」

「無理するなよ。いざとなったら担いでこの場から立ち去ってやるから。もちろん連れて行くのは俺の部屋だけどな」

最後だけ冗談めかして話すレナードに、ステラは小さく笑みを零して返した。

この冗談もまた彼の気遣いであり、向き合う勇気をくれる。肩に乗せられた彼の手がまるで優しく背を押してくれているように感じられ、ステラはゆっくりりと、朧気な視界ながらに深緑色の髪の男へと近付いた。

「……っ」

正面に立てば、顔は碌に見えていないのに睨まれているのが漂う圧で伝わってきた。

応急処置こそされてはいるものの彼の怪我は深く、普通ならば気を失っていてもおかしくないはず。むしろ怪我による苦痛がより男の眼光に圧を与えるのか、ステラの背筋に冷たいものが走り、同時にこの圧に屈しそうになる。消された過去の自分が記憶の奥底で怯えているのだ。

そんな心の怯えに気付いたのか、肩に乗るレナードの手がそっと撫でてきた。男らしい大きな手、それでいて宥める動きは優しい。

次第に胸の内に湧いていた怯えが消え去り、ステラの胸中が落ち着いていく。決意と共に朧気な視界が僅かに晴れて男の姿が映った。

じっと見据える。男もまたこちらを睨みつけているのだろう。

「何も覚えてない、記憶は全部消されてる。……でもあの時、お前のナイフがどこを狙うか分かった」

男の小型ナイフがステラを狙って突き出された瞬間。あの時、ステラは咄嗟に避けきれず、自ら首を差し出した。

男が首筋を狙うと分かっていて、わざと強固な首輪に刃の軌道を合わせたのだ。

「あの瞬間、消えたはずの記憶が蘇ったんだ。何度も戦わされて、薬を打たれた記憶……、いつも左の首筋だった」

だからナイフの刃の太刀筋が分かった。

「お前に消された過去の私が、今の私を、『ステラ』を助けてくれたんだ」

はっきりとステラが告げれば、男が一瞬呻いたのが聞こえてきた。

次の瞬間「この粗悪品が！」という罵声が周囲に響き渡った。

男が無理に暴れて猿轡を外したのだ。取り押さえる騒音がそれに続くも、男はなおもステラを侮辱し続ける。

「この粗悪品は聖女の妹だと偽って王族に取り入ってるんだ！　こいつは聖女とは全くの無関係、俺達がこの見た目に造り替えただけだ！」

「そ、そうだ、私はこの事実を知り、真実を暴こうとしていただけなんだ！」

男の発言に、貴族という立場からか唯一猿轡つけられていなかったバントが続く。

これには周囲にいた者達が僅かにざわつきだした。バント達の話を端《はな》から信じるわけではないが、それでもあまりに突拍子もない話にどう反応したらいいのか分からないのだろう。

なにより混乱を招くのが、今のステラが投薬により再び黒髪黒目に戻ってしまっていることだ。

つい先日、それどころか騒動が起こる前までは紫色の髪と瞳だったのに、今その面影はない。

その変化こそが薬の影響だと男が訴えれば、ステラへ向けられる視線に疑問の色が交ざり始めた。

「薬、か……。レナード、彼が持ってた薬は？」

「あぁ、ここにある」

男とバントの訴えを無視してステラがレナードに問えば、彼が近くに立つ部下を呼び寄せて小さな箱を受け取った。

中に入っているのは小型の注射器。ステラの姿を聖女と瓜二つに変える薬だ。空きのスペースがあるのはステラに打ち込んだ分である。

注射器を取ろうと手を伸ばす。だが視界が揺らいでうまく掴めずにいると、横から別の手が伸びてきた。

レナードが注射器を取り、それをステラに手渡してくる。

「本音を言えば俺がやりたかったんだが、今回は仕方ないから譲ってやる」

「ん、ありがとう」

妙に恩着せがましい言葉に苦笑を浮かべ、注射器を受け取る。

それを手に男へと近付けば、何をするのか察して男が制止の声をあげ始めた。

「やめろ」だの「馬鹿なことをするな」だのと訴える必死な声に以前のような冷静さはない。常に淡々と無感情に徹する男だと思っていたが、所詮それは己が有利な立場の時だけだったのだ。不利になって初めて出る男の無様な一面に、ステラの胸の内が冷めていく。

「やめろ！　そんな粗悪品をこの俺にっ……！」

「この薬が粗悪品かどうか、自分の体で証明したら」

男の制止の声を遮り、ステラは迷うことなく男へと注射器を突き立てた。

狙うは左の首筋。……もっとも、今の視界では狙い通りに刺せたかは定かではない。

それでも確かな手応えを感じる。同時に男の呻き声が聞こえ、ついには顔を上げていることも出来なくなり地面に突っ伏した。苦悶の声をあげてのたうち回り、それがまた男の全身に激痛を走らせ呻き声はまるで獣のようだ。

あれだけ騒いで無実を訴えていたバントでさえも、これには言葉を失っている。

その様子をステラはぼんやりと見つめ……、隣に立つレナードの体にぽすんと身を預けた。

「ステラ？」

「……疲れちゃった」

吐息交じりに弱音を口にすれば、途端に痛みや疲労感が全身を襲う。

投薬による苦痛と熱、そんな中で戦い続けた疲労、そして肩に負った傷の痛み。今の今まで押し止めていたものが一気に溢れ出したのだ。

そう掠れる声で訴えれば、レナードが一度優しく肩を撫で、そのままステラの体を抱き上げてきた。浮遊感とようやく体の力を抜けるという安堵が胸に湧く。四肢の力を抜いて全身を預ければ、彼が歩き出すのが僅かな振動で分かった。

「兄貴、ひとまず後は頼む。ステラがもう限界だ。手当てして布団に突っ込んでくる」

「分かった。戦闘時は役に立たないけど、ここから先は僕の仕事だから任せて」

白んだ視界の中でレナードとサイラスの会話が聞こえてくる。「私も」とサイラスに続くのはアマネの声だ。

次いでステラの額に何かが触れた。優しい感触だ。

「おやすみステラ、また明日」

「ステラちゃん、明日もお姉ちゃんと一緒にいようね」

二人の優しい声を聞き、ステラは揺らぐ意識の中で安堵に包まれるように目を閉じた。


レナードに運ばれながら自室に戻り、ベッドの上で医者に手当てをしてもらう。

幸い肩に負った傷は手術や縫合を必要とせず、数日安静にすれば問題ないという。「痛み止めを飲んでお休みください」と告げて医者が去っていった。

残されたのはうとうとと舟を漕ぐステラと、ベッド横に置いた椅子に座るレナード。

「手当も終わったし、もう寝ろよ」

「……ん。レナードは？」

「寝るまでここにいてやる」

だから早く寝ろと促され、ステラはもぞもぞと布団に潜った。

枕に頭を預ければ元より歪んでいた意識がすぐさま微睡み始める。目を瞑ると白んだ視界の眩しさも幾分和らぎ、それもまた眠気を誘う。

これならばすぐに眠れそうだ。いまだ体の痛みや気怠さは燻《くすぶ》っているが、今はそれよりも眠い。

強い睡魔に意識を明け渡そうとし……、だがパチと目を開けた。もっとも、開けたところで何も見えないのだが。

「なんだよ、早く寝ろって」

「その前に、……あの時、一緒に連れて行ってくれてありがとう」

「あの時？」

「私がお姉《アマネ》ちゃんの声を聞いて、助けに行こうとした時。私も連れて行ってくれたから」

聴覚でアマネの居場所を突き止めこそしたものの、あの時のステラは殆ど目が見えていなかった。

そのうえ体の痛みや熱もあり、はっきり言ってしまえば足手纏いだ。誰だって、ステラだって、当時の自分は足手纏いにしかならないと分かる。

だがレナードはステラを止めることはせず、同行に二つ返事で応じてくれた。それどころかステラの腕を引いて王宮内の地下を目指し、レナードが「あれは……」と話し出した。

あの時の彼の判断を感謝すれば、レナードが「あれは……」と話し出した。

「俺一人じゃアマネがどこにいるのか分からなかった。そこをステラが見つけたのに『後はもう足手纏いだ』なんて言えないだろ。短剣を渡したのも、何かあれば目が見えてなかろうが戦うだろうと思ったからだ」

「信じてくれてたんだ」

「そりゃぁ、まぁ……」

ステラが感謝をすれば、レナードが一瞬言い淀む。

次いで、ステラとレナードが同時に喋り出した。

「いずれ俺の嫁になるんだから、いざって時にも戦えて当然だろ」

「いずれレナードのお嫁さんになるんだし、いざって時も戦えて当然かな」

二人の言葉が被さる。

それに対して「ん？」と声をあげたのはレナードだ。対してステラは話し終えたことでスッキリとし「おやすみ」と布団を顔まで引き上げた。

「おい待て、今何て言った？」

「おやすみ」

「いやそうじゃなくて、あ、またそうやって一方的に話して終わりにしようとしてるな」

「一方的もなにも、二人で話してたじゃん。そして煩い。おやすみ」

もう寝る、とステラは目を瞑って就寝の意思を示す。

そうなればレナードも邪魔をするのは気が引けてくるのか、途端に喋るのをやめた。もっとも、代わりに小さく唸っているのだが。

だがしばらくすると彼の唸り声も聞こえなくなり、ステラの意識も本格的に微睡んでいき……、

「……ステラ」

囁くように名を呼ばれ、次いでステラの唇に何かが触れた。

「ん？」

パチと目を開ける。

だが相変わらず視界はぼやけたままだ。目の前に何かがあり、それがパッと一瞬で離れていく。

「な、なんだよ、起きてたのか？」

「起きてたというか、寝ようとしてた。……でも」

先程の感触を思い出して、ステラは己の唇に指を添えた。

何か柔らかなものが触れていた。撫でるように優しく、それでいて少し押し付けるように。

あの感触は……、

「何を食べさせようとしたんだ？」

首を傾げて問えば、白んで何も見えない視界の中「……は？」というレナードの間の抜けた声が返ってきた。

「何って……」

「そりゃ少しお腹は空いてるけど、寝てる人の口に物を入れようとするのは良くないと思う」

「いや、お前、それは……」

「チョコレート？　柔らかさから考えるとマフィンかな」

想像したらお腹が空いてきた。眠気はまだ十分すぎるほどにあるが、お菓子一つ食べるぐらいの余力はある。

そう考えて何かとステラが問うも返事はなく、その代わりに盛大な、それはそれは盛大な溜息が聞こえてきた。その落胆ぶりといったらなく、絶望のオーラが漂っている気がする。見えなくても分かる。

「レナード？」

「……今のは気にするな。それより、起きたら食べられるように軽食を持ってきてやるから、ひとまず一度寝ろ」

「そう？　それじゃあ寝るけど」

寝ろと言われたのなら寝よう。そもそも眠かったのだし。

ステラが再び布団を首まで引き上げて目を瞑れば、ようやくと言いたげにレナードが小さく溜息を吐くのが聞こえてきた。

徐に立ち上がるのは軽食を取りに行くからだろうか。再びステラがパチと目を開ける。

「眠るまで隣にいてくれるんじゃないの？」

そう声を掛ければ、僅かな沈黙の後、ドスンと勢いよく椅子に座り直す音が聞こえてきた。

「……頼むから今度こそ大人しく寝てくれ。俺がもたない」

レナードが呻くように告げてくる。

これに対してまたもステラは反論しようとし……、ぐいと強引に布団を頭の上まで引っ張り上げられ、その強引さに今回は負けて大人しく眠ることにした。

【エピローグ】

ステラはこちらの世界に来た際、姉であるアマネに似た容姿に目をつけられ、異国の犯罪組織に捕まってしまった。

彼等はステラの記憶を全て消し、王宮内に忍び込みアマネと入れかわるように洗脳した。更に入れかわりの成功率を上げるために投薬で容姿をアマネそっくりにする。

あわれ洗脳されたステラは、自身が何者だったかも、姉のことすらも思い出せず、これこそが自分の生きる理由なのだと信じて王宮に忍び込んだ……。

だがそこで聖女アマネが彼女を救った。

晴れて姉妹は再会を果たし、離れていた時間を埋めるように日々を過ごす。

そんな中、再びステラを奪い返さんと魔の手が伸びるも、姉妹の絆《きずな》で打ち勝った。


「……というのが、ステラについて公表する内容なんだけど。どうだろう」

「色々と言いたいけど、最後の方が杜撰な気がする」

率直な感想をステラが告げれば、サイラスがなるほどと頷いた。

手元の資料を眺めて「もう少しひねるかな……」と呟いているあたり、あの紙に一部始終が書かれているのだろう。

何の一部始終か？

あの事件とステラについてをどう世間に公表するかの、偽りの一部始終だ。

事件から既に二ヵ月が経《た》ち、ステラの傷も完治した。件の組織についてもだいぶ調査が進んでいるようで、サイラス曰く決着がつくのもそう遠くないとのこと。その際彼が薄ら寒く顔に貼りつけたような笑みを浮かべていたあたり、きっと徹底的に処分する気なのだろう。容赦のない処分になるのはあの笑みを見れば分かる。

現に、先行して下されたバント・ルザーの処分は厳しいものだった。

彼は外交のために異国を訪問したところ深緑色の髪の男に声を掛けられ、ステラの素性を知り、そしてアマネを引きずり落とすべく協力したらしい。王宮に忍び込むために利用されたのだろう。ステラの記憶を消して捨て駒として扱う組織なのだ、貴族の男を利用するぐらい造作もないはず。

だが利用されただけとはいえ、バントの行いは許されるものではない。結果、ルザー家は解体、何も知らなかった家族は田舎の親族の元に逃がされたが、バント当人は罪人として辺境の地での労働が命じられた。周囲は罪人ばかりなうえ休みすら与えられぬ重労働の日々……。

「せいぜいもって一年かな。二年もつなら彼を見直さないと」と微笑みながらサイラスが言い切り周囲を凍り付かせたのは記憶に新しい。

なんにせよ、調査や対処はサイラスに任せることにした。

同時に、今回のことをどう世間に公表するかも彼が主体となって決める事となった。

……のだが、さすがに先程の公表内容はどうだろう。

まるで悲劇の主人公のように書かれている気がしてどうにも居心地が悪い。

もっとも、この内容に関してアマネはといえば、

「なんて素晴らしいの……！　再会した姉妹が愛によって困難に打ち勝つ、これが事実！」

と、大絶賛である。

だがその隣では、

「おい、なんで俺の名前が一つも出てこないんだよ」

とレナードが不満を訴えていた。

これぞまさに賛否両論。

「これじゃアマネの独壇場だろ。襲撃からステラを救ったのは俺ってことにした方がバランスがいい。どうせなら最後は俺とステラの結婚式で締めた方がおさまりがいいんじゃないか？」

「はぁ？　何言ってるの？　こんなに完璧な姉妹愛のストーリーにレナードが入る余地なんてないでしょ。それに襲撃からステラちゃんを救ったのは紛れもなく姉妹愛、尊き絆、記憶改竄《かいざん》しないでくれる？」

「そもそもこれが事実改竄なんだからな。それを抜きにしても、アマネの独壇場はおかしい！」

「おかしくない！」

次第に二人がヒートアップしていく。

賛否両論どころかこれでは言い争いにまで発展している。

それも、向かいに座るレナードも隣に座るアマネも、二人ともテーブルの上に置いていたステラの手を摑んで引き寄せようとしてくるのだ。たまったものではない。

引き裂かれそう……、と真っ二つになる自分を想像してしまう。

そんなやりとりの中、どうシナリオを変えるか悩んでいたサイラスが手元の資料から顔を上げてステラへと向き直った。

「ステラはどんな風にしたい？」

「どちらかと言えば今を助けてほしい」

「それは置いといて……。ステラのことだし、今後のためにも話を通しやすい方がいいだろう？」

ねぇ、とサイラスが微笑む。

相変わらず爽やかな笑みだが、この論争を前に微笑むのだから相当なものだ。

(今後……、そうか、これからのために)

これから先もここでステラとして生きていくために。

そう考え、ステラはどう話を盛るべきかと悩み……。

「可愛いステラちゃんとの出会いは春風が教えてくれたことにしようね。一目見た瞬間にステラちゃんは私との繫がりを感じ取るの……。記憶をなくしても心に残る姉妹愛、それを呼び起こす春風！なんて運命的なの！」

「さすがに姉妹ってことは通すとして、後は俺との話でいいだろ。姉妹の再会は二行くらいで済ませて、後は俺との出会いを経て、ステラが俺に惹かれていく様子を説明する。最後は事件の中で俺に救われて想いを打ち明け、晴れて結婚。よし、これでいこう」

二人の主張に、悩んでいたステラはうんざりとして考えるのを放棄した。

この二人を黙らせて自分の主張を押し通すのは面倒だ。かといって、どちらかの話を採用するわけにもいかないのだが。

「もう収拾がつきそうにないし、王宮裏手のじめじめしたところにある日突然、記憶を失った私が生えてきたってことでいいよ」

「いくら面倒でも自分を菌類扱いはどうかと思うよ」

そんな会話を交わしつつ、ステラは両の手をレナードとアマネそれぞれに握られながら溜息を吐いた。


話し合いにもならない言い争いの末、ステラの公表については全てサイラスに託すことになった。アマネの意見もレナードの意見も聞かないと約束したのでおかしなことにはならないだろう。さすがに彼なら過剰な改竄はしないだろうし、面倒だからと菌類にもしないはず。

解決せねばならないことはまだ残ってはいるものの今後の方針も定まった。一件落着……とはさすがにいかないながらも、これで再び元の生活が戻ってくる。

良かった……、とステラは内心で安堵し、自分がここでの生活を『元の生活』と考えていること、そして戻れたことを心から喜んでいることに気付いた。

自然と笑みが溢れる。

だがそれをレナードに気付かれ「どうした？」と問われれば、さすがに気恥ずかしさが勝る。

「べ、別になんでも……」

「そうか？　なんか今嬉しそうにしてただろ？　……そうか、さっきメイドがマフィンを用意するって言ってたから、それが楽しみなんだな」

「……違う。いや、違わない、マフィンが楽しみ」

否定しかけたものの、ならば何だと問われるよりこの話に乗った方が良い。

そう考えて話題をマフィンに持っていこうとし……、「そういえば」と改めてレナードに視線をやった。

「あの時、何を食べさせようとしてたの？」

「ん？　あの時？」

「あの事件の後、ベッドで寝ようとした私に何か食べさせようとしてたでしょ？」

自分の唇にそっと指で触れる。

あの日、薬の反動やら負傷やら疲労やらで参っていたステラはレナードにベットまで運ばれ、少し話をして寝ようとした。

だがそこで、なぜか彼が何かを食べさせようとしてきたのだ。

薬の副作用で視界が歪んではっきりとは分からなかったが、感触は残っている。

『ステラ』と、愛おしむように呼ぶ声。

唇に触れる柔らかい感触……。

「マフィンか何かかと思ったけどテーブルにはそれらしいものはなかったし、何だったんだろうって不思議だったんだ」

「お前……、なぜ今ここでその話を……」

首を傾げながら話しつつ、ステラは当時のことを思い出そうとした。

……思い出そうとしすぎるあまり、隣に座るアマネが言葉を失って呆然としていることや、サイラスがどことなく楽しそうに微笑んでいることには気付かなかった。もちろん、向かいに座るレナードの顔色が青くなっていることにも気付かない。

「ステラちゃん、それはまさか、胸が苦しかったり、ときめいたり、高鳴ったりするようなものだったの？」

「いや、眠かった」

「まさかまさか、甘酸っぱい味がしたり……？」

「食べてないから分からないよ」

アマネが必死に尋ねてくるが、ステラは首を傾げながら答えになってない答えを返すしかない。

そもそもはステラがレナードに、何を食べさせようとしたのかを尋ねたのだ。答えられるわけがない。

そう考えて、回答を求めるべくレナードへと視線をやり……、ここでようやく彼が両の手で顔を覆っていることに気付いた。

「レナード、どうしたの？」

「……お前があれを覚えていたこと、覚えていたうえでいまだ勘違いしてること、それをよりによってここで話題にしたこと、どれにどんな感情を抱いていいのか分からなくて嘆きたくなってきた」

「よく分からないけど大変だね」

理解しきれないがそれでも宥めれば、「まったくだよ」と返事が返ってきた。唸るような声だ。

次いで視線をやるのはアマネだ。先程までステラを質問責めにしていた彼女だが、今はどういうわけか静かになっており、見ればふるふると小刻みに震えているではないか。

そんなアマネがゆっくりと口を開いた。

「わ……」

「わ？」

わ？　とステラが首を傾げた瞬間……、

「私の可愛い妹に何をした‼」

と、アマネの怒声が響き渡った。

◆◆◆

「何を食べさせようとされたのかも分からないし、お姉ちゃん《アマネ》がどうして怒ったのかも分からない。

でもなにより分からないのは、その結果レナードがこんな状態になってることだ」

首を傾げながらステラが話せば、向かいに座るレナードが肩を竦めた。

だが肩を竦めるだけで答えはしない。その代わりに己の首元に手をやりカチャと音を鳴らした。

……鉄の首輪を鳴らして。

もちろんこれはアマネが作った代物だ。

あの後、声を荒らげた彼女は瞬く間にこの首輪を作り、地下の保管室で震えていたのが嘘のような強さで無理やりにレナードに首輪を嵌めてしまった。もちろんレナードも応戦したが敵わず……。

二人の戦いは壮絶の一言に尽き、ステラは止めることすら出来ず慌てるしかなかった。――ちなみにサイラスはといえば、この騒動を前にしながらシナリオ改良に頭を悩ませていた――。

そうしてレナードの首輪に銀色の太い首輪が嵌められて今に至る。

アマネ曰く、これはレナードがステラに不埒なことをすると彼の首を徐々に締めていく代物らしい。なぜこの流れでこんな首輪が登場するのかも分からず、ステラの疑問は深まるばかりだ。

思わず無意識に自分の首輪に触れれば、気付いたレナードがステラの顔を覗き込んできた。彼の濃紺色の瞳がステラを見つめ、次いで首元へと視線を向けたかと思えばゆっくりと目を細めた。

「お揃いってのも悪くないな」

満更でもなさそうにレナードが笑う。

これに対して、今度はステラが答えを拒否してカチャカチャと首輪を鳴らした。

【書き下ろし『聖女妹の愛され生活　※まだまだ首輪付き』】

騒動から半年が経つ頃には、ステラの生活はすっかりと安定していた。

黒一色だった髪も瞳も今は濃い紫色に変わっており、アマネと並ぶとはっきりと違いが分かる。顔立ちはさすがにまだ変わってはいないが、身長は少しだけステラの方が高くなった。

今はもう同じ髪型にしても間違える者はそういないだろう。だがステラはいまだ肩口で揺れる短い髪型にしていた。先日は王宮お抱えの理容師に来てもらい、少し伸びた髪を切り揃えてもらった。長く伸ばしていたのはアマネと入れかわるためだけだ。なので今は「こっちの髪型でいいか」という感覚で継続させていた。短い方が手入れも楽だし。

「だからこの髪型なんだけど」

「なるほど、俺が短い髪の方が好みだからか。愛が伝わる理由だな」

「聞いてた？」

眉間に皺を寄せ、ステラは向かいに座るレナードをじっとりと睨みつけた。

彼は悪びれる様子もなく、それどころかステラの訴えを聞いても「そう照れるな」と返してくるではないか。これにはステラも更に顔を顰《しか》め、手元のチェスの駒で彼の駒を一つ弾いてやった。

チェス盤の上では二色の駒により争いが繰り広げられており、先程のステラの一手にレナードが「おっ、やったな」と楽し気に盤面に視線を落とす。

「その手を使ってくるか……。始めて半年なのに上達が速いな」

「色々と教えてもらったけどチェスが一番相性がいいかな。戦略を考えるのも面白いし」

「好きなものが見つかるのは良いことだ」

レナードが穏やかに話し柔らかく笑う。もっとも、表情こそ柔らかなものだが彼の一手は鋭く、思わずステラは小さく唸ってしまった。

今ステラとレナードが行っているのはチェス、一般的なボードゲームである。レナードは幼少時から嗜んでおり、実力は兄サイラスを凌《しの》ぐという。彼の他にも王宮内でチェスを嗜む者は多い。

だがステラは今までチェスをしたことがなかった。……もしかしたら記憶を消される前にはあったのかもしれないが、いまだ過去のことは一つとして思い出せていないので分からない。そしてアマネがチェス未経験ゆえに、聖女アマネと入れかわるための知識としても学んでいない。

それどころか、アマネが経験したことのある遊戯でさえ、ステラにとってはあくまで『知識』として植え付けられたものでしかないのだ。実際に遊んだわけではない。

そんなステラを気遣い、レナード達があれこれとステラに遊びを経験させようとしていた。ボードゲーム、カードゲーム、他にも外での遊戯や、子供が好んでするような手遊びまで。まるで失われた時間を取り戻すように。

チェスはその中の一つだ。結果的にステラはこれが一番気に入り、最近はレナードやサイラス以外の者とも時間が合えば一戦交えるようになっていた。

「カードゲームも悪くないけど、ここぞって時にお姉《アマネ》ちゃんに勝てないから嫌いになってきた」

「そういえば、あいつはボードゲームよりカードの方が得意っていつも言ってるな」

「勝率は半々だけど、首輪の解除を賭ける時だけ絶対に勝つんだから、腹立つお姉《やっ》ちゃん……！」

うんざりだと言いたげに話せばレナードが労うような表情を浮かべた。

「アマネはやたらと運がいいからな。俺も首輪を外させるのに何戦挑んだことか」

「レナードだけ外すのはずるい」

「ずるいっていっても、ステラも外したいならアマネに勝つしかないだろ」

肩を竦めて話すレナードに、ステラは自分の首に嵌まる鉄の首輪を触りながら小さく唸った。

アマネ作『お姉ちゃんの愛が詰まったネックレス』こと首輪。相変わらずアマネを呼ぼうとすると『お姉ちゃん』に変換されるし、文字も『お姉ちゃん♡』になる。最近は脱走したり寝込みを襲ったりはしないので首が締まることはないが、それでも忌々しい代物であることに変わりはない。

彼女の妹として生きていくと決めたが、かといって首輪ごと受け入れたわけではないのだ。

自由を得るため、これまで通り日中は一騎打ちをし、夜はカードゲームで一勝負。……なのだが、いまだどちらも勝利を得られずにいる。

「いつかお姉《アマネ》ちゃんを負かして外させる……！」

「そうだな。俺も嫁が首輪を着けてると変な趣味の男だと思われそうで嫌だから、早いところ外してくれ。それかもう開き直って首輪も似合うウエディングドレスを作るか？」

冗談交じりに話しながらレナードがそっと手を伸ばしてきた。

彼の手が首輪に触れる。ステラの耳にカチャと小さな音が届いた。

次いでレナードの手は首輪からステラの首に直接触れ、そっと頬へと滑る。男らしい節の太い大きな手。ほんのりと熱い。それが頬を包むように触れ、親指の腹で撫でてきた。くすぐったさにステラが目を細める。

それを見てレナードが柔らかな笑みを浮かべた。頬を撫でていた彼の親指がするりと滑り、今度はステラの唇に触れる。まるで柔らかさを堪能するようにむにむにと唇を押してきた。

「レナーロ《レナード》?」

いったい何がしたいのか分からずステラが彼を呼ぶ。だが唇を押さえられているために言葉はうまく出ず、間の抜けた声になってしまった。

その声が面白かったのかレナードが笑みを深めてくる。……ゆっくりと顔を寄せながら。

チェス盤を乗り越えてくるレナードにステラはいったいなんだとじっと彼を見た。

濃紺色の瞳はその奥に熱を感じさせ、誘うように細められる。「ステラ……」と囁く声は低く小さく、耳に届くと少しくすぐったい。まるで彼の声に耳を擽られているようだ。

どうして彼が顔を寄せてくるのか、目を細めているのか。ステラには分からないが、それでも今の雰囲気は悪くない。

そう考えて、ステラもレナードに倣うように目を瞑り……、

……だが目を瞑る直前、彼の後ろに人影を見つけて「あ」と小さく声をあげた。

次の瞬間、
ガチャン、
と鉄の音がした。

ステラの首元……、ではない。だがステラの近くで。

眼前に迫っていたレナードがピタと動きを止めた。次第に彼の顔が青ざめていく。

そんな彼の背後に立つのはアマネとサイラスだ。アマネは冷ややかにレナードを睨みつけており、その眼光の鋭さといったらない。対してサイラスは眉尻を下げて苦笑している。

二人の登場にステラはさして驚きもせず、彼等と、そして目の前にいるレナードを見た。

レナードはいまだ硬直しており、そんな彼の首にはガッチリと嵌められた銀色の首輪が……。

「せっかく外せたのに残念だね、レナード」

「なっ……、くそ、なんでこのタイミングで……！」

己の首輪を押さえて悔し気にレナードが呻く。だがそれに対して「この不埒な男が！」というアマネの罵声が被さった。

「私の可愛いステラちゃんに疚《やま》しいことを！」

「だからって首輪着けることはないだろ！　王族夫婦が揃って首輪なんて洒落にならん！」

「はぁ!?　なにしれっと私の可愛いステラちゃんと夫婦になるつもりでいるの!?」

アマネの罵倒にレナードも応戦し、室内が途端に煩くなった。

これはチェスを再開させる空気ではない。もう中止かと考え、ステラは駒の一つを回収した。

「あれ、もう片付けちゃうの？」

そう声を掛けてきたのはサイラスだ。

彼の問いにステラは肩を竦めて返した。

「こうなったらチェスどころじゃない。どうせ再開してもお姉ちゃん《アマネ》が入ってきて勝負どころじゃなくなりそうだし。それなら今は終わらせて、後でまた一から始めた方がいい」

「はは、まぁ確かにそうかな。変なタイミングで来てごめんよ。邪魔する気はなかったんだけど、ちょっとレナードに用があってね」

曰く、書類を渡そうとレナードの執務室に向かったところステラを探すアマネに会い、一緒にいるかもしれないとこの部屋を訪ねてきたらしい。そして今に至る。

サイラスが事情の説明と共に邪魔をしたことを詫び、次いで興味深そうに盤面を眺め出した。

次第に口角を上げる。小さく笑みを零したのは残された駒から戦況を読み取ったからだろうか。

「むしろタイミングが良かったかな。これは切り上げて片付けるのが一番良い戦略だ」

楽しそうに話し、サイラスが片付けを手伝い出した。どことなく悪戯っぽい表情だ。

それがなんとも居心地悪く、ステラは誤魔化しの咳払いをし、盤上に残っていた駒達を急いで箱に戻していった。

◆◆◆

「勝負の途中だったのに悪かったな」

とは、アマネ達が部屋を出て行くのを見届けたレナードの言葉。

ステラがチェス盤と駒の入った箱を所定の位置にしまうのを見て声を掛けてきたのだ。

いまだ彼の首に鉄の首輪が嵌まっているあたり、アマネとの口論の結果は今一つだったのだろう。

それを指摘するようにステラが自分の首輪をカチャと鳴らせば、応えるようにレナードもまた己の首輪を揺らした。したり顔のステラと違いこちらは随分と不満そうな顔である。

「当分はまたお揃いか……。もう首輪夫婦って名乗るか」

「似合ってるよ。これからは正装の時も襟で隠さないで前面に出していくようにしたら？　首輪が映えるデザインを考えてあげようか？」

「冗談はやめてくれ。……それに、もっと大事なことの途中だったろ」

「大事なこと？」

疑問を抱いてステラがレナードを見れば、彼が再び頬に手を添えてきた。

まるで先程のやり直しをするかのように顔を寄せて目を細めてくる。

それに対してステラが応えるように目を閉じれば、レナードの手が頬をゆっくり撫でてきた。彼の顔が間近に迫るのが分かる。

だが次の瞬間「ぐっ……！」という声が聞こえ、ステラは閉じていた目を開けた。間近に迫っていたレナードが僅かに身を引き、苦しそうに首を押さえている。首輪がきつくなったのだろう。

「くそ……！　せっかくステラといい雰囲気になったのに、またこれか！」

「いい雰囲気？」

いったい何が？　とステラは首を傾げた。

話の流れから先程までの雰囲気を言っているであろうことは分かる。だが先程がどうして『いい雰囲気』なのかが分からない。

なので首を傾げたままじっとレナードを見上げていれば、彼の表情が次第に怪訝なものへと変わっていった。

「さっきまでいい雰囲気だったろ……」

「だから何が？」

「いや、だって目を瞑ったってことはいいってことで」

「何がいいの？」

レナードの話にステラは疑問を返すばかりだ。

次第に彼の表情が信じられないと言いたげなものに変わり、疑惑を込めた声色でなぜ先程目を瞑ったのかと尋ねてきた。

「なぜって、レナードが目を瞑ったから」

「だからそれが……」

「ゆっくりと目を瞑るのは猫の愛情表現だから、レナードもそれをしたんでしょう？　だから私も同じように目を瞑ったの」

そうステラが話せば、レナードが濃紺色の瞳を丸くさせた。

唖然としたような表情で見てくる。なんとも言えない空気が彼から漂っているように感じられ、ステラは今度は逆側に首を傾げてみた。

いったいどうしてレナードがこんな表情をしているのか。そのうえどうして固まったように動かなくなってしまったのか……。

疑問は尽きぬが返事はなく、代わりにレナードがその場に頽れた。膝をついて肩を落とす姿には絶望感が漂っている。

「レナード、大丈夫？」

「……いや、気にするな。俺が何も言わなかったのが悪かった」

そうは言いつつもレナードの声には落胆の色が濃い。

そのうえ盛大に溜息を吐いた。彼から漂う空気の重さといったらなく、これは到底『大丈夫』ではなさそうだ。

「ようやくちゃんとキス出来ると思ったんだけどな……」

しゃがみ込んで俯《うつむ》き、まさに胸中を吐露したと言いたげな声色のレナードの呟き。

それを聞き、ステラは「キス……」と呟いた。無意識に己の唇に指を添える。

「今までも何度か顔を近付けてきて首輪に苦しんでたけど、もしかしてキスをしようとしてたの？」

「……そうだよ。ご理解いただけたみたいで幸いだ」

ゆっくりと顔を上げて返してくるレナードの声には恨みがまし気な色さえある。

きっと今の今までステラが自分の意図に気付いていなかったことが不満で堪らないのだろう。濃紺色の瞳も今だけは光を失い濁っているように見える。

それでも彼は仕方ないと言いたげに立ち上がると、まるで己の鬱憤を晴らすように前髪を掻き上げた。豪快でいて雑な動き。深く息を吐くのは胸の内のわだかまりを払拭するためだろうか。

そんな彼を、ステラは自分の唇に指で触れながらじっと見上げ……、

「キスしたいなら、早く首輪を外さないとね。お姉《アマ》ちゃん《ネ》は手強いから頑張って」

そう告げて、レナードに手を伸ばすと彼の首輪を軽く鳴らした。

次いで先程の彼を真似て頬に手を添え、親指の腹で彼の唇を軽く押す。

「あんまり待たせないでね」

悪戯っぽく笑って告げれば、不意を突かれて目を丸くさせていたレナードの表情が悔し気なものになった。してやられたと言いたげな表情。それでいて頬はほんのりと赤い。

次いで彼は己の頬を包むステラの手を摑んできた。

「これで俺から手を出したら首輪が締まるんだから、あんまりだよなぁ……」

恨めし気なレナードの言葉に、ステラは笑いながら宥めるように彼の頬を撫でてやった。

もちろんそれもまた彼を煽ることになるのだが。

あとがき

はじめまして、あるいはこんにちは、さきです。

このたびは本作をお手に取って頂き、ありがとうございました。

強いヒロインと振り回されがちなヒーロー、二人の恋愛や日常を楽しく盛り上げる仲間達……。そんな賑やかなラブコメが大好きで、この作品を書き上げました。

いかがでしたでしょうか？　少しでも楽しんで頂けたら幸いです。


せっかくのあとがきなので、設定的なものを。

このお話の主人公は正真正銘ステラですが、実は設定の点で言えばアマネの方が主人公っぽいイメージです。

ある日突然、異世界にやってきた少女。類まれな強さと才能を持ち、タイプの違う二人の美形王子に挟まれて……。アマネはそんな異世界転移ファンタジーをイメージして作り上げたキャラクターです。

アマネが転移してきたばかりの頃のお話も、それはそれできっと賑やかで楽しいものなんだろうなと思います。

アマネに対して、ステラは一筋縄ではいかない設定になりました。

記憶がなく、記憶がないことに悲観もしない。名前もないし、自分の元の姿も分からない……。まさにないない尽くしです。

プロローグから一章前半はステラの名前がないため、文章中に名前を出すわけにもいかずに苦戦しました。自分で設定したんですけど。

そんなステラが次第にレナードに心を開いていく過程は、恋愛めいた色もありつつ動物が懐くような感じもして書いていて楽しかったです。

イラストを担当してくださったShabon様、素敵なイラストをありがとうございました。

四人揃ったカバーイラストはまさに『賑やかなラブコメ』の雰囲気で、見ているだけで楽しくなってきます。

ここまで導いてくださった担当様、この本に関わってくださった方々、ありがとうございました。

なにより、この本を読んでくださった皆様、ありがとうございました！

さき

錬金術師さまがなぜかわたしの婚約者だと名乗ってくるのですが⁉
葉月クロル
Chlor Haduki
Illustration 茲助
フェアリーキス
NOW ON SALE
冷酷無情な錬金術師さまが
わたし限定でご乱心⁉
聖女じゃないのに魔物と絶賛交戦中の異世界に来てしまった高校生・理衣沙。転移に居合わせた錬金術師長のアランは冷酷無情と有名なはずが――理衣沙の小動物的可愛さがクリーンヒット！ 勝手に婚約者を名乗りだして⁉ 「食べてしまいそうに可愛いな、わたしの天使」周囲がどよめく甘々ムードで迫り、バリキャリ聖女とは保護者の座を争ってバチバチに。そこに理衣沙絶対主義なくノ一系侍女も参戦して、あれ、なんだかこの世界でも幸せになれそうです？
フェアリーキスピュア
fairy kiss
Jパブリッシング
https://www.j-publishing.co.jp/fairykiss/
定価：1430円（税込）

十帖
Jyujo
Illustration
春野薫久
社畜令嬢は
国王陛下の
お気に入り 2
フェアリーキス
NOW
ON
SALE
社畜王妃は新婚旅行中もお仕事三昧！
晴れて国王アレスと結婚したシアリエ。王妃になっても前世からの社畜根性を発揮して公務に奔走していたが、視察を兼ねた新婚旅行先に謎の男が現れる。エレミヤと名乗る彼はアレスと因縁があるらしく、なんと復讐を宣言してきて!?　アレスと縁のある者たちが次々に襲われ「自分のせいだ」と苦しむアレス。そんな彼にシアリエは寄り添い、その傷を癒すべく全力を尽くす。しかし、やがてエレミヤの攻撃の矛先はシアリエにも向けられ——!?
フェアリーキス
ピュア
fairy kiss

Sora Hinata
日向そら
Illustration
チドリアシ
人でなし神官長と棺の中の悪役令嬢
hitodenashi shinkanchou to hitsugi no naka no akuyakureijyou
フェアリーキス
NOW ON SALE
美形ドS神官長VS
口の減らない悪役令嬢
悪役令嬢なのに、棺の中で眠る姿を聖女として公開して参拝料を頂く――。処刑直前で悪役令嬢に転生したことに気づいたエライザは、助けてくれた神官長アレクシスからそんなお願いをされてしまう。超絶美形なのに腹黒で欲深な彼に反発しながらも従うしかない。しかしアレクシスは小動物が大好き。魔力量を恐れ小動物に逃げられて悲しむ姿に可愛いと思ってしまうエライザ。そんなある日、ゲームヒロインに偽聖女であることがバレてしまって!?
フェアリーキス
ピンク
fairy kiss

Kunoe Kazami
風見くのえ
Illustration
中條由良
訳ありモブ侍女は
退職希望なのに
次期大公様に
目をつけられてしまいました

お助けキャラも楽じゃない 1
otasuke chara mo raku jyanai
Hanamatsusato
花待里
Illustration
櫻庭まち
万能女官、
騎士様に外堀埋められる
王子妃を決める選考会で、女官のアナベルが担当することになったのは、言動がヤバいと評判の男爵令嬢キャロル。「スパダリランス様キタコレー!!　転生して良かったぁぁ!!」謎の言語の数々に、冷静沈着な万能女官アナベルもさすがに引き気味。苦労が耐えない日々の中、騎士ランスに支えられ彼との距離も縮まっていくが……。選考会の裏で進行する陰謀からアナベルを守ろうとする筋肉騎士団、腹黒王子ルイスの思惑も交錯して選考会は大波乱!?
フェアリーキス
NOW
ON
SALE
フェアリーキス
ピュア
fairy kiss
Jパブリッシング　https://www.j-publishing.co.jp/fairykiss/　定価：1430円（税込）

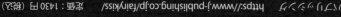

入れかわり失敗から始まる、偽者聖女の愛され生活　※ただし首輪付き

著者　さき　

2024年7月5日　初版発行

発行人　藤居幸嗣

発行所　株式会社Ｊパブリッシング
〒102-0073　東京都千代田区九段北3-2-5 5F
TEL 03-3288-7907　FAX 03-3288-7880

製版所　株式会社サンシン企画

印刷所　中央精版印刷株式会社

ISBN:978-4-86669-684-3
Printed in JAPAN